LE
DÔME

Nicolas Duru

LE DÔME

© 2024 Nicolas Duru
Édition : BoD · Books on Demand, 31 avenue Saint-Rémy,
57600 Forbach, bod@bod.fr
Impression : Libri Plureos GmbH, Friedensallee 273,
22763 Hamburg (Allemagne)

ISBN : 978-2-3225-4387-8
Dépôt légal : août 2024

L'histoire humaine est une longue suite de génocides, de barbaries et de cruautés.
C'est la « bête » qui règne le plus souvent.
Martin Gray

Mieux vaut souffrir dans la dignité et le combat, que d'accepter la ségrégation dans l'humiliation.
Martin Luther King

Même aux heures les plus sombres de l'humanité, il est une chose qui l'a toujours sauvée : l'espoir.
anonyme

Le blizzard, puissant et glacial balaye la plaine enneigée. Une frêle silhouette avance, courbée en deux par le vent mordant. Ses pieds s'enfoncent dans le manteau blanc qui couvre les lieux des kilomètres à la ronde. Elle avance avec difficulté. Chaque pas est une lutte. Pourtant, malgré le froid intense qui s'immisce par tous les interstices, elle avance. Elle n'a pas le choix. Elle sait que sa vie en dépend. Elle se retourne de temps en temps et fixe l'horizon gris, là où il rencontre le ciel perpétuellement noir comme de l'encre. Peut-être leur aura-t-elle échappé…

Elle aimerait le croire, mais elle sait que les choses qui la traquent depuis plusieurs heures n'abandonnent pas aussi facilement. *La Voix* n'a fait preuve d'aucune clémence à son égard lorsqu'elle a envoyé ces choses à ses trousses. Alors elle avance, seule, perdue dans cette immensité glaciale, sans le moindre abri à l'horizon ; un espoir de fou chevillé au corps, celui de réussir à se rapprocher du dôme et des regroupements de survivants… Mais elle doute en avoir le temps.

Alors qu'elle se retourne une nouvelle fois, elle croit deviner des mouvements loin derrière elle, comme une ondulation de l'horizon.

Elle s'arrête.

Le vent la fait vaciller. Ses yeux nyctalopes ne la trompent pas, il y a bien quelque chose qui la suit, quelque chose qui fonce vers elle sans se soucier du froid ou du vent… une présence implacable à la détermination inébranlable.

Elle reprend son avancée et accélère le pas. L'angoisse commence à s'emparer d'elle. Elle balaye le paysage immaculé dans l'espoir fou de voir apparaître un relief, une masse, n'importe quoi qui pourrait lui servir d'abri, mais en vain. La plaine est désespérément vide.

Son souffle se fait plus court et elle doit puiser dans ses maigres réserves pour fournir l'effort nécessaire et avancer toujours plus vite.

Soudain, elle glisse sur quelque chose et tombe en avant dans la neige. Elle se redresse et dégage la couche ouateuse pour découvrir quelque chose qui la surprend : une plaque de verre.

Alors qu'elle essaie de voir derrière la vitre fumée, elle redresse la tête, comme mue par une force invisible. À présent, elle entend des bruits portés par le vent, des râles et des cris. Les choses lancées à ses trousses ont capté son odeur. Elles ne tarderont par à la rejoindre.

Elle se hâte de dégager la zone. La plaque de verre est très grande. Elle ignore de quoi il s'agit, mais elle n'a pas le temps de se poser la question, car la mort se rapproche à grandes enjambées. Elle sort un vieux marteau de son sac et essaie de briser la vitre.

Elle résiste.

Elle frappe avec l'énergie du désespoir et une lézarde finit par apparaître, suivie d'une corolle qui s'étale progressivement à ses pieds. Un dernier coup finit d'achever la vitre qui se brise dans un bruit sec. La silhouette se rapproche et regarde par le trou béant. Des flocons se mêlent aux morceaux de verre et tombent de chaque côté en une pluie fine et délicate. Son cœur s'emballe lorsqu'elle découvre le vide sous la vitre. Elle ne voit pas le fond qui est plongé dans une obscurité telle, que ses yeux ne parviennent pas à percer le voile opaque des ténèbres.

Elle relève la tête pour voir où se trouvent ses assaillants, quand une masse aussi blanche que la neige lui tombe dessus sans un bruit. Les deux formes, emmêlées, roulent sur le côté. La silhouette en a le souffle coupé, mais elle parvient à se dégager et à se mettre sur ses pieds juste avant la créature laiteuse. Elle raffermit sa prise sur le marteau et se tient prête à défendre sa vie. Trois autres assaillants se rajoutent et l'encerclent. Ils grognent et bavent d'envie à l'idée de plonger leurs crocs dans sa chair tendre. Malgré le froid tenace, elle transpire sous ses oripeaux, tandis que les choses sont nues et glabres, insensibles au froid extrême.

Deux créatures lui sautent dessus. Elle évite la première et parvient à frapper la seconde d'un coup de marteau dans la tête. Elle entend la chose gémir et cela lui tire un sourire. Elle se sent galvanisée. Elle pourrait peut-être s'en sortir.

Les deux autres se lancent à leur tour, mais avec plus de précision que les premières. L'une d'elles plante ses griffes dans le bras offert de sa victime. Elle pousse un gémissement, mais se dégage avant que les dents acérées ne se referment dessus. De son autre main, elle frappe celle qui revient à la charge et elle s'écroule sous un coup de marteau, inerte. Les autres s'arrêtent un instant. Cette proie est plus coriace que celles qu'ils ont l'habitude de chasser, mais il est hors de question de la laisser partir. Ils reculent d'un pas et lui tournent autour. La silhouette a du mal à reprendre son souffle. Sous l'effort, respirer l'air glacial commence à lui faire mal aux poumons. Elle fixe son attention sur l'une des créatures et plonge ses yeux dans les siens.

Elle est déstabilisée de voir à quel point leur regard est humain... empli de haine farouche et de sauvagerie, mais humain.

Un ordre muet donne le signal de la curée et les trois créatures lui sautent dessus. Elle parvient à en repousser une, mais les deux autres la plaquent dans la neige. Elle sent les flocons froids lui tomber sur le visage et entrer dans son cou. Elle a le temps de penser à son père et elle espère avoir pu le sauver en faisant le choix qu'il refusait de faire.

Des dents avides de sang chaud se referment brutalement sur sa gorge et lui ôtent la vie, laissant une large corolle pourpre se répandre sur le blanc immaculé de la neige...

CALEB

Jour 1

— …al… b ! Il e… l'… re d… … e…ver !

J'entends une voix, loin, très loin dans mon esprit…

— Tu vas êt… en reta… !

Ça y est, je me reconnecte à la réalité. C'est ma mère qui m'appelle depuis la pièce commune. Il est trop tôt pour moi et je m'extirpe du lit avec beaucoup de mal. Je m'étire et refais mon lit sans ouvrir les yeux. Je le redresse contre le mur dans son caisson pour qu'il prenne moins de place. Je peux alors descendre une petite tablette qui fait office de bureau pour travailler. Je me traîne jusque dans la minuscule salle de bain où je reste planté devant le miroir les yeux fermés à attendre que la lumière des dalles du Dôme pénètre dans la petite pièce.

Lorsque les premiers rayons de lumière artificielle se posent sur moi, je rentre dans la douche. J'actionne l'eau ce qui enclenche en même temps le débitmètre. Je peux utiliser au maximum cinq litres par jour pour me laver. Cela me fait une douche de moins de deux minutes sous un mince filet. L'eau est une denrée rare dans la Zone Protégée. Elle est puisée dans le sous-sol du Dôme, mais les réserves sont minces. Le reste est obtenu par la neige prélevée en masse à l'extérieur du Dôme, mais elle doit être fondue, filtrée et rendue potable avant d'être utilisée, ce qui rend le dispositif coûteux en énergie. Sur une journée, nous avons le droit à une cinquantaine de litres pour tout faire : boire, faire à manger, laver la vaisselle et le linge, pour notre hygiène et arroser nos légumes. C'est peu, mais suffisant si l'on fait attention.

Je n'ai pas le temps d'attendre l'eau chaude et je me lave sous une eau froide puis vaguement tiède vers la fin. Avant que je finisse, les dernières brumes de sommeil sont complètement dissipées.

— Ton petit déjeuner est prêt mon chéri, me lance ma mère lorsque je sors. Dépêche-toi.

— Oui maman… lâché-je dans un ultime bâillement.

Je retourne dans ma chambre pour ouvrir la fenêtre. Il fait frais ce matin et l'ensoleillement est timide. Les dizaines de milliers de dalles réfléchissantes qui composent la voûte de l'immense géode du Dôme qui nous surplombe, n'ont pas encore déployé leur plein potentiel.

Il faudra attendre midi pour que les techniciens augmentent la puissance et que l'on gagne en luminosité et en chaleur. Avec cet éclairage artificiel, ils peuvent régler l'intensité et la bonne quantité d'ultraviolets dont nous avons besoin, mais également celle nécessaire à la végétation et aux cultures.

Je lève les yeux vers la masse sombre qui nous domine de ses cent mètres de haut : le mur d'enceinte. Véritable rempart contre les dangers de l'extérieur. Il est à moins de trois minutes à pied de la maison, mais il est tellement massif que j'ai l'impression de pouvoir le toucher. C'est à son sommet que le Dôme s'élève telle une coquille protectrice. À sa base, de gros tubes de plusieurs mètres de diamètre parcourent le pourtour de ce mur d'enceinte. Ce sont les échangeurs d'air. Ils permettent de renouveler l'air du Dôme avant qu'il ne soit vicié. L'énergie dont ils ont besoin provient de puissantes éoliennes placées sur la périphérie du mur, à l'extérieur de la coupole. Dehors les vents sont très puissants ce qui assure une quantité continue d'électricité nécessaire au bon fonctionnement des turbines extractrices. Parfois, du givre se dépose sur ces énormes tubes, signe que le ciel à l'extérieur du Dôme est dégagé et que la température y est très basse. Les techniciens de la voûte doivent alors augmenter la puissance pour chauffer l'atmosphère protégée et puiser dans nos réserves de charbon pour éviter que le froid n'arrive à traverser les dalles isolantes, ce qui risquerait de les dégrader. Quand cela arrive, nous sommes obligés de réduire notre consommation électrique durant plusieurs jours.

À l'intérieur de cet écrin, nous sommes protégés, nous sommes en vie. Je ne sais pas grand-chose sur l'autre côté. J'ignore à quoi il peut ressembler, mais qu'importe : je dois juste savoir qu'il y règne une obscurité quasi permanente, un froid polaire... et la mort.

J'arrose la petite jardinière qui se trouve à l'aplomb de ma fenêtre avec un pulvérisateur pour économiser l'eau. Je fais pousser quelques aromates pour agrémenter nos repas. Un peu partout autour de nous, les gens font pousser quelques légumes pour pouvoir manger lorsque nous sommes face à des restrictions ordonnées par le Décideur de la régulation alimentaire.

Je laisse ma fenêtre ouverte pour faire rentrer la chaleur à venir de cet après-midi, puis je vais manger.

Je dépose un baiser sur la joue de ma mère qui mange quelques fruits posés devant elle et je salue mon père lorsque je m'attable. Il a déjà fini, mais il lit les nouvelles sur un journal en papier jauni. Lorsqu'il l'aura terminé, celui-ci rejoindra la pile au fond de la pièce et je devrai aller les déposer au centre de recyclage situé à quelques pas de la maison. À voir la mine sombre qu'il arbore, elles ne doivent pas être bonnes. Malgré tout, je décide d'engager la conversation :

— Quelles sont les nouvelles ?

Il fait mine de ne pas m'entendre et ne me répond pas.

— Papa ? Les nouvelles ?

Il grommelle, car je le dérange, l'empêchant de lire.

— Mauvaises, comme toujours.

— Raconte.

Il lève les yeux de son journal et me sonde un instant.

— Le consortium MineTech a encore eu des problèmes sur l'un de ses sites d'exploitation à l'extérieur du Dôme. Les mineurs sont régulièrement attaqués par des créatures étranges. Les forages sont à l'arrêt pour un moment.

— Et c'est grave ? je demande la bouche pleine.

— Tss… évidemment… sans forage, pas de matière première pour entretenir ou réparer les dalles de la voûte et pas de charbon pour alimenter la centrale. Tu es censé savoir ça Caleb, s'agace mon père.

J'ai un sourire gêné pour masquer mon malaise. Il a raison. Si j'écoutais mieux en classe, je n'aurais rien demandé. Je renonce à le questionner davantage de peur d'être ridicule et de l'énerver.

Mon père consulte sa montre. Il plie son journal qu'il laisse sur la table et se dirige vers la porte d'entrée.

— Je vais être en retard. Je vous laisse, à ce soir.

Ma mère se lève et va l'embrasser avant qu'il ne quitte la maison. Comme une grande majorité des adultes, mon père travaille à la centrale. Il s'y rend tous les jours en prenant une navette thermique qui fait le trajet en vingt minutes. Les véhicules personnels coûtant trop cher (sans parler de la rareté du carburant), très peu de personnes en ont, surtout dans notre Secteur où les familles y sont plus modestes. En revanche, les camions et autres véhicules de livraison sont plus courants dans la ville. La centrale est située à environ cinq kilomètres de la maison, dans le premier Secteur. Les Secteurs de la Zone

Protégée s'enroulent en partant du centre telle une coquille d'escargot. Le nôtre, le seizième, est situé en périphérie sud du Dôme.

Mon père supervise l'approvisionnement en charbon. C'est lui, avec son équipe, qui régule le flux dans les hauts-fourneaux de la centrale. Lorsque le précieux or noir vient à manquer et que les mineurs ne sont pas encore revenus de leur campagne de forage, c'est lui aussi qui indique qu'il faut baisser l'intensité lumineuse et la chaleur sous la voûte.

C'est un poste important avec des responsabilités. Du moins, c'est ce que ma mère me dit. Mon père, lui, ne parle pas beaucoup. Je m'empare du journal après son départ. Je trouve l'article qui parle de ces attaques. Je lis également les deux gros titres de la première page. L'un d'eux parle du chômage croissant et le second d'un candidat à la succession du Grand Décideur. Il est à la tête d'un parti politique, le Front Solaire, qui promet d'arranger la situation. Aucun intérêt… Je repose le journal et avale distraitement mon petit déjeuner. Mes yeux s'attardent sur la table pour y trouver quelques restes, mais en vain.

— Toi, tu as encore faim, me lance ma mère avec un sourire depuis l'évier où elle fait la vaisselle dans un fond d'eau.

Je hoche la tête. Elle s'essuie les mains et se dirige vers un petit placard en angle. Elle déplace quelques ustensiles et sort un paquet emballé dans un torchon. Mes yeux s'éclairent lorsque je vois qu'il s'agit d'un gros bout de pain.

— Comment tu l'as eu ? Ce n'était pas notre tour cette décade, c'était au côté pair de la rue d'en avoir !

Les cultures communes se trouvent dans les deuxième et troisième Secteurs. Presque tous ceux qui y vivent y travaillent pour nourrir l'ensemble de la population du Dôme. Le rendement est parfois juste et nous sommes alors soumis à des restrictions. Les céréales sont plus concernées que le reste. Il est très rare d'avoir assez de farine pour faire notre propre pain. Elle est réservée aux boulangeries qui nous approvisionnent ensuite. Mais pour des raisons d'égalité, la livraison se fait une décade sur deux.

— Le boulanger est venu faire sa tournée hier en même temps que je sortais les poubelles.

— Et alors ?

— Attends, laisse-moi finir. Il était en train de préparer son étal pour servir les familles d'en face, lorsqu'un gosse, un de ses laissés-pour-compte...

— Un Rebut ?

— ... C'est ça, confirme-t-elle après un moment en faisant la grimace. Le gamin est sorti de nulle part et a foncé vers les pains exposés. Il a eu le temps d'en attraper un, mais il en a fait tomber plusieurs au passage. Le livreur lui a couru après et je me suis retrouvé avec les pains devant moi et la poubelle vide.

— J'imagine la suite. Lorsque tu as gentiment ramassé les pains au sol, l'un d'eux est tombé dans la poubelle.

Elle me sourit. J'ai vu juste.

— Il n'était pas sale. J'ai gratté la croûte et je l'ai emballé.

— Papa est au courant ?

— Oh non ! Tu sais comment il est. Il ne comprendrait pas mon geste.

Ma mère me coupe une fine tranche qu'elle me recouvre d'un peu de confiture. Nous avons un colis alimentaire tous les trente jours. Il est fourni par les agents du gouvernement. Il est censé contenir le nécessaire pour trois décades, mais c'est insuffisant.

Au mieux, il permet de tenir une décade et demie. C'est pour cela que nous cultivons tous quelques légumes en plus. Ma mère fait des confitures de tomates vertes avec le peu de sucre que nous avons dans les colis. Elle le met de côté pour en avoir suffisamment. Parfois, elle arrive à échanger quelques pots contre d'autres choses dont nous aurions besoin.

La tartine est délicieuse et je la déguste jusqu'à la dernière miette. Ma mère range le pain et la confiture avant de faire la vaisselle. Une fois cette tâche achevée, elle fera le ménage et rangera notre modeste logement. Elle ne travaille pas à plein temps. Elle occupe un poste dans une des trois minoteries de la Zone Protégée. C'est là que le blé est acheminé avant d'être trié et transformé en farine. Elle charge des sacs toute la journée avant qu'ils soient envoyés dans les boulangeries. C'est un travail pénible. C'est pour cette raison qu'elle n'y travaille qu'à mi-temps.

Je suis dans la rue moins de quinze minutes plus tard. Je remonte mon sac sur les épaules et je me dirige vers mon Centre d'Études Spécialisées, le CES. Il s'agit d'un centre de formation pour nos futurs métiers sous le Dôme.

À mesure que j'emprunte les rues qui me rapprochent de mon but, je m'éloigne du mur qui borde la Zone Protégée. Je débouche finalement dans un parc. Ce chemin n'est pas le plus rapide, mais j'aime venir là. Il est plus grand que le petit square à moitié en friche proche de la maison.

Ce parc est l'un des rares endroits où l'on peut entendre des oiseaux. Il y a bien de la verdure à proximité du Dôme, pour l'égayer un peu, mais les oiseaux, bien plus sensibles que nous, doivent y sentir la mort qui règne au-delà de cette frontière infranchissable.

Il y a quelques passants dans le parc, principalement des personnes âgées. Certains doivent profiter de leurs derniers moments sous le Dôme tant qu'ils le peuvent. Afin de réguler la population et de préserver les ressources, les familles ne peuvent avoir qu'un seul enfant et les plus vieux, s'ils sont malades, sont aidés à mourir.

Les enfants et les jeunes vont en classe, comme moi ; quant aux adultes, ils travaillent. Pourtant, je remarque deux individus qui ne sont dans aucune de ces catégories. Ils sont repérables et identifiables de loin. Ils sont couverts des pieds à la tête, sans oublier les mains. Ils ne supportent pas les ultraviolets émis par les dalles de la voûte. Après tout, c'est normal, ils viennent de l'extérieur, derrière le Dôme, là où il n'y a presque plus de lumière, plus de chaleur… plus de vie.

Ils sont si discrets que j'ai failli ne pas les voir. Je les vois serpenter entre les arbres, allant d'ombre en ombre. Ces gens essaient de passer inaperçus. Les quelques personnes qu'ils croisent ne leur accordent pas un seul regard, certains se déportent même pour ne pas croiser leur route.

Je les suis de loin, car ils vont dans la même direction que moi. À la sortie du parc, tandis que je continue au nord sur quelques centaines de mètres, je les vois prendre à gauche vers la rue commerçante. Je poursuis ma route et me désintéresse d'eux.

Je ne tarde pas à retrouver Gus mon meilleur ami, qui m'attend sur un banc, toujours le même. Il vit plus à l'est de notre Secteur et nous nous retrouvons tous les matins à cet endroit avant d'entrer en classe. Nous n'étudions pas ensemble :

lui se spécialise dans l'ingénierie et l'entretien de la centrale qui transforme le charbon en énergie, comme mon père, tandis que moi je suis un cursus sur la commande des robots d'entretien des dalles de la coupole.

— Salut Cal, me lance-t-il en me voyant arriver. J'ai failli t'attendre.

— Désolé, j'ai eu du mal à me lever ce matin.

Il me sourit et m'emboîte la pas pour gagner le centre de formation.

— Je finis à quinze heures aujourd'hui, m'apprend-il. Ma prof de maths appliquées a un empêchement. Tu veux qu'on aille se manger un truc ?

— Carrément, j'ai quelques tickets alimentaires que j'ai mis de côté, mais tu devras m'attendre une heure.

Nous nous serrons la main en signe d'accord, puis nous prenons chacun la direction de notre bâtiment d'étude.

Ma journée est monotone, comme toutes les précédentes. J'écoute d'une oreille distraite le cours sans y prendre vraiment part. Mes parents souhaitent… enfin, disons plutôt que mon père veut que je devienne technicien dans un centre de Solaris, pour travailler sur les dalles.

Le problème c'est que je ne suis pas intéressé par tout le jargon scientifique et technique. J'aspire à autre chose… sans savoir encore quoi…

À la pause déjeuner, je me pose sous un arbre pour avaler une salade de légumes agrémentés de quelques céréales. Je profite des dix minutes qu'il me reste pour fermer les yeux et écouter le bruissement des arbres et les oiseaux, quand je suis tiré de ma rêverie par des éclats de voix et des bruits de poubelles renversées. Pas besoin d'ouvrir les yeux pour reconnaître les rires gras de Dalvin, la brute du centre de formation et son groupe de crétins.

À midi, la lumière et la chaleur augmentent progressivement. Les techniciens de la centrale ont poussé le curseur d'un cran. C'est comme si l'on venait de régler le variateur d'une lampe sur la position maximale.

La fin des cours arrive vite et je rejoins Gus qui prend le soleil sur notre banc.

— Tu crois que tu vas bronzer en restant comme ça ? lui demandé-je en m'affalant à ses côtés.

— Je savoure les UV sur ma peau, me répond-il sans bouger. Avec modération, c'est bon pour les os.

Je décide de l'imiter. Je laisse la douce chaleur de ce milieu d'après-midi chauffer mon visage…

— Bon, c'est assez pour moi, fait-il après quelques minutes en se relevant d'un bon. Que dirais-tu d'une bonne glace ?

Nous nous regardons une seconde et lâchons d'une même voix :

« *Parad-ice* !! »

Il nous faut moins de dix minutes pour arriver devant le glacier. C'est un luxe rare que nous nous offrons de temps en temps. La première fois que nous en avons pris, j'ai voulu savoir comment le marchand faisait pour conserver ses produits au frais sans consommer trop d'énergie. Gus m'a alors expliqué que le type faisait venir tous les deux jours des blocs de glace de derrière le Dôme et qu'il les entreposait dans son sous-sol. C'est pour cette raison que les glaces demandent plus de tickets d'approvisionnement que d'autres aliments. Mais le plaisir qu'elles apportent vaut bien un petit sacrifice de temps à autre. Une fois servis, nous allons nous poser sur un muret à quelques mètres. La lumière baissera bientôt, aussi vite qu'elle a augmenté. Nous profitons de ce moment de dégustation lorsque nous voyons arriver deux individus semblables à ceux du parc. Ils viennent prendre des glaces eux aussi, mais pas dans la même boutique que nous. Ces gens-là ont quelques lieux spécifiques, comme certains commerces, mais c'est assez rare, car personne ne veut s'occuper d'eux. Lorsqu'il y en a, comme le glacier, on trouve un *R* sur les devantures auxquelles ils peuvent se présenter. Ils ne se mélangent pas avec nous, c'est mal vu, plus qu'interdit.

Gus cesse de manger. Il les fixe avec intensité. Je vois le tenancier leur donner brutalement une misérable glace à moitié fondue et s'emparer sèchement des tickets d'approvisionnement. C'est limite si les boules ne tombent pas par terre. Il chasse les deux frêles silhouettes avec véhémence, attisant la colère de mon ami.

— Quel sale type !

Il se lève et se dirige vers l'homme en question.

— Pourquoi vous les traitez comme ça ?

L'homme est pris au dépourvu et ne sait comment réagir dans les premières secondes. Je vois alors son visage s'empourprer avant de retrouver l'usage de la parole.

— Mais… mais de quoi je me mêle gamin !

— Vous avez eu vos tickets, et ils ne vous ont pas manqué de respect.

— Ferme-là p'tit merdeux ! lâche-t-il en colère. Ne viens pas me donner de leçons à ton âge. Ces Rebuts peuvent déjà s'estimer heureux que je les serve ! Je sais même pas comment ils ont eu ces tickets. Ils ont dû les voler ! Alors, fous-moi le camp d'ici !

Gus sert les poings et prend sur lui avant de tourner les talons.

— Bientôt, tout changera gamin, il faudra que tu fasses attention à toi si tu continues à penser et dire n'importe quoi ! lui crie le commerçant dans le dos.

Gus se retourne d'un coup et lui jette sa glace en pleine figure. Il manque sa cible et le sorbet s'étale sur sa vitrine, s'attirant aussitôt une volée d'injures de l'autre. Nous ramassons nos sacs et quittons les lieux.

Une fois dans le parc, Gus met plusieurs minutes à se calmer.

— Pourquoi tu as réagi comme ça ? lui demandé-je une fois qu'il a cessé de tourner en rond.

— Ces gens sont des êtres humains, ils méritent mieux que notre mépris affiché.

— Ce sont des Rebuts, Gus, ils n'ont rien…

— Non Cal, pas des Rebuts… des êtres humains. En plus, on utilise un mot répugnant pour parler d'eux.

— On dit bien de nous que nous sommes des Éclairés. On nous catégorise aussi, objecté-je.

— Oui, pour mieux nous opposer à eux, explique-t-il. Mais le mot *éclairé* est mieux choisi. Il signifie que nous avons accès à la lumière, à l'énergie, au confort, à la nourriture, l'eau, la vie ! Ce n'est pas comparable avec le mot *Rebut*…

— Dit comme ça…

— Ce mot devrait également indiquer que nous sommes instruits, avisés et humanistes… ce qui est loin d'être le cas.

— Nous sommes tout le contraire d'eux.

— Oui ! Mais parce que les gens le veulent ainsi. Rien ne nous oblige à les traiter comme ça. Nous nous sommes choisis un nom digne et prometteur, tandis que nous les avons affublés d'un surnom dégradant. Tu ne crois pas qu'ils ont suffisamment souffert de l'autre côté du Dôme, et qu'ils souffrent encore de tout ça ici ? Ils vivaient là-bas dans une obscurité quasi totale avec un froid mortel depuis plusieurs générations. Ils sont complètement dépendants de nous, alors qu'ils vivent déjà dans une misère totale !

Je ne sais trop quoi penser. Je ne suis pas vraiment habitué à raisonner de la sorte, et encore moins à voir les choses sous cet angle.

Gus consulte sa montre et m'annonce qu'il doit rentrer. Je pense que c'est une fausse excuse et que cette histoire l'a perturbé. Je respecte son choix et le laisse partir. Il a sans doute besoin de digérer ce qu'il vient de se passer.

Je reste dans le parc jusqu'à dix-huit heures. Les chants des oiseaux m'apaisent. J'attends la baisse de luminosité qui indique l'arrivée du soir et l'approche de la nuit.

En partant, je lève les yeux vers le ciel. Je distingue plusieurs points lumineux. Ce sont les robots d'entretien qui nettoient les dalles de la géode et vérifient leur étanchéité.

Un jour, j'ai demandé à l'un de mes professeurs depuis combien de temps le Dôme était là et ce qu'il y avait avant ? Je me suis fait rembarrer aussi sec :

« Ce qu'il y avait avant le Dôme n'a aucune importance. Sans lui nous serions morts et l'humanité serait éteinte puisqu'il n'y a plus que nous ! C'est la seule chose à savoir !

« Peut-être serions-nous devenus autre chose, avais-je objecté, peut-être aurions-nous évolué…

« Évolué ? avait failli s'étrangler mon professeur. Pour devenir quoi ? Des monstres comme les Rebuts ! Mais tu divagues. Fais

attention à ce que tu dis, Caleb, tu es à la limite de l'hérésie scientifique ! »

Fin de la discussion. À voir le regard noir du professeur et de mes camarades, j'ai vite compris que j'aurais dû me taire. Je n'ai jamais reposé la question, pas même à mes parents…

De retour à la maison, je trouve ma mère dans la cuisine. Ça sent bon, l'odeur est alléchante et stimule immédiatement mon appétit.

— Papa n'est pas encore rentré ? demandé-je en prenant une petite tomate sur la table.

— Il ne dîne pas là ce soir. Il a une réunion de travail avec ses collègues, et cesse de grignoter ! Tu ne mangeras rien ce soir… Va te laver les mains.

« *Encore une* », me dis-je en me retenant de prendre une autre tomate. Cela fait quelque temps qu'il a des réunions le soir. Il n'en avait pas avant, peut-être a-t-il changé de poste…

Nous mangeons donc en tête-à-tête avec ma mère. Nous parlons de tout et de rien, mais je ne lui raconte pas l'épisode avec Gus. Je ne sais pas si elle comprendrait et elle pourrait me demander de ne plus le voir, ce que je refuse d'envisager.

Après avoir tout rangé, je vais travailler avant de me coucher.

J'espère que Gus ira mieux demain, qu'il sera apaisé et qu'il passera à autre chose. C'est sur cette pensée que je finis par trouver le sommeil.

Je me lève rapidement ce matin dans l'espoir de retrouver Gus plus tôt.

J'arrive à notre point de rendez-vous habituel et je constate qu'il n'est pas encore là. Je regarde ma montre. Je suis en avance de dix minutes. Il arrive quelques instants après. Il me sourit. Cela me rassure.

— Tu es en avance, lui fais-je remarquer, content d'avoir vu juste.

— Je savais que tu viendrais avant l'heure ce matin, me rétorque-t-il.

— Tu es perspicace. Je ne vais pas te mentir, ce qu'il s'est passé hier m'a troublé. Je voulais m'assurer de ton état.

— Je te remercie. Écoute Cal… il faut que tu saches que mes parents et moi sommes ouvertement contre cette discrimination. Notre société est basée sur l'exclusion et la préférence de quelques-uns au détriment de tous les autres.

— De quoi parles-tu ?

— Du Dôme, du mur, de la nourriture… de tout ce qui nous entoure Cal !

Il n'a sans doute pas tort. Beaucoup d'injustices entourent notre mode de vie, mais c'est un choix qu'il nous faut faire pour sauver le plus grand nombre. Je regrette pour les Rebuts, mais avons-nous le choix ?

J'ai une question qui me trotte dans la tête depuis hier. Gus m'a fait prendre conscience du mot dégradant utilisé pour parler de cette population. Pour être honnête, je ne me posais pas la question jusqu'alors et je les appelais comme tout le monde : des Rebuts.

— Tu les appelles comment Gus ? lui demandé-je après un moment.

Il me regarde d'un air complice.

— J'utilise le mot *Exclu*. Il dit bien ce qu'ils sont aux yeux de notre société, sans émettre un jugement sur qui ils sont réellement…

Mon ami est très réfléchi et engagé, alors que moi rien ou presque ne m'intéresse, et encore moins la cause de ces gens marginalisés.

— Tu as déjà parlé avec l'un d'eux ?

— Un Exclu ?

Je hoche la tête.

— Oui, ça m'arrive régulièrement. Il y en a beaucoup plus que tu ne crois qui évoluent autour de nous. Ils sont intéressants, quand on se donne la peine d'aller vers eux. Avais-tu remarqué les deux filles qui étaient dans ma classe l'année passée ou le garçon qui se trouvait dans la section des plus jeunes jusqu'au mois dernier ? As-tu pris le temps de regarder les rues le matin ou le soir, lorsque les rayons sont moins forts ? T'es-tu déjà promené dans les parties non habitées de notre Secteur, soit parce qu'elles sont trop proches du mur d'enceinte, ou soit parce qu'il s'agit de lieux désaffectés ?

La réponse est non…

J'ai un peu honte d'être autant déconnecté de la réalité. En dehors de ma vie monotone et du plaisir que j'ai d'écouter les oiseaux au parc, je ne connais pas grand-chose de mon Secteur ou des gens qui le composent.

— Ils sont partout Cal, vivant dans les rues, sous les ponts, dans des squats insalubres, se nourrissant du peu de nos déchets, gagnant quelques tickets quand ils le peuvent. Ils se cachent de nous qui les détestons parce qu'ils nous dégoûtent. Ils nous renvoient l'image de ce que nous aurions pu devenir si nous étions restés de l'autre côté du Dôme : des marginaux, pauvres et rejetés… et nous refusons cette image en bloc.

De retour en cours, les paroles de mon ami tournent en boucle dans ma tête. Déjà qu'en temps normal je n'écoute pas grand-chose en classe, mais là…

Je ne revois Gus qu'en fin de journée, quand nous quittons le Centre d'Études Spécialisées. Il a quelques minutes de retard, mais il sort tout excité.

— Qu'est-ce qui te met dans cet état ?

Il m'entraîne plus loin, à l'écart des élèves qui restent par petits groupes devant le bâtiment.

— Est-ce que tu connais Mme Dubonnet ?

— La prof de mécanique ?

— Non, sa sœur. Elle enseigne la dialectique.

Je secoue la tête. J'ignorai que Mme Dubonnet avait une sœur.

— Eh bien ?

— Lors d'un exercice de jeu de rôle cet après-midi, elle nous a fait jouer des Exclus face à des commerçants sans scrupules, malhonnêtes et brutaux. Ça ne te rappelle rien ?

Comment l'oublier ? Toutefois, je suis surpris par ce choix de travail ; venant d'un professeur c'est assez… étrange.

— Et ça s'est passé comment ? Tout le monde a accepté de participer ?

Il part dans un grand éclat de rire.

— Bien entendu ! Mais tout le monde voulait jouer les commerçants. J'étais le seul à vouloir être un Exclu. Je me suis éclaté. Je me suis fait plaisir face à eux, je les ai démolis. Ils ne savaient plus quoi dire à part des insultes, ce qui a fait sourire Mme Dubonnet.

— Pourquoi ça ?

— Elle souhaite démontrer que face à la puissance du discours, même les nantis, ceux qui ont le pouvoir, peuvent se retrouver démunis devant un pestiféré, dès lors qu'il maîtrise la puissance de la rhétorique. Mais ça pointe également un autre problème… plus grave à mon sens.

— Ah oui, lequel ?

— Les politiciens maîtrisent cet art oratoire. Ils peuvent donc nous faire croire n'importe quoi, nous faire gober n'importe quelle connerie, comme le taré du Front Solaire qui veut succéder au Grand Décideur. Il parle carrément d'eugénisme. On est en pleine discrimination génétique.

— Tu n'as pas eu d'ennuis à la fin ? Si tu les as ridiculisés en jouant un Exclu qui leur tenait tête, ça n'a pas dû leur plaire.

— Je ne vais pas te mentir, plusieurs élèves sont sortis de leur rôle et ont voulu m'en foutre une, mais la prof a mis fin à l'exercice au bon moment. Ils sont quand même repartis avec des éclairs dans les yeux. C'est là que je me suis rendu compte que j'étais le seul à vouloir défendre leur cause. Tous les autres sont déjà corrompus par les discours de leurs parents ou du leader du Front Solaire.

— Et la prof, elle en a pensé quoi ?

— Je suis resté discuter avec elle. Elle partage les mêmes idées que moi. Elle veut provoquer un électrochoc chez la jeune génération et elle aimerait nous emmener voir des Exclus pour faire évoluer les mentalités.

— Tu crois qu'elle aura l'autorisation ?

Il hausse les épaules.

— Il faut y croire Cal.

Nous cheminons ensemble quelques minutes avant d'arriver à notre banc. C'est là que nos routes se séparent.

— J'oubliais Gus, comment la prof appelle les Exclus ? lui demandé-je alors qu'il commence à s'éloigner.

Il se retourne et écarte les bras.

— Le plus simplement du monde : des humains !

— Arrête de déconner !

— Elle les appelle les Hors-Le-Dôme. C'est d'ailleurs ainsi qu'ils se nomment entre eux. Pour elle, le terme Exclu est encore trop sujet à interprétation et à double sens. Elle n'a pas tort dans le fond...

Nous nous saluons sur ces derniers mots et il tourne au coin de la rue pour disparaître de mon champ de vision.

Sur le chemin du retour, je passe par le parc comme chaque jour. Je me pose pour écouter les oiseaux, mais cette fois-ci, je garde les yeux ouverts et j'observe.

Gus avait raison, car en quelques instants, je repère cinq Exclus. Ils sont discrets et furtifs. Ils sortent d'une ombre pour en retrouver une autre. Ils vont souvent par deux, mais le dernier que je vois est plus grand, plus massif que les autres, peut-être un adulte. J'en croise d'autres à l'approche de la maison. Pour autant, je garde mes distances avec eux et évite de croiser leur regard si dérangeant.

Jour 17

Ce matin, le cours de M. Galbart commence à peine lorsque la porte s'ouvre doucement. Une main gantée est posée sur la poignée. Je devine une fine silhouette qui se tient dans l'encablure, mais de ma place je ne vois rien d'autre que cette main. Je comprends rapidement qu'un nouvel élève nous arrive en milieu d'année. Ce n'est pas la première fois que cela se produit. Nous avons de temps en temps des arrivées ou des départs, mais là, je sens que c'est différent. Notre professeur jette un œil rapide sur le nouveau venu qui le dérange dans son exposé et je vois qu'il retient une grimace qui ne demande qu'à sortir. Il ne se donne même pas la peine de nous le présenter, ne s'arrêtant qu'un instant avant de reprendre le fil de sa leçon sur la composition des dalles réflectrices de la coupole.

La main s'efface et le *nouveau* entre. Il est accompagné d'une surveillante. Il se dirige vers le professeur et lui tend un papier qu'il survole rapidement en soupirant. Il était effectivement inutile de nous le présenter. Dès les premières secondes, nous savons tous à qui nous avons affaire. Petite taille, peau crayeuse, cheveux blond-filasse, presque opalins, maigreur maladive, vêtements déchirés et rapiécés à maintes reprises... Il ne manque plus qu'à voir ses yeux laiteux, cachés derrière d'épaisses lunettes de soleil et le tableau sera complet... Il est à l'opposé de ce que nous sommes : plus grands, plus massifs et mieux nourris, même si nous mangeons peu. Bien que j'en aie croisé plusieurs dans les rues ces derniers jours, c'est la première fois que je suis si proche de l'un d'eux et qu'il ne cherche pas à fuir.

Le manque total d'intérêt de notre professeur à son égard semble parfaitement convenir à la frêle silhouette qui nous fait face. Le *nouveau* se courbe encore davantage et remonte l'allée centrale aussi vite qu'il le peut dans l'espoir de trouver une place libre. Tandis qu'il passe à ma hauteur, je vois Dalvin, placé devant moi, balancer son coude dans les côtes de son voisin. Il sourit d'un air mauvais. Je sais ce que cela veut dire :

« *Mate ça, de la chair fraîche...* »

Dalvin... un type trop grand, trop fort pour seize ans, mauvais comme une teigne et qui effraie même les adultes. Il n'aime pas les nouveaux... il n'aime pas grand monde d'ailleurs. Il faut toujours qu'il les accueille avec méchanceté et qu'il en fasse ses souffre-douleurs. Mais là, je sais que ce sera différent, que ce sera pire que d'habitude.

J'entends des murmures et je vois les regards de dégoût parmi les élèves. Une fille du fond de la classe se lève en catastrophe et fait mine de vomir avant de se placer ailleurs. Je suis gêné par cette réaction. Le *nouveau* s'assoit immédiatement à cette place. Il est à quelques mètres derrière moi, il ne lève pas les yeux de ses genoux. Gus a sans doute vécu la même chose lors de l'exercice proposé par Mme Dubonnet.

Ce gars est un laissé-pour-compte, un pauvre... un *Rebut* comme tout le monde les appelle... un *Exclu* pour Gus.

Les apports techniques de notre professeur endorment tout le monde, à l'exception de l'Exclu qui prend des notes avec avidité. Je me sens honteux de fermer mes oreilles à tout ce charabia soporifique, alors que lui semble trouver cela passionnant...

Je sors de ma réflexion lorsque la sonnerie de la pause retentit dans tout le bâtiment.

Cet interlude matinal nous offre l'occasion de prendre l'air, de nous dégourdir les jambes. Dalvin sort en hâte et ne tarde pas à réunir son groupe. Ils ont l'air mauvais et fouillent les environs du regard. Je sais ce qu'ils cherchent… le *nouveau*. Cela me navre. Ils ne vont même pas lui laisser une journée de répit. Je m'éloigne. Je n'aime pas Dalvin et son groupe de brutes. En me dirigeant vers l'autre bout de la cour, je repère l'Exclu. Il est là, seul, assis contre un arbre, il se cache de la lumière artificielle des dalles. Je passe sans lui accorder un regard. Après quelques pas, je me ravise, quelque chose me pousse à rebrousser chemin. Peut-être les longs échanges avec Gus commencent-ils à avoir un effet sur moi…

Lorsque je suis devant lui, il lève la tête vers moi. Je ne vois pas ses yeux derrière ses lunettes de protection solaire. Je sais que les gens comme lui doivent les protéger en permanence sous peine d'être frappés de cécité.

Il me sourit. Je ne sais pas comment réagir. Je jette un coup d'œil derrière lui. Dalvin et ses amis cherchent encore et ils vont finir par le trouver. Je secoue la tête. Qu'est-ce que je fais ? Pourquoi je m'occupe de ce gars ? Il est différent de nous, si personne ne s'intéresse à eux, c'est qu'il y a une bonne raison. Je risque de m'attirer des problèmes… Je suis en conflit entre ce que j'entends autour de moi et le discours opposé de Gus, et je n'arrive pas à me décider qui écouter…

— Salut, me lance-t-il en me tendant la main. Je m'appelle Luc, et toi ?

J'ai un mouvement de recul.

— Laisse tomber. On ne sera jamais potes, alors garde ta salive. Dalvin et ses sbires te cherchent. Ils n'aiment pas les nouveaux, surtout les gens comme toi. Ils vont te tomber dessus dans pas longtemps. Tu ferais bien de te planquer.

Je tourne les talons et commence à m'éloigner.

— Pourquoi m'aider puisque nous ne serons jamais amis ? lance-t-il dans mon dos.

Je ne réponds pas et poursuis mon chemin. Sa question me trouble un peu.

Quelques instants plus tard, j'entends Dalvin pousser un cri de victoire en découvrant sa future victime. Il jubile tel un chasseur devant sa proie. Je n'ose même pas me retourner de peur de croiser le regard terrifié de l'Exclu.

La fin de notre pause est sifflée quelques minutes plus tard. Je me dirige vers la salle de classe en faisant un détour. Moins de trois minutes après que tout le monde se soit installé, le *nouveau* réapparaît. Ses vêtements sont déchirés par endroit, il n'a plus de veste et ses épaules sont rougies. Il ne porte plus ses lunettes et il grimace pour garder ses yeux mi-clos. Je note aussi des ecchymoses sur ses bras et ses jambes. Dalvin et ses amis n'y sont pas allés de main morte.

— Veuillez excuser mon retard Monsieur, commence-t-il à l'adresse de Monsieur Galbart.

— Que vous est-il donc arrivé ? Vous êtes dans un sale état !

— J'ai malencontreusement perdu mes lunettes, et ne pouvant ouvrir les yeux, je me suis dirigé à tâtons pour rejoindre la classe. Je me suis cogné à plusieurs reprises.

— Hum… Voilà qui est fâcheux. Avez-vous une seconde paire ?

— Oui Monsieur, j'avais prévu cette éventualité.

— Bien. Mais je n'aime guère être dérangé dans mon cours. Faites-vous discret. La prochaine fois, je serai moins indulgent. Vous faire remarquer dès le premier jour n'est pas bon pour vous jeune homme. Vos origines ne vous dispensent pas d'appliquer les règles communes à tous.

Il hoche la tête et regagne sa place. Au passage, Dalvin tend la jambe et le *nouveau* qui gardait les yeux presque fermés se prend les pieds dedans. Il s'affale de tout son long et j'entends sa tête heurter le sol. Tout le monde se met à rire, Dalvin en tête. Monsieur Galbart se fâche immédiatement.

— Encore vous ! Vous ne semblez pas comprendre. Je vous ai demandé d'être discret. Et voilà que vous faites le pitre pour divertir tout le monde. Vous n'ignorez pas que nous pouvons encore vous renvoyer là d'où vous venez. N'oubliez pas que vous n'êtes ici que pour des raisons politiques, afin de calmer les petits groupes de défense des minorités.

Je n'en crois pas mes oreilles. Même notre respecté professeur lui manifeste de l'hostilité…

Il se relève et va directement s'asseoir. Avant qu'il ne place une nouvelle paire de lunettes sur son nez, j'ai le temps de voir une larme muette couler le long de sa joue. Il l'essuie rapidement, comme si de rien. Ma gorge se serre…

Je ne vois pas Gus longtemps ce soir. Il est dépité, car sa prof n'a pas eu l'autorisation de faire sa sortie, à la grande joie des élèves qui ne souhaitaient pas du tout être au contact des Exclus.

— Le directeur préfère attendre le résultat des élections, me rapporte-t-il très amer. Tu te rends compte de la situation ?

— Je croyais que le système scolaire ne subissait pas directement l'influence politique ?

— Surtout par anticipation d'un résultat électoral. Cela ne signifie qu'une seule chose : tout le conseil d'administration est ouvertement contre les Exclus…

Je le sens suffisamment affecté par cette décision et décide d'éviter de lui parler du nouveau qui est arrivé et de l'incident avec Dalvin.

Ce soir, à la maison, je révise mes leçons du jour, mais j'ai beaucoup de mal à me concentrer, car je repense aux événements de la journée. Durant le repas, mes parents écoutent les nouvelles sur la chaîne d'informations Nationale, la seule station radio disponible. On y parle beaucoup de politique et de problèmes variés ; je n'y comprends pas grand-chose. Il y est fait mention de difficultés financières du groupe Solaris (il entretient les grandes dalles grâce à des robots commandés à distance depuis le centre de contrôle situé à proximité de la centrale), de corruption, de heurts entre des groupes armés *AntiRebuts* et les forces de l'ordre du Centre…

— Les choses vont mal, commente mon père d'ordinaire peu loquace. Ces Rebuts pressent de plus en plus le gouvernement pour obtenir des compensations financières ou des avantages sociaux. À ce rythme, l'État fera faillite et ce sera la récession. Les choses doivent changer et vite.

— Peut-être, objecte ma mère, mais tout de même, ces groupes fanatiques sont dangereux. Et puis je n'aime pas quand tu emploies ce mot… *Rebut.* C'est dégradant.

Je lève le nez de mon assiette. Ma mère penserait-elle comme Gus et sa famille ? Finalement, elle aurait peut-être compris l'incident entre mon ami et le vendeur de glace de l'autre jour.

— C'est ce qu'ils sont aux yeux de notre mode de vie. Et pour le reste, c'est un faux problème. L'alarme que ces groupuscules tirent doit être entendue. Le gouvernement ne devrait pas leur envoyer les forces armées. Il devrait les écouter et agir !

— Mais enfin, ces gens ont le droit à une certaine considération. Nous les méprisons et nous exploitons leurs ressources, sans pour autant leur apporter le soleil. Dès que MineTech trouve un nouveau filon houiller hors les murs du Dôme, il n'hésite pas à chasser les éventuels occupants des lieux. Ils ne sont jamais dédommagés et il n'y a en général personne pour s'en soucier et pour défendre leurs droits, pour la simple raison que ces peuplades isolées et affaiblies ne sont pas vraiment reconnues sur la scène politique.

— Nous n'avons pas le choix, rétorque mon père visiblement contrarié que ma mère ne pense pas comme lui. Les ressources pour entretenir les dalles de la voûte se trouvent souvent sur ces territoires reculés, ainsi que le charbon de la centrale. N'oublie pas que ces territoires ne leur appartiennent pas. Ils sont la propriété de l'humanité, et ces… êtres, ne sont pas humains. Ils ne peuvent pas prétendre aux mêmes droits que nous, et surtout pas à la propriété. Exploiter ces sols relève de notre survie. Pour le reste, tu ne sais pas comment les choses se passent. Tu ne peux pas être aussi catégorique.

Mon père reprend son souffle avant de poursuivre.

« Et puis, tu sais que nous ne pouvons pas construire d'autres dômes ailleurs pour les accueillir. Cela coûterait trop cher. Nos ingénieurs actuels entretiennent les dalles de la voûte, les réparent, les changent au besoin, et c'est suffisant. Nous payons déjà énormément d'impôts pour couvrir les frais de fonctionnement et d'entretien de notre propre Dôme. Nous serions exsangues si nous décidions malgré tout d'essayer d'en construire d'autres. En plus, nous ne cessons d'accueillir des réfugiés Rebuts. Le gouvernement fait mine de ne pas voir que ces gens nuisent à notre équilibre et à notre harmonie, mais c'est une réalité !

Je suis troublé par tout ça. Entre le discours de mon père et celui de Gus, il y a un fossé qui semble infranchissable, et je me retrouve avec ma mère au beau milieu...

Après le repas, je monte me coucher, mais je tarde à trouver le sommeil.

Jour 18

Je me réveille avec l'esprit embué. Le sommeil ne m'a pas détendu. Après un rapide petit déjeuner, je me dirige vers le centre de formation. Je veux passer par le parc, mais l'entrée est fermée pour cause d'entretien des allées. Je passe donc par les rues où je suis rapidement rejoint par d'autres élèves qui empruntent le même chemin. Je chemine dans mes pensées quand un groupe me passe devant, allant d'un pas plus pressé que le mien. Je les entends discuter, ils évoquent les titres d'hier soir.

— Moi je vous le dis les gars, ces putains de Rebuts vont tout foutre en l'air.

— Les élections approchent et mon père m'a expliqué que le Grand Décideur actuel essaie de s'accrocher au pouvoir en se faisant bien voir des intellectuels qui veulent défendre ces pauvres types. Y a que la classe ouvrière qui peut changer la donne.

— T'as raison, avance un autre. Mon père, lui, dit que les traîtres à la nation qui veulent défendre les Rebuts ne seront bientôt plus qu'une poignée qu'il sera facile de réduire au silence. Le parti du Front Solaire va remporter les prochaines élections et c'en sera fini du problème de ces dégénérés.

Mon cœur accélère d'un coup en pensant à Gus. Si ce que raconte ce gars est vrai, alors mon ami et sa famille risquent d'avoir des problèmes.

Le groupe est rejoint par un autre élève qui arrive en courant. Il est tout essoufflé. Les autres s'arrêtent. Je leur repasse devant et fais halte quelques mètres plus loin, faisant mine de refaire mes lacets.

— Qu'est-ce qu'il t'arrive ?

— Je suis dans la panade les gars. Figurez-vous que ma mère va perdre son boulot à l'annexe sud de la centrale. Et pas qu'elle. Il y a des dizaines de salariés sur la sellette. C'est la même chose dans les minoteries !

— Pourquoi ? braille une fille du groupe en écartant tout le monde. Mes parents bossent tous les deux à la minoterie sud.

— Il parait que le gouvernement veut que les Rebuts aient un Dôme rien que pour eux.

— Et alors, en quoi ça menace le boulot de vos parents ? demande un autre.

— Il faut beaucoup d'argent pour construire un truc pareil. En supprimant des emplois, le Décideur du budget espère économiser suffisamment pour mener son projet à bien et construire ce Dôme dans l'une de leurs régions.

— Ça craint !

J'en ai assez entendu. Le groupe se remet en route et je les laisse me dépasser.

Je retrouve Gus qui m'attend sur le banc habituel.

— Il faut qu'on parle, commencé-je.

— Oh… je n'aime pas le ton grave que tu emploies.

— Je viens de croiser des jeunes qui disent que le parti dont tu parlais l'autre jour va remporter les élections et que les gens qui aident les Exclus sont des traîtres qui seront réduits au silence.

Gus ne cache pas son inquiétude.

— Mon père a eu un problème hier soir en sortant les poubelles. Il a renversé celle du voisin sans faire attention. Il a tout ramassé, mais avant qu'il ait pu s'excuser, le type, un vieux fou lui a sauté dessus et a commencé à l'engueuler. Mon père ne s'est pas laissé malmener et alors qu'il pensait que les choses se calmaient, l'autre a embrayé sur les positions de mon père à l'égard des Exclus et l'a menacé ouvertement.

— Merde... ça craint ! Vous allez faire quoi ?

— Rien Cal, nous n'allons pas céder à la panique et laisser la peur guider nos choix et nos actes.

Malgré son discours rassurant, j'ai peur pour lui... S'ils n'y prennent pas garde, on les dénoncera à la moindre occasion. Et qui sait ce qu'il adviendra d'eux ? C'est avec une boule au ventre que je rentre dans la classe pour constater que l'Exclu est déjà là. Il me sourit. Je détourne la tête. Personne ne doit voir ça, pas après ce que je viens d'entendre dans la rue. Personne ne doit savoir que je l'ai aidé, sinon...

À la pause, je me campe dans un coin ombragé. Je savoure la brise qui fait bruisser les feuilles de l'arbre à côté duquel je me trouve. J'entends même un léger piaillement d'oiseau au-dessus de ma tête. Je souris.

Les bruits alentour ne m'atteignent pas. J'entends des cris, des pleurs, des rires, des disputes... tout ce qui caractérise un espace récréatif pour des jeunes d'une quinzaine d'années.

Pourtant, un cri de rage me fait réagir. J'ouvre les yeux à la recherche de cette agression. Sans surprise, je trouve Dalvin et les siens sur le dos du *nouveau*. Cette fois, ils ont décidé de faire plus fort. Ils viennent de lui prendre ses lunettes, une fois de plus, et ils l'ont attaché au pied d'un lampadaire, en pleine lumière. C'est du sadisme. Quels que soient les griefs que l'on peut avoir envers ces gens, je ne cautionnerai jamais ce genre de méchanceté que confère le nombre.

Une partie de moi-même me pousse à aller détacher le pauvre gars, mais une autre... la peur, me coupe les jambes.

À contrecœur, je détourne les yeux. J'ai honte… Je constate que personne dans la cour n'intervient. Je cherche un surveillant du regard, mais n'en trouve pas. C'est étrange… Où sont-ils ?

Moins de cinq minutes plus tard, nous rentrons en classe. Je vois Dalvin arborer un sourire mauvais, il est content de son méfait. Avant que les portes ne se ferment, j'ai le temps d'apercevoir un surveillant se diriger enfin vers l'Exclu pour le libérer.

Il nous rejoint deux minutes plus tard. Le professeur lui lance un regard dur que ce dernier ne voit pas puisqu'il ne porte plus ses lunettes.

— Cela fait déjà deux fois que vous arrivez en retard. Je me demande si votre attitude n'attire pas l'hostilité sur vous. Regagnez votre place !

Je constate que Dalvin a placé la paire de lunettes de l'Exclu sur sa table pour le narguer et le défier de les lui reprendre.

J'ignore ce qu'il me passe par la tête, mais à l'instant où il arrive à la hauteur de la table de son tortionnaire, je fais tomber ma règle en métal. Elle heurte le sol dans un bruit sec, surprenant toute la classe. Je me lève immédiatement et m'excuse exagérément auprès du professeur. Dalvin relâche son attention sur les lunettes l'espace d'un instant. Je vois l'Exclu s'en emparer à la vitesse de l'éclair et regagner sa place.

Notre professeur grogne et le calme revient. Je baisse les yeux et me plonge dans mon travail. Lorsque Dalvin s'aperçoit que les lunettes ont retrouvé leur propriétaire, je vois un rictus de fou déformer ses traits.

Je sais qu'il va vouloir l'attendre dehors à la fin des cours. Le fait que je l'ai aidé pour ses lunettes a attiré sur lui les foudres de son tortionnaire. Je ne peux m'y résoudre. Je n'ai pas d'autre choix que de recommencer… Dans quel pétrin suis-je en train de me fourrer ?

Je surveille l'horloge sans écouter les derniers mots du professeur. Cette histoire ne me plaît pas. Je suis en train de me mêler de choses qui ne me concernent pas ; en train d'aider un gars que je ne connais pas, un Exclu qui plus est… et ce au détriment de mon travail en classe et des représailles probables de la part de Dalvin et sa horde… Gus peut compter sur sa famille pour l'épauler, moi je suis seul. Mon père est ouvertement contre eux, et ma mère est trop douce pour le contrer.

Quelques instants avant que le professeur prenne congé de nous, je me lève brusquement et invoque une envie très pressante.

— Caleb Delcourt ! gronde M. Galbar, ressaisissez-vous ! Vous n'êtes plus un enfant ! lâche-t-il avant de ranger ses affaires et de me faire un geste agacé de la main m'autorisant à quitter la salle de classe.

Je quitte ma place en trombe et bouscule volontairement Dalvin qui s'était déjà levé. Il me lance un regard froid.

— Je suis désolé, je ne voulais pas te rentrer dedans. J'ai une énorme envie et je ne peux plus attendre. Pas trop furieux ?

Il me repousse sans ménagement.

— Dégage de là espèce de tâche !

Je m'efface et quitte la classe en trombe. J'ai le temps de voir que le *nouveau* en a profité pour s'éclipser à son tour. Je cours jusqu'aux toilettes. Hors de question d'éveiller les soupçons. Avant que la porte ne se referme derrière moi, j'ai juste le temps d'entendre Dalvin hurler :

— Retrouvez-le !

Une angoisse m'étreint. De qui parle-t-il ?

Une fois aux toilettes, je m'enferme dans une cabine et reprends mon souffle. Quelques instants plus tard, alors que je me lave les mains, Dalvin et ses amis entrent à leur tour. C'est moi qu'ils cherchaient finalement… Mon cœur s'emballe. Je fais mine de rien, leur lance un sourire et tente de quitter les lieux.

— Toi tu restes là, me lance-t-il d'une voix rude.

— Écoute Dalvin, je suis désolé de t'avoir bousculé tout à l'heure. Je te promets que ça ne se reproduira plus.

— Ferme-la et cesse de me prendre pour un con.

Je tente de gagner du temps pour qu'il se calme et renonce à s'en prendre à moi. J'ai la gorge sèche.

— Je ne comprends pas.

— Écoute-moi bien Caleb, si jamais tu fais encore le moindre truc qui permette à l'autre espèce de sac à merde de se foutre de ma gueule, je passerai mes nerfs sur toi. Pigé ?

Je hoche la tête en signe d'accord. Deux de ses sbires gloussent comme des abrutis dans mon dos. Ils m'empoignent par les épaules et me balancent dehors sans ménagement.

Mon cœur a du mal à se calmer. Je respire un grand coup et je prends la direction de chez moi. Sur le trajet, je réfléchis à ce qu'il vient de se passer. Je suis intervenu de manière indirecte pour aider un Exclu… et qu'est-ce que cela a failli me rapporter ? Des ennuis et le risque de me faire éclater la tête.

« Je suis désolé Gus, dis-je muettement, mais je ne suis pas assez fort pour affronter une marée entière de haine… »

Je dois mettre fin à cette situation. Dès lundi, le *nouveau* sera un parfait inconnu pour moi ; un type sans intérêt… un Excl… non, un Rebut.

Jour 27

Mon père est heureux. Après la proclamation du résultat des élections, c'est le candidat du parti du Front Solaire qui les a remportées avec un score proche de 60 %. Il est arrivé en tête dans neuf des seize Secteurs de la Zone Protégée. Ce sont les Secteurs du Centre (les trois premiers), davantage épargnés par la présence des Rebuts, qui ont davantage voté contre. Le nôtre a atteint le 73 %. C'est énorme...

Le leader du Front prendra bientôt la place du Grand Décideur. Mon père attrape sa veste et sort de la maison. Nous savons qu'il va fêter cette victoire avec ses amis. Il y a peu, lui et quelques autres ont créé un groupe de soutien au candidat de ce parti. Les réunions de travail n'en étaient finalement pas...

Une fois seul avec ma mère, je la questionne :

— Que va-t-il se passer maintenant ?

Elle me regarde d'un air grave. Je la sens peser soigneusement ses mots.

— Avec un tel score... bien des choses vont changer mon chéri.

— Mais de quelles manières ?

Au lieu de répondre, elle me sert une autre réponse :

— Tu sais que le Dôme est là pour nous protéger du froid extrême de l'extérieur et pour nous apporter la lumière qui est presque inexistante au-dehors.

Je hoche la tête.

— Bien. Quelle est l'utilité du mur d'enceinte ? Et pourquoi une telle hauteur ?

— C'est évident, il sert de base de soutien aux dalles de la géode. Pour le reste, il nous protège des dangers extérieurs. Mais quel rapport ?

Elle sourit et me caresse la joue, comme si elle voulait me préparer à quelque chose.

— Les choses ne sont pas vraiment ce qu'elles semblent être… Le mur n'est pas là pour nous protéger de l'extérieur. Il n'y a pas de danger dehors, hormis le froid et l'absence de lumière. Il sert surtout à empêcher ceux qui n'ont rien de rentrer.

Je fronce les sourcils. J'ai l'impression qu'il y a du jugement dans sa voix, comme si elle remettait en question la construction de ce mur. Je ne comprends pas.

— Mais maman, c'est nécessaire. Si tous ces gens entraient dans la Zone Protégée et venaient se servir, il n'y aurait pas assez pour tous et tout le monde mourrait ! Nous avons des restrictions pour l'eau, la nourriture et l'électricité.

— C'est possible. Mais comment en être certains ? Toujours est-il que cette décision est largement discutable, et l'on préfère laisser mourir le reste de la population… Ces gens de l'autre côté ont bien essayé de réclamer une égalité, qu'on les laisse entrer, mais en vain. On ferme les yeux sur les trafics des passeurs qui font rentrer quelques dizaines de personnes de temps en temps. Ça sert les intérêts des puissants et ça calme les associations qui militent pour les aider. Tu dois savoir que les anciens Grands Décideurs n'ont pas hésité à faire couler le sang pour dissuader les plus hardis. Il y a même eu des massacres préventifs pour limiter et juguler les groupes devenus indésirables, massés aux abords du mur.

— Mais… comment… comment tu sais tout ça ? Qui te l'a dit ?

— Je ne peux pas te le dire. Tu sais très bien que ce serait mal vu si des gens savaient que d'autres détiennent certaines vérités que la majorité refuse d'entendre.

— Qui te dit que ta mystérieuse source dit vrai ? Elle pourrait te mentir !

— Dans quel intérêt ? Me rallier à sa cause ?

Je hausse les épaules d'un air évident.

— Bien sûr ! Je ne peux pas croire que les gouvernants feraient ce genre de choses horribles. Le Grand Décideur n'agit pas seul, et il est intègre et juste.

— Tu as raison. L'actuel Grand Décideur est bien ainsi. Mais ce n'est pas sous son mandat que les massacres ont eu lieu. C'était avant, et cela va recommencer avec celui qui a été élu aujourd'hui. Tu sais, j'étais comme toi au début, je refusais d'admettre la vérité, et puis je l'ai vue.

Je regarde ma mère en fronçant les sourcils. De quoi parle-t-elle ? Qu'est-elle censée avoir vu ?

— Te souviens-tu de la dispute avec ton père l'année dernière ?

— Difficile de l'oublier. J'ai cru que la rue tout entière vous avait entendu.

Elle a un sourire gêné à l'évocation de ce souvenir.

— Je suis partie quelques jours pour me calmer. Je suis d'abord allée chez une connaissance, mais j'avais d'autres projets. J'ai pris contact avec un passeur et je suis allée de l'autre côté du mur, là où la lumière du soleil n'arrive presque plus ; là où elle n'est plus qu'un halo lointain comme un crépuscule sans fin ; là où les gens vivent dans le dénuement le plus complet, dans un paysage désolé, couvert de neige et de glace, balayé par le vent, dans le froid continu… là où ils meurent seuls, oubliés de tous et ne survivent que grâce aux déchets qu'on leur envoie de temps en temps. J'ai vu des hommes de notre cité, des soldats, mettre le feu à des abris de fortune pour faire partir de pauvres malheureux… avec femmes et enfants à l'intérieur !

« Je me suis cachée et j'ai pu échanger avec ces gens, pour essayer de comprendre ce qu'ils vivaient. J'ai été horrifiée par ce que j'ai pu entendre. Je ne suis pas restée très longtemps, car le froid est si intense que je n'y aurais pas survécu sans un meilleur équipement. Et puis on m'a expliqué qu'il existerait plus loin, d'étranges et dangereux survivants.

Ce qu'elle me raconte est fou. Pourquoi a-t-elle voulu aller voir ça ? Pourquoi ne m'a-t-elle rien dit avant aujourd'hui ? Et c'est quoi cette histoire de survivants de l'impossible ?

— Parfois, la nuit je ne dors pas et j'entends encore les hurlements des enfants et les rires gras des hommes qui se délectaient du spectacle de leurs horreurs.

Je ne me sens pas très bien tout à coup. La tête me tourne et ma mère le remarque. Elle me tend un verre d'eau, que je bois d'une traite.

— Je comprends, c'est normal. Tout ça est nouveau pour toi, mais tu finiras par accepter la vérité, comme moi.

Je me lève pour ouvrir la fenêtre. L'air frais me fait du bien, et la nausée passe en quelques minutes.

— Papa est au courant de tout ça ?

— Non. Il ignore que je suis allée de l'autre côté pour voir ce que j'ai vu. Cela vaut mieux, car lui et ses amis ne verraient pas d'un bon œil que j'aille à l'encontre de leurs idéaux. En plus, je suis convaincue qu'il justifierait les exactions de ces soldats au nom de notre bien commun.

Je rêve ! C'est trop facile… Nos parents nous ont toujours dit qu'il fallait parler, communiquer, dialoguer, exprimer son point de vue, et là… ma mère ne le ferait pas ?

— Tu pourrais essayer de le convaincre !

Elle secoue la tête.

— C'est inutile mon chéri. Certaines personnes refusent de voir que la maison brûle même avec le feu autour d'eux. Ton père est de ceux-là… (*Ben voyons…*) En tout cas, maintenant, c'est d'espoir que ces pauvres malheureux vont avoir besoin… d'espoir en l'avenir.

— Pour quelles raisons ? je demande.

— Vois-tu, cela fait quelques années que le Grand Décideur a commencé à faire évoluer son discours, promettant la création d'un Dôme dans les lieux plus éloignés.

— Il n'y a aucun nouveau Dôme, j'objecte.

— C'est exact, reprend ma mère, il ne verra probablement jamais le jour. Personne ne veut s'engager dans un tel projet pour ces populations. Aujourd'hui, les quelques efforts consentis par l'état permettent juste des échanges éthiques, en partageant un peu de notre confort avec eux.

— Et c'est peut-être suffisant, ponctué-je.

— Non, c'est trop peu, et pourtant cette égalité naissance va s'éteindre. Leurs maigres droits, si durement et longuement acquis grâce à des personnes justes qui se sont battues, vont peu à peu disparaître. La récente politique progressiste et inclusive, du gouvernement, qui visait à les aider en leur réservant, entre autres choses, certains emplois, va bientôt cesser d'exister…

— Mais ils prennent le travail des gens ! objecté-je.

— C'est exact, mais puisque personne ne veut les employer, les gouvernants n'ont pas d'autres choix que d'agir ainsi…

Je ne trouve pas ça juste. En agissant ainsi, le Grand Décideur met en difficulté les familles modestes, et il attise leur haine à l'égard des Rebuts. Je ne suis pas sûr que ce soit la meilleure manière de procéder.

— Même si des lois mettront plusieurs jours avant d'être votées et quelques décennies avant de rentrer en vigueur, on voit bien au travers de cette élection que la majeure partie de la population veut se débarrasser d'eux, reprend ma mère. Leur quotidien va devenir impossible. Et puis… des agressions physiques, des exactions de plus en plus graves, verront le jour et tout le monde fermera les yeux. L'arrivée au pouvoir de ce parti va libérer les paroles et les gestes odieux.

— Et la police ?

— Il y a aujourd'hui davantage de policiers qui leur sont hostiles que l'inverse. La population saura vite que les actes resteront impunis. Nous aurons de plus en plus de débordements et nul ne soutiendra ces pauvres gens. Les personnes qui le faisaient jusqu'à maintenant vont être sous étroite surveillance. Ils seront discrédités aux yeux du public, voire désavoués. On les accusera de troubler l'ordre public. Et si certains s'accrochent à leur combat, on s'arrangera pour les faire taire d'une manière ou d'une autre. Ces pauvres malheureux sont déjà minoritaires, alors qu'espères-tu qu'ils puissent faire une fois seuls ?

Je suis abasourdi. Pourquoi un tel acharnement ? Bien que je ne les apprécie pas plus que cela, je ne désire pas les voir souffrir.

— Si tu veux mon avis, poursuit ma mère en rangeant la vaisselle dans le placard, s'ils veulent survivre à ce qui se prépare, ils doivent vite partir et retourner chez eux… ils y seront en sécurité… enfin pour un certain temps…

— Qu'est-ce qui se prépare maman ?

— Je ne sais pas trop mon grand… mais rien de bon j'en ai peur…

Je suis couché quand mon père rentre. Je l'entends rire fort et renverser des objets. Ma mère se fâche. Il a bu et il doit être ivre.

Je me redresse en sursaut quelques minutes plus tard. Mes parents se disputent.

— … purge va commencer ! grogne mon père.

— Arrête ! crie ma mère. Je te préviens que si tu participes de près ou de loin à ces horreurs avec ton groupe de miliciens nationalistes, je quitte cette maison !

Un silence pesant envahit les lieux.

— Si ce n'est pas moi, d'autres s'en chargeront. Le nettoyage doit être fait ! Il a même déjà commencé…

— Tu me fais honte, je ne te reconnais plus !

Je me cale l'oreiller sur la tête pour ne plus entendre. Je finis par trouver le sommeil.

Jour 28

Mon père est parti au travail de bonne heure ce matin. Je suis seul avec ma mère dans la cuisine, elle n'a pas bonne mine.

De mon côté, je n'ai guère d'appétit. Je grignote sans entrain ma galette de céréales. Elle pose ses yeux rougis et fatigués sur moi. Je ne sais pas comment réagir. Je l'embrasse à mon tour et pars pour le centre de formation.

En chemin, tous les jeunes que je croise laissent exploser leur joie. Ils se prennent dans les bras pour fêter la victoire politique de la veille. Les commentaires haineux vont bon train, et nul ne songe à les dire à demi-mot. Même les passants croisés au hasard des intersections s'y mettent. Hier encore je n'avais pas vraiment fait attention à cette haine contenue. Maintenant que le parti Solaire a remporté le scrutin, c'est comme si les gens pouvaient se lâcher et dire les pires horreurs. Cette frustration va enfin pouvoir se libérer. Je crains le pire...

Je retrouve Gus sur notre banc. Il a le visage fermé et regarde le sol.

— Comment ça va Gus ?

— Mal, tu imagines. La vague inhumaine va déferler sous peu.

— Comment tes parents prennent les choses ?

— Ils se doutaient que les résultats allaient être aussi forts, mais ils n'avaient pas voulu m'en parler avant pour me préserver.

Je suis ennuyé pour lui, mais je décide néanmoins de lui raconter ce que j'ai entendu la veille chez moi.

— Hier soir, c'était tendu à la maison. Mes parents se sont disputés et mon père a parlé de purge, de nettoyage. Il voulait dire quoi ?

Gus relève brusquement la tête.

— Tu es sûr de toi ?

— C'est ce que j'ai entendu, mais il était bourré.

— Bon, écoute. Je dois te laisser. Je ne peux pas aller en cours après cette nouvelle. Il faut agir et vite…

— Mais il voulait dire quoi bordel ?

— L'horreur va se mettre en place, Cal. Fais attention à toi, fais très attention…

Gus me plante là et disparaît.

Lorsque nous arrivons en classe, je découvre Dalvin en grande discussion avec ses amis. Il semble raconter ses exploits, à grand renfort de gestes et d'éclats de voix.

Je gagne ma table. Je me retourne vers la place du *nouveau…* vide.

— Tu t'inquiètes pour ton copain ? fait une voix tranchante dans mon dos qui me fait sursauter.

Dalvin…

— Je sais pourquoi tu as agi comme ça la dernière fois. Tu penses que ces Rebuts sont comme nous, des êtres humains. Mais tu te trompes. Regarde-les. Rien ne peut les comparer à nous. Ils ne sont que faiblesse, misère et dégoût.

Je détourne la tête et prépare mes affaires pour travailler. Je n'ai pas envie d'entendre toute cette haine corrosive. Gus l'avait dit : le discours eugénique du Front Solaire a su convaincre…

Dalvin ne s'offusque pas que je l'ignore, ce qui m'étonne. Il grimace simplement et tourne ma chaise pour que mes yeux croisent de nouveau les siens.

— Sais-tu que des scientifiques ont prouvé qu'il est génétiquement impossible pour nos deux *races* de se mélanger ? (*Nous y voilà…*) C'est comme si tu voulais accoupler un être humain et une guenon ! Ces Rebuts ne sont pas des hommes…

C'est incroyable de tenir un discours pareil. J'imagine parfaitement l'objectivité de cette prétendue étude scientifique… Je suis écœuré. C'est plus fort que moi, je ne peux pas rester sans réagir. Je tente de rassembler mon courage et mes idées pour lui répondre… en partie.

— Ils sont ce que nous avons fait d'eux, objecté-je. En les considérant comme des êtres inférieurs, comme des moins que rien, en leur refusant l'accès à l'énergie et la lumière, en pillant leurs ressources sans les dédommager, nous en avons fait le reflet de tout ce que nous haïssons.

Dalvin regarde autour de nous avant de me fixer d'un œil sévère. Je n'aime pas ça, et encore moins le silence qu'il fait durer. Je suis allé trop loin, j'en ai trop dit. Ce faisant, j'apparais maintenant comme un objecteur de conscience, et je pense que c'est là une erreur.

Il se penche vers moi et chuchote à mon oreille. Chacune des syllabes qu'il prononce est comme un coup de poing.

— Écoute bien ce que je vais te dire ; écoute très attentivement… Je vais faire comme si je n'avais rien entendu du ramassis de conneries que tu viens de me débiter. J'aimerais bien connaître celui qui te bourre le crâne de toute cette merde… J'ai fait une promesse à ton sujet Caleb, mais ne pousse pas trop loin. Notre monde est en train de changer. Soit tu suis le mouvement, soit tu morfles.

— Pourquoi les détestes-tu autant Dalvin ?

Il m'empoigne par la veste et colle son visage contre le mien.

— Qu'est-ce que tu viens de dire ?

— Personne n'aime vraiment ces gens, mais toi c'est pire que tout.

Il pince sa bouche si fort que ses lèvres blanchissent. Sa bouche s'ouvre. Il cherche à calmer sa voix.

— Tss... Mon père a perdu son boulot au centre de raffinage du charbon parce qu'il fallait embaucher ces putains de Rebuts. Ensuite, il est tombé malade. Les toubibs ont dit que c'étaient les poussières de charbon. C'est des conneries ! C'est la honte d'avoir perdu son boulot à cause de ces déchets qui l'a rendu malade. Tout est de leur faute !

« Rien n'y a fait, aucun traitement n'a pu le soigner. Il est mort en agonisant à cause de ces sacs à merde ! Alors, fourre-toi dans le crâne, que je les hais comme personne et de toutes mes forces ! Maintenant, tu rentres dans le rang et à l'avenir, occupe-toi de ton cul !!

Il me relâche brutalement et je retombe sur ma chaise. Je comprends maintenant d'où lui vient cette haine farouche.

Il me laisse sur ces mots et ses menaces à peine voilées, et retourne s'asseoir. Je réfléchis à ce qu'il a dit : *« J'ai fait une promesse à ton sujet. »* Mais de quoi parle-t-il ?

Lorsque je quitte les cours, je ne retrouve pas Gus près du banc. Ça me file un coup au moral. Où est-il allé ? Que fait-il en ce moment même ?

Le soir à la maison, je constate que mon père est occupé à préparer quelques affaires. Il est très concentré et je n'ose pas le déranger.

Je me suis réveillé en sueur cette nuit. J'ai fait un rêve étrange dans lequel se trouvait le *nouveau*, Dalvin, et plus étonnant... mon père. Ils tentaient d'attraper ce dernier. Dès qu'il regardait derrière lui, mon père et Dalvin s'étaient rapprochés. Gus qui était là aussi, essayait de les repousser, mais il finissait par être éjecté et disparaissait dans les ténèbres. Moi je suivais cette course folle à côté d'eux, sans que l'on me voie et sans pouvoir intervenir...

Je n'ai toujours pas beaucoup d'appétit ce matin. Ma mère n'est pas là, elle est encore recluse dans sa chambre. Je déjeune donc seul.

Mon père me rejoint alors que j'ai presque terminé. Il semble fatigué. Je jette un coup d'œil rapide et constate qu'il a dormi sur le canapé. Cela fait quelques nuits maintenant que c'est ainsi. Je décide de le questionner sur son état et sur ma mère.

— Papa, est-ce que maman va mieux ? Cela fait trois jours que je la vois très peu. Elle passe son temps dans sa chambre et toi sur le canapé.

Mon père me tourne le dos au moment où je lui parle. Je vois ses épaules se figer, puis lentement s'affaisser. Il se retourne vers moi et essaie de sourire. Je vois bien que c'est forcé, mais je l'écoute quand même.

— Ne t'inquiète pas. Nous traversons un moment difficile ta mère et moi. Mais tout sera vite rentré dans l'ordre. Pour le moment, elle a juste besoin de se reposer et de mettre de l'ordre dans ses idées. Concentre-toi sur tes études et rien d'autre, le temps que ça passe.

Je pourrais l'assaillir de questions, mais je sens que c'est inutile. Je n'obtiendrai rien, et mon père risquerait de s'énerver. Je me contente de hocher la tête et de partir pour le centre de formation.

Je ne vois personne sur le chemin. Je commence par me dire qu'il n'y a pas classe ce matin, puis me ravise et consulte ma montre. Je suis en retard de cinq minutes sur mon trajet. Voilà pourquoi je suis le seul dans la rue. Je me demande comment j'ai pu laisser filer le temps ainsi. J'accélère l'allure et je croise le banc où m'attend toujours Gus, mais vu l'heure, il est vide. Je garde espoir qu'il soit déjà en cours.

J'arrive quelques instants avant la fermeture des portes. Je rattrape de fait les derniers arrivés. En classe, je constate que la place du fond est toujours vide.

La journée se passe lentement, sans problème. Dalvin me jette des coups d'œil à la dérobée. Je ne réagis pas. Je n'arrive pas à savoir s'il veut m'embrouiller pour justifier de me sauter dessus, ou s'il cherche la moindre faille ou réaction de ma part pour venir me mettre en garde ou me menacer.

À midi, je mange peu, ne finissant pas mon repas. Je suis trop contrarié pour Gus. En quittant le centre de formation en fin de journée, je cours jusqu'au banc, mais il est désespérément vide.

Je décide de faire un saut jusque chez lui. Je veux en avoir le cœur net.

Il ne me faut que vingt minutes pour déboucher dans sa rue. Tout est calme. Ses parents sont plus aisés que les miens et ils vivent dans une grande maison. Elle n'est pas immense, mais ils ont tout de même plus d'espace que nous. Je remonte la courte allée pour aller toquer à sa porte. Je n'ai pas de réponse, mais je suis sûr qu'il y a quelqu'un.

Après deux minutes d'insistance, la porte s'entrouvre. Gus est dans l'encablure. Je lis de l'angoisse sur son visage, mais quand il voit que c'est moi, il se détend. Il m'empoigne par la manche et me tire à l'intérieur. Il fait très sombre dans la maison et une odeur de renfermé envahit les lieux.

— Faudrait que tu ouvres Gus, ça pue ici, tenté-je en plaisantant pour le détendre.

Ma mauvaise blague tombe à l'eau, car mon ami n'est pas d'humeur.

— Pourquoi tu es là Cal ? Il ne faut pas venir me voir, pas en ce moment.

— Qu'est-ce qui ne va pas Gus ? Tu ne viens plus en cours ?

— Ce n'est plus vraiment important aujourd'hui.

— Je m'inquiète pour toi.

— Il ne faut pas et tu dois partir.

— Gus ! Je suis ton ami ! Laisse-moi t'aider bon sang !

Je regarde autour de nous. Il n'y a personne.

— Et où sont tes parents ?

— Je te remercie de vouloir m'aider, mais ce n'est pas possible et c'est dangereux.

— Comment ça ? Qu'est-ce que tu me caches ?

Gus est très ennuyé, je le vois à ses gestes saccadés. Il se frotte les mains et la tête. Il regarde souvent derrière lui. Il s'approche de moi suffisamment près pour chuchoter.

— Écoute Gus, la situation devient dangereuse pour les Exclus. Leur existence même est en péril et nous ne pouvons pas laisser faire sans réagir.

— Admettons, mais que faire ?

— Après les élections, mes parents ont rejoint l'opposition pour tenter de peser contre les décisions du nouveau Grand Décideur, mais sans trop d'espoir, car ils sont minoritaires. Avec leur cercle d'intellectuels, ils sont convaincus que pour sauver ces gens, il faut prouver qu'ils sont bien humains et leur trouver un vrai refuge, ou à défaut leur en construire un.

— Tu crois vraiment que ce genre de preuves existe ?

Il hoche la tête.

— J'en suis sûr.

— J'aime ton optimisme, mais que ferez-vous avec ? Vous n'arriverez à convaincre qu'une partie de la population, les indécis. Les autres, les plus radicaux ne changeront pas.

— C'est possible, mais nous ne pouvons pas rester sans rien faire. Si la vérité éclate au grand jour, des gens s'en empareront et pourront faire bouger les choses. Nous devons y croire, ne pas renoncer, même si l'obscurité gagne du terrain.

— D'accord, mais que chercher ? Et où ?

Il fait quelques pas nerveux vers la cuisine et revient avec un vieux livre en piteux état.

— D'après mes parents, certaines personnes très haut placées détiendraient des informations sur notre passé. Je les ai entendus parler d'un événement colossal : un truc qui aurait tout déréglé. Plus personne n'y ferait allusion aujourd'hui, comme s'il avait été oublié de tous. Regarde, poursuit-il en me montrant l'ouvrage. Un des membres du groupe de mes parents a mis la main sur ce vieux bouquin. Il a plus de cent ans. Il manque plein de pages. On voit qu'elles ont été arrachées. Tout ce qu'il reste c'est cette dernière phrase en bas, qui parle d'un dérèglement majeur. Ça irait dans le sens des paroles de mes parents.

Je suis perplexe.

— Qu'est-ce qui te fait penser qu'une chose pareille ait pu arriver ?

— Regarde comment nous vivons, regarde notre monde. L'être humain ne peut pas avoir toujours vécu ainsi, dans ces conditions, ce n'est pas possible. Le Dôme a bien été construit par des gens avant nous. Le fait que plus personne ne se souvienne de rien est étrange, et peut-être voulu... J'ignore de quoi il s'agit, mais je suis sûr que la vérité est liée à cet événement et qu'elle est quelque part, mais pas entre nos murs. Je suis prêt à parier...

Un craquement se fait entendre dans son dos. Il se retourne vivement et je crois voir une petite main dépasser de sa cuisine.

— Il faut vraiment que tu partes Cal. Mais promets-moi de ne dire à personne que tu es venu me voir.

J'ai juste le temps de lui répondre qu'il me met dehors. La porte est rapidement refermée à double tour.

Je rebrousse chemin très contrarié par cet échange. Gus ne va pas bien et il se passe des choses étranges chez lui, sans compter que je dois saisir la portée de ce qu'il m'a confié avant de me congédier.

Je rebrousse chemin jusque chez moi, sans savoir que je ne devais plus revoir mon ami...

Lorsque je rentre, je constate que ma mère a préparé le repas, mais qu'elle est encore absente. Ça sent vraiment très bon. Il s'agit d'un gratin de légumes avec des miettes de pain en guise de croûte. Je souris à l'idée de déguster ce bon plat, mais me ravise de suite. Je vais manger avec mon père pour seule compagnie… rien d'extraordinaire, surtout depuis dimanche dernier.

Je décide d'aller trouver ma mère pour la convaincre de venir manger avec moi. En arrivant devant sa porte, je m'apprête à toquer lorsque je perçois une respiration longue et appuyée dernière la porte. Elle dort déjà.

Résigné, je retourne dans la cuisine. Je mets la table pour deux. Je m'installe et j'attends mon père.

Après une vingtaine de minutes, il n'est toujours pas rentré. Je décide de manger sans lui. J'écoute les nouvelles sur la station radio d'informations tandis que je picore mon repas sans réel appétit. On parle évidemment des Rebuts… Il y est question d'un nouveau décret révisant leur statut. Celui-ci vient d'être adopté dans la journée. Le porte-parole du gouvernement annonce d'une voix solennelle :

« À dater de ce jour, et par décision du nouveau Grand Décideur, les Rebuts ne pourront plus se déplacer dans les rues sans une autorisation officielle délivrée par les administrateurs des Secteurs, indiquant dans quel lieu ils peuvent se rendre et à quelle heure. Pour d'évidentes raisons sanitaires, les contacts avec la population doivent être limités au maximum. De plus, afin de préserver la tranquillité des honnêtes gens, un couvre-feu est décrété à l'encontre des Rebuts, les obligeant à regagner un abri avant la tombée de la nuit et y demeurer jusqu'au levé du jour. Tout Rebut pris à l'extérieur durant ces heures sera immédiatement arrêté par les forces de l'ordre avant d'être jugé et expulsé de la Zone Protégée. »

Les choses se mettent progressivement en place… comme l'avait dit ma mère…

Ce matin, notre professeur de sport nous annonce que le stade sera fermé jusqu'à nouvel ordre. Durant la pause du matin, j'entends des élèves dire qu'il est réquisitionné.

— Ça veut dire quoi ? demande l'un des élèves.

— Que le gouvernement, ou le Grand Décideur lui-même, s'en sert à d'autres fins que le sport, répond un élève dans le fond.

— Quelqu'un a une idée de ce qu'ils y font ? s'enquiert un autre.

Haussement d'épaules.

— Pour le savoir, il faut aller voir… je lâche sans le vouloir.

Des yeux interrogateurs se tournent vers moi. J'aurais dû me taire. J'esquisse un sourire nerveux et m'éloigne du groupe, les laissant à leur discussion, et je vais m'asseoir sur un banc.

Lors de la sortie de fin des cours, je sens une grande force me happer et m'embarquer dans les toilettes sans que je puisse me débattre. Je suis projeté sans ménagement contre le mur. Je me relève. Dalvin… encore lui.

— Je croyais t'avoir prévenu Caleb. Si tu ne suis pas le mouvement, tu vas avoir des emmerdes, et ce en dépit de la promesse que j'ai faite.

Je fronce les sourcils. Je ne comprends pas ce qu'il me veut.

— Je sais que tu veux aller au stade pour voir ce qu'il s'y passe. N'y pense même pas. Mieux vaut que tu ignores certaines choses. Pour ton bien.

Voilà que la grande terreur du centre de formation se préoccupe de moi… on aura tout vu. Je note également qu'il y a un mystère pas très clair derrière cette fermeture du stade.

— J'ai dit ça comme ça tout à l'heure. Je ne pensais pas y aller de toute façon.

— Y a plutôt intérêt. Je t'ai à l'œil mon pote.

Je note la menace dans le ton de sa voix.

Je passe le reste de la journée complètement mutique. J'évite à tout prix de croiser le regard de Dalvin.

Dès la fin des cours, je m'éclipse en vitesse pour être seul sur le chemin du retour. Je passe devant notre banc à Gus et moi, désespérément vide, et je décide m'y asseoir un moment.

Cela fait quelques jours que je suis allé le voir. Je m'inquiète encore plus depuis. Je suis presque certain de savoir ce qu'il fait. La maison plongée dans l'obscurité en plein jour et la petite main que je suis sûr d'avoir vue ne laissent planer que peu de doutes.

Je repense aussi à ses déclarations, à cet événement qui aurait tout déréglé... Et cette vérité qui ne serait pas dans nos murs...

Je réfléchis un moment, mais étant incapable d'esquisser la moindre hypothèse, je me décide à rentrer.

Lorsque j'arrive devant chez moi, je croise mon père qui s'en éloigne avec un sac à dos bien rempli. Lorsqu'il me voit, je le sens mal à l'aise. Je crois qu'il aurait bien voulu ne pas tomber sur moi.

— Tu rentres plus tôt que d'habitude Caleb, commence-t-il.

J'ignore sa remarque.

— Papa ? Où vas-tu encore ?

— J'ai du travail.

— À cette heure ? Cela fait plusieurs soirs que tu sors pour aller travailler, ou que tu ne rentres pas de la nuit. Qu'est-ce que tu fais au juste ?

Il s'arrête et se campe devant moi. Il pose son sac à terre en plaçant ses mains sur mes épaules.

— Écoute... je fais ce qui doit être, ce en quoi je crois. Tu comprendras plus tard.

Je veux répondre, lui demander si ma mère et lui vont un jour faire la paix, et si tout ça va cesser, mais il a déjà tourné les talons. Je rentre à la maison, résigné.

Ma mère est là, mais elle est de nouveau en pleurs. Quand elle me voit, elle renifle bruyamment et monte s'enfermer dans sa chambre. Je n'insiste pas. Cela fait maintenant une décade que ça dure. Je ne sais pas comment tout cela va se terminer.

Je grignote rapidement dans la cuisine, sans véritable appétit et je monte me coucher. Je ne parviens pas à trouver le sommeil. Toute cette histoire me trouble. Il va falloir que j'en aie le cœur net.

Jour 37

Je trouve un mot dans ma chambre en me réveillant ce matin. Il est de ma mère. Je reconnais son écriture fine et délicate, même si je note des tremblements sur certaines lettres. L'écrire a dû être difficile pour elle.

Je m'assois sur mon lit pour en prendre connaissance.

Caleb,

Tu as constaté que les choses vont mal ces derniers temps. Ton père a changé. Je ne le reconnais plus. Je suis malheureuse. Il veut m'entraîner sur une voie que je ne peux pas suivre.

Nous nous disputons sans cesse et violemment. Il est prêt à mettre en péril notre famille au nom de ses idées.

Je n'arrive même plus à m'occuper de toi comme une mère se doit de le faire. Je suis désolée...

Aujourd'hui, j'ai demandé à ton père de partir, de trouver un de ses précieux amis pour l'héberger.

Je lui ai dit qu'il pourrait revenir lorsqu'il aura décidé de cesser cette folie.

Malheureusement, il a refusé. C'est donc moi qui vais partir Caleb. J'ai besoin de faire le point... et j'ai besoin de le faire seule.

Lorsque tu trouveras cette lettre, je serai déjà loin.

Ne me juge pas trop sévèrement. Je pense que si tu restes aux côtés de ton père, il gardera encore les idées claires et ne commettra pas l'irréparable.

J'aime à le croire...

N'oublie jamais que je t'aime.

Maman

À peine ai-je terminé la lettre que je file dans sa chambre. Elle est vide. Le lit est fait et les fenêtres sont ouvertes.

Je me dirige vers la pièce commune attenante à la cuisine. Le petit déjeuner est prêt, mais ma mère n'est plus là.

Je retourne dans ma chambre et relis la lettre plusieurs fois.

Je ne peux pas m'empêcher de penser que c'est un mauvais rêve, que je vais ouvrir les yeux et trouver ma mère penchée sur moi en train de me sourire. Je ferme les yeux, mais il ne se passe rien.

Que dois-je penser ? Ma mère nous a abandonnées… elle m'a abandonnée ? Elle n'est plus en phase avec mon père, mais plutôt que de l'affronter, elle préfère la fuite ? Je n'aurai jamais cru ça d'elle. Je suis furieux.

Je descends dans la cuisine et avale quelques bouchées de mon petit déjeuner.

Au moment de partir en cours, je prends un bout de papier et je griffonne un rapide message à l'attention de mon père. En réalité, je suis furieux après mes deux parents. Si ma mère fuit, c'est à cause de mon père et de ses idées, bien que j'ignore de quoi il s'agit précisément.

J'en ai pourtant une vague idée. Je me rappelle la première dispute survenue après les élections et ce que j'ai surpris de leur conversation à propos d'une purge. Je pense donc que cela a un rapport avec ce qu'il pense des Rebuts.

Je n'ai donc pas l'intention de le ménager :

Maman est partie. Tu sais pourquoi. J'ignore où elle est, mais elle doit revenir. Tu es le seul à savoir quoi faire, car c'est de ta faute !

Je le laisse bien en évidence sur la table et quitte la maison.

La colère met mon corps en ébullition durant tout le chemin et je passe devant le banc sans m'arrêter.

Lorsque j'arrive devant les portes du centre d'études spécialisées, il y a une surprenante agitation. Des dizaines d'élèves sont attroupés dans la cour et discutent entre eux. Le gardien est là aussi ainsi que des professeurs. Aucun ne cherche à nous disperser pour entrer dans les classes.

Je sens soudain une patte d'ours m'attraper par le bras. Je me dégage brutalement pour voir le sourire carnassier de Dalvin.

— Tu es arrivé à temps pour assister au spectacle mon pote !

— De quoi tu parles ? lâché-je avec agressivité.

— Regarde… la prof de dialectique et sa sœur sont en train de se faire embarquer.

Je tourne les yeux et découvre Mme Dubonnet et sa sœur, menottes aux poignets, les épaules basses, traverser la cour sous les huées des élèves et des professeurs.

— Sales traîtresses ! Allez croupir en taule, raclures de *prorebuts* !!

Je suis sidéré. Ma colère change immédiatement de forme et se focalise sur cette foule hystérique. L'envie de foncer sur le premier venu et de lui arracher les yeux me submerge et c'est l'intervention de Dalvin qui me retient de commettre cette folie.

— Tu vois Caleb, poursuit-il en plaquant sa main sur mon épaule, ces deux femmes ont été dénoncées pour leur soutien affiché aux Rebuts. L'une d'elles a même proposé un travail indécent dans sa classe sur ce sujet. Ce sont des ennemis de la nation. C'est la même chose pour les opposants politiques et ceux qui aident ou hébergent ces déchets. Aucune pitié !

Je me dégage de son étreinte et plonge un regard froid dans ses yeux. Gus… Ma colère s'évanouit en quelques instants, laissant place à une angoisse qui m'étreint et m'étouffe. Ma bouche est toute sèche. Je tourne la tête vers les deux femmes qui quittent à présent l'enceinte de l'établissement.

— Des gens ont-ils déjà été arrêtés pour ça ? demandé-je avec le plus de détachement possible.

Dalvin n'est pas dupe. Il me retourne et plonge son regard noir dans le mien.

— Cela t'intéresse ? Tu as peut-être des noms à me donner ? conclut-il avec un sourire sadique.

— Je suis curieux, voilà tout.

Une fois les deux professeures emmenées, les adultes évacuent la cour et nous rentrons en classe. L'arrestation de Mme Dubonnet me contrarie, je l'aimais bien. Mais pour le moment, je suis très inquiet pour Gus. Dalvin fera-t-il le rapprochement avec mon ami ? Je suis sûr que ce taré se doute de quelque chose. Je me rassure en me disant que Dalvin ne le connaît pas, qu'il ne sait pas que nous sommes proches tous les deux…

J'ai l'impression d'être en ébullition toute la journée. Je n'arrive pas à faire redescendre cette angoisse qui me ronge.

En fin de journée, je me dépêche de rentrer. Je ne peux pas filer chez Gus pour l'avertir de peur d'être suivi par Dalvin ou l'un de ses sbires. Ce serait trop dangereux.

Je décide de me concentrer sur les problèmes de la maison. Je ne voudrais pas manquer mon père. Il me doit des explications.

Je le trouve dans le bureau. Il y a des papiers étalés devant lui. Cela ressemble à des plans. L'un d'eux semble montrer un grand bâtiment. Il est si concentré qu'il ne m'entend pas rentrer dans la pièce. Lorsqu'il lève enfin les yeux sur moi, il a un geste de recul et se lève d'un bond. Il est mal à l'aise. Il balaye son bureau des yeux et rassemble ses papiers maladroitement.

— Te voilà fiston… Tu m'as surpris.

— On dirait oui.

La colère remonte d'un coup. C'est comme une poussée de magma qui ne demande qu'à sortir.

Mon père termine de ranger ses affaires dans une sacoche.

— Je vais bientôt y aller Caleb. Il y a à manger dans la…

— Et maman ? le coupé-je.

Il me regarde. Je n'arrive pas à décrypter son regard. Cela me perturbe.

— Ta mère a fait un choix. Je le regrette, mais c'est ainsi. Ne sois pas inquiet. Elle reviendra. Elle a besoin de toi.

Je crois rêver.

— Tu ne vas rien faire ?

— Pour le moment, il lui faut du temps. Je vais lui en laisser. J'ai beaucoup à faire en ce moment. Lorsque je serai plus disponible, je m'occuperais de ta mère.

— Mais c'est dingue ! Maman est partie à cause de toi, à cause de ce que tu penses et de ce que tu sembles faire avec tes amis. C'est maintenant qu'il faut réagir, pas demain !

— Ça suffit Caleb ! Ne me donne pas de leçons du haut de tes seize ans ! Pour l'instant, je ne peux rien faire pour ta mère !

Je suis écœuré. Je dois me résigner. Comme j'ignore où elle est, je ne peux même pas décider de partir pour la retrouver. Je suis contraint de rester ici… avec mon père.

Jour 39

J'ai voulu croire que Dalvin ne ferait pas le rapprochement entre Gus et moi, que mon ami ne craignait rien de ce côté, mais j'avais tort… et c'est encore pire que ce que je pensais.

Ce matin, Dalvin m'attend dans la classe, et lorsque je passe le seuil de la porte, je le vois arborer son sourire pervers. Son groupe commence à m'encercler pour m'empêcher de bouger, puis il entre dans le cercle de manière théâtrale.

— Qu'est-ce que tu me veux dès le matin ? Le cours n'a même pas commencé…

— T'annoncer une bonne nouvelle mon pote.

— Vraiment ? Tu m'en vois ravi…

Il me tourne autour, il ménage son effet, mais sa ronde m'agace.

— Après notre petit échange de l'autre jour, j'ai beaucoup réfléchi…

Je me fais la réflexion que je l'ignorais capable d'une telle prouesse.

— Pourquoi cherchais-tu à savoir si nous avions déjà arrêté des traîtres ?

— Je te l'ai dit pas simple curiosité.

— Nan, nan, nan… il y avait autre chose derrière. J'ai cherché et devine quoi ? J'ai trouvé !

Ses pantins s'écartent de moi et l'un d'eux me force à m'asseoir tandis que Dalvin prend lui-même une chaise et s'installe en face de moi.

— Je n'ai pas mis longtemps à savoir que tes habitudes avaient changé ces derniers jours. Tu sais comme les nouvelles vont vite. J'ai voulu savoir pourquoi, et figure-toi que cela m'a amené à un petit banc proche d'ici. Un lieu de rendez-vous.

Mon cœur s'accélère. Je crains le pire.

— De là, de ce petit banc, des petites voix m'ont parlé d'un type, avec qui tu allais de temps en temps manger des glaces, mais... oh mince alors... tu n'y vas plus. Se serait-il passé quelque chose là-bas ?

Le voir se gausser devant moi pour m'apprendre la terrible nouvelle que je commence à deviner et qui me fait froid dans le dos, me donne envie de lui sauter dessus et de lui arracher les yeux.

— Le vendeur de glaces avait très envie de parler. Et j'ai appris des choses passionnantes. Oh, après tout ça, il n'a pas été très compliqué de faire le lien avec le seul gars qui avait voulu jouer un Rebut dans le cours de la sale *prorebuts* de prof, et finalement d'obtenir une adresse auprès de l'administration. Quand il s'agit de débusquer des traîtres, les règles de confidentialités n'existent plus.

— Espèce de salaud... je marmonne entre mes dents.

— Attends la suite avant de t'emballer... Donc, coup de théâtre hier soir, je me pointe là-bas avec quelques gars. Devine sur qui je tombe après avoir longtemps insisté... Chez ton ami, Gus. Et là... je dois dire que je m'attendais pas à ça, une famille charmante, polie, aisée, bref, des gens qui ont tout pour eux. Sympa sa chambre au passage, même si j'ai fait quelques ajustements de déco... Bref, passons. Nous nous sommes fait offrir une boisson bien fraîche et nous allions repartir quand je me suis rendu compte que nous avions oublié de fouiller les lieux. Là, je dois avouer ma déception. Ton copain et ses parents se sont montrés moins coopératifs d'un coup. Il a fallu pas mal insister, je dois dire, pour qu'ils finissent par nous laisser faire…

— Sale enfoiré ! Tu leur as fait quoi ?

— Rien que les médecins ne pourront réparer, ne t'inquiète pas.

J'ai subitement la nausée. Ma tête tourne. J'ai envie de vomir en imaginant ce qu'ils ont dû subir. Ce type est dingue. Si seulement je pouvais…

— Bon, une fois que la petite famille était calmée, sais-tu ce qu'on a découvert dans leur belle cave aménagée ?

Je me lève d'un bond prêt à l'étrangler, mais des mains me tirent en arrière et me clouent sur ma chaise.

— Qu'as-tu fait d'eux ? je gronde en me tortillant comme un ver pour échapper à leur étreinte.

— Douze putains de Rebuts !! crie-t-il en se jetant sur moi.

Il m'empoigne les cheveux et me tire la tête en arrière.

— J'adore ta fougue, ça m'éclate ! Mais est-ce que tu comprends la situation Caleb ? Est-ce que tu comprends que ton pote et sa famille sont des traites et que c'est grâce à TOI s'ils sont maintenant derrière les barreaux ?

La colère qui ne demandait qu'à jaillir vient de s'envoler brutalement, comme aspirée, par les derniers mots de Dalvin. Il a raison, ça fait mal, mais c'est la vérité. Si je n'avais rien dit, ils seraient toujours libres.

— Je dois te remercier, car sans toi nous n'aurions pas pu faire un exemple en enfermant deux membres corrompus de l'opposition…

Dalvin me relâche aussitôt et recule de quelques pas en entendant arriver notre professeur. Avant que celui-ci n'entre dans la salle, il vient me glisser une dernière horreur à l'oreille.

— Avant qu'on les embarque, ton pote m'a demandé si c'était un de leurs voisins qui les avait balancés. J'ai été obligé de lui dire la vérité sur notre petit échange, tu comprends...

Quel enfoiré ! Je m'effondre sur ma chaise. C'est pire que tout.

Après quelques minutes, je demande au professeur la possibilité de sortir pour rentrer chez moi, car je ne sens pas bien du tout. Il accepte et me congédie. Lorsque je ferme la porte, je croise le regard amusé de Dalvin.

De retour à la maison, je suis seul. Je monte me prendre une douche froide et je me couche. L'angoisse, la colère, la honte, le dégoût, la tristesse... tout ça se mélange dans ma tête pour me donner le vertige et me rendre malade.

Après les révélations de Dalvin sur Gus, j'étais tellement dévasté que je n'ai pas pu retourner en cours. Je suis resté dix jours à la maison. Cela n'a pas vraiment plu à mon père, mais il n'a pas eu d'autre choix que de faire venir un docteur.

Après cette décade de convalescence, j'ai dû reprendre le chemin du centre de formation, mais je n'étais plus que l'ombre de moi-même, si bien que Dalvin ne s'est plus intéressé à moi…

Je remonte la pente, mais c'est dur, d'autant qu'en plus de cette culpabilité vis-à-vis de Gus, cela fait maintenant trois décades que ma mère est partie. Je ne suis pas inquiet pour autant. Je sais qu'elle n'est pas loin. Par deux fois j'ai reçu de ses nouvelles. Les moyens furent cocasses, mais ainsi, cela n'a pas éveillé les soupçons de mon père. Lui, est pris chaque soir et je ne le vois pas quitter la maison. À présent qu'il a compris que je pouvais rentrer plus vite, il s'est arrangé avec son travail. Il s'en va plus tôt le matin, et rentre bien avant moi l'après-midi. Il repart ensuite avant que j'aie terminé ma journée de classe. Du coup, on ne se voit presque plus. Nous communiquons par bouts de papier interposés… Je mange seul… je vis seul.

La première fois que j'ai eu des nouvelles de ma mère, c'était la décade dernière. Après être rentré du centre de formation, je suis allé dans ma chambre, j'ai tout de suite su qu'il y avait quelque chose d'étrange… d'inhabituel.

J'ai mis peu de temps avant de comprendre qu'elle était rangée et que le ménage avait été fait.

Seule ma mère avait pu le faire dans la journée. Cela signifiait qu'elle me surveillait. Cela m'a fait sourire.

La seconde fois, j'ai eu la surprise de trouver deux tartines de pain frais avec de la confiture, posées sur mon bureau.

Ce sont ces petites attentions qui m'ont aidé à reprendre pied après mon arrêt et permis de tenir le coup jusqu'à présent.

Cela fait un moment déjà que je me tiens tranquille en cours, que je fais tout pour que l'on m'ignore... pour que Dalvin m'ignore... et ça marche.

Mais cela fait également plusieurs jours que je mûris une idée, quelque chose qui occupe mes pensées. Ce soir, j'irai voir ce qu'il se trame au stade. Je le dois bien à Gus qui y serait allé sans hésiter s'il était encore libre.

J'ai écouté les informations, mais les journalistes n'en parlent pas. Soit il ne s'y passe rien d'important, soit les médias se taisent volontairement... à moins qu'ils ne soient muselés...

La journée se passe normalement. Dalvin me surveille toujours, mais de manière distante. Je fais tout ce qu'il faut pour ça et j'évite son regard au maximum.

À mon retour, je trouve la maison vide, comme d'habitude. Mon père n'est déjà plus là. Je file dans ma chambre, me change et m'habille tout en noir. Je prépare un bonnet et des gants. Je m'assois et patiente jusqu'à la nuit. Les dalles de la géode se coupent peu après et l'obscurité tombe vite. Ma chambre est fraîche et je n'ai pas trop chaud dans cet accoutrement.

Je patiente encore une demi-heure. Pendant ce temps, je glisse deux oreillers sous la couette pour donner l'illusion de ma présence endormie sous les draps, au cas où mon père reviendrait dans la nuit. Je sors sur le palier et je quitte la maison sans bruit. La rue est éclairée par des lampadaires à la lumière timide. Tout est désert à cette heure et le silence a envahi les lieux. J'ai le cœur qui bat la chamade, car je n'ai jamais quitté la maison en cachette. Cela me fait sourire, c'est grisant...

Je n'ai pas fait dix mètres sur le trottoir, que je m'arrête. Quelque chose vient de bouger en direction du square.

Je me fige.

J'observe un moment, essayant de percer l'obscurité, mais rien ne se passe. J'ai dû rêver.

Je me remets en route et je remonte la rue en restant le plus possible dans l'ombre des haies et des arbustes. Le stade est plus au nord, après le centre de formation. Je passe par le parc. C'est la première fois que je m'y rends la nuit. Je suis d'abord surpris par l'absence de bruits d'oiseaux, remplacés par le crissement de certains insectes. J'entends aussi les légers crépitements des circuits électriques du Dôme, dus aux dalles qui refroidissent en restituant la chaleur emmagasinée la journée. Je dépasse rapidement le bâtiment de formation et à mesure que je me rapproche du centre du Secteur, une rumeur se fait entendre.

Plus loin, je devine des ombres furtives passer à quelques dizaines de mètres. Je me fige sur place. D'instinct, je me plaque contre un mur.

Je reprends mon avancée après quelques minutes de patience. Des ombres mouvantes se font de plus en plus nombreuses à mesure que les rues lumineuses et animées du centre-ville se rapprochent. J'entends des cris, des ordres donnés à la volée. Je ne me sens pas rassuré.

Soudain, des silhouettes font halte tout proche de moi. Là où je suis, derrière un épais massif de buis, je ne suis pas visible. Je me ramasse au sol. Des pas lourds se rapprochent de ma position en courant. Mon cœur s'emballe. Malgré la fraîcheur environnante, je sue à grosses gouttes.

— Par là ! crie une voix. J'ai vu quelque chose !

Je suis tétanisé. Un groupe de plusieurs personnes s'arrête à ma hauteur. Je suis à moins d'un mètre d'eux. Seul le buisson nous sépare. Mon cœur bat si fort dans mes oreilles que je suis sûr qu'ils vont me repérer. Je retiens mon souffle.

— Là-bas ! Ils s'enfuient ! Allez, on va les choper !!

Quelques instants plus tard, le silence est de retour.

Il est risqué de m'aventurer plus loin, mais si je veux atteindre le stade et voir ce qu'il s'y passe, je n'ai pas le choix.

Je m'engage dans plusieurs ruelles obscures et silencieuses. J'entends régulièrement de nouveaux cris au loin. Des bruits de course déchirent le silence de la nuit.

À plusieurs reprises, je me cache sous un banc, derrière un muret, sous des buissons…

Après plus de trente minutes de détours, de haltes et de cachettes, je parviens enfin à proximité du stade. Un grand boulevard l'encercle. Tout l'espace est illuminé et il y règne une grande effervescence. Je ne peux pas m'approcher davantage. Je repère un camion de livraison garé à quelques mètres de ma position. Je m'approche discrètement et me glisse dessous. Je me cale derrière le double essieu, et j'observe.

Je vois des groupes de quatre ou cinq individus, habillés de noir et équipés de bâtons, discuter entre eux. De ce que je peux en juger de ma cachette, ce sont des hommes. Ils portent tous un brassard rouge au bras gauche. Je devine une forme dessinée dessus sans la voir précisément. Certains rigolent, d'autres se félicitent par de viriles poignées de bras. D'autres encore passent leurs nerfs en tapant sur ce qui est près d'eux. Plus loin, vers l'entrée principale du stade, je vois d'autres groupes. Ils y poussent des individus, sans ménagement, qui courbent l'échine, comme résignés. Je repère des hommes, des femmes et des enfants. Certains, plus valeureux, essaient de protester, mais ils se font immédiatement molester à coups de bâtons. Les femmes et les enfants crient et pleurent. Lorsque les coups cessent, les femmes aident les hommes blessés à se relever et ils se dirigent vers l'entrée du stade.

Je reste ainsi plusieurs minutes, à observer ce va-et-vient. Des dizaines de personnes sont ainsi conduites à l'intérieur. Qui sont ces gens ? Que se passe-t-il là-bas ?

Alors que je m'apprête à quitter mon poste d'observation, je vois deux individus se diriger vers l'un des groupes les plus proches de moi. Si je bouge, ils me verront. Je décide de patienter.

Le premier des deux hommes s'adresse au groupe qui l'écoute d'une oreille distante, car des murmures se font entendre.

Mais lorsque le second apparaît, le groupe se met aussitôt en ordre serré et le silence est immédiat. Cet homme n'est pas n'importe qui pour eux. Il doit gérer beaucoup de choses sur place. Sans doute est-ce leur chef…

Malheureusement, je suis trop loin pour bien les voir ou entendre ce qu'ils se disent.

Un bruit sourd retentit soudainement sur ma droite, obligeant tout ce petit monde à s'arrêter et à se déplacer vers la lumière.

Ce que je vois alors me fait l'effet d'une gifle.

Le premier homme à avoir parlé au groupe n'est autre que Dalvin. Les autres types sont tous plus âgés que lui. C'est peut-être pour cette raison qu'ils semblent ne pas trop l'écouter. Il a beau être imposant physiquement, être brutal et faire peur, il n'en resta pas moins un ado de seize ans.

Je n'arrive pas à voir les traits du second homme. Il reste dans l'ombre.

Il montre du doigt une zone sur sa gauche, probablement d'où venait le bruit. Les hommes le saluent et se dirigent au pas de course vers la direction indiquée. Il se tourne vers Dalvin qui est resté avec lui.

La brute s'approche d'une caisse, soulève le couvercle et prend deux bouteilles à l'intérieur. Il les décapsule et en tend une à l'inconnu. Ils trinquent tous les deux et boivent si vite le contenu que cela m'écœure. L'instant d'après, Dalvin jette sa bouteille dans ma direction. La bouteille rebondit contre une roue du camion, à quelques centimètres de moi et se fracasse sur le trottoir, juste sur ma gauche. J'étouffe un cri de surprise.

L'homme a suivi la course de la bouteille. L'espace d'une seconde, je le devine en train de froncer les sourcils en s'arrêtant sur l'endroit où je me cache.

« *Ça y est !! Il m'a vu !* me hurle mon cerveau. *Tu dois fuir !* »

Au lieu de quoi, je décide de ne pas bouger. Il tourne la tête et reprend son échange avec Dalvin. Je suis soulagé. Je souffle un peu et tente de me calmer.

Je sens que je n'en apprendrai pas plus ce soir. Je recule prudemment pour quitter mon point d'observation, lorsque l'impensable se produit…

Une explosion déchire le silence de la nuit et illumine les lieux. En une poignée de secondes, c'est la panique générale. Les groupes se séparent et courent dans tous les sens. J'entends des gens hurler. Ce sont des hurlements d'horreur et de douleur. Je ne tarde pas à voir des torches humaines fuir en tous sens. C'est horrible ! L'une d'elles se rapproche de moi, entièrement en feu. L'homme en train de brûler vif ne peut même plus hurler. Il fait trois pas incertains avant de s'effondrer. Dalvin ne réagit pas, mais l'autre, le chef, enlève sa veste et se précipite sur l'homme à terre. Il arrive tant bien que mal à éteindre les flammes qui rongeaient la chair. Ce qu'il reste de lui n'est pas beau à voir. Une fumée épaisse se dégage du corps calciné et une forte odeur se répand dans l'air. Je dois fermer les yeux et me boucher le nez pour éviter que mon estomac ne se révulse.

Et c'est là, sous la lumière dansante de l'explosion qui a embrasé plusieurs véhicules que je vois le visage de l'homme qui se trouve agenouillé à côté du cadavre fumant. Il a les traits déformés par l'horreur et la stupéfaction. Il se protège le visage de la chaleur ardente qui vient jusqu'à nous.

J'ai l'impression que mes yeux vont sortir de leur orbite quand je découvre de qui il s'agit.

Je dois me mordre la main pour ne pas crier. Je me pince les joues si fortement que les larmes me viennent aux yeux.

Alors voilà où il vient tous les soirs... Voilà le bâtiment que j'avais vu sur l'un des plans étalés sur son bureau... il s'agissait du stade.

Mon... mon père... serait donc... le responsable de tout ça ? Il en serait à l'origine ? Malgré ce que j'ai vu, je n'arrive pas à le croire, à me faire à cette raison...

J'attends de les voir quitter les lieux et je sors en vitesse de ma cachette. Je profite de la confusion générale pour rentrer chez moi.

Je ne prends aucune précaution, trop abasourdi par cette révélation qui m'a fait l'effet d'une gifle.

Je ne croise personne, sans doute tout le monde est-il mobilisé par l'incendie de l'explosion. Tandis que je marche, j'en viens à me dire que la promesse dont parlait Dalvin a sûrement été faite à mon père... Mais de quoi s'agit-il ?

Je suis en mode automatique et j'arrive en vue de la maison sans m'être rendu compte de rien, quand tout à coup, je suis attrapé par-derrière. On me plaque une main sur la bouche et on me remonte le bras dans le dos. La surprise et la douleur sont brutales. Les types du stade... Ils m'ont finalement retrouvé. Ce qui devait arriver...

On m'entraîne sans ménagement en direction du square non loin de chez moi. Je tente de résister, mais celui qui me tient est trop fort.

On me tire sur plusieurs dizaines de mètres et on me colle contre le vieux mur en pierre recouvert de lierre qui délimite le square d'un côté, et un terrain vague de l'autre. Nous sommes éloignés des habitations. Des arbres nous cachent des maisons. Malgré l'obscurité, je vois que mes assaillants sont tous masqués.

L'un d'eux se rapproche et me parle à voix basse.

— Si tu cries ou tentes de fuir, tu es mort. Compris ?

Je hoche la tête. On relâche la pression sur ma bouche et on baisse mon bras sans le lâcher pour autant. Je sens mon poignet pris comme dans un étau. Inutile d'essayer de m'enfuir, je ne pourrais pas bouger.

— Tu es Caleb, le fils Delcourt ?

Je confirme timidement. Qui sont ces gens ? Ils sont petits, ne sont pas habillés comme les autres et ils n'ont pas de brassard. Celui qui m'interroge a une voix étrange, comme si elle n'avait pas encore mué...

— D'où viens-tu ? Tu fais partie de ces groupes ?

— Non ! Je ne fais partie d'aucun groupe.

— Alors que fais-tu dehors à cette heure ?

J'hésite à répondre. Le gars le sent et me moleste.

— Parle ou tu ne rentreras pas chez toi.

Je n'ai pas le choix. Après pareille soirée, je ne veux qu'une seule chose : retrouver la sécurité de ma chambre.

— Je suis allé voir ce qu'il se passait au stade. Cela fait plusieurs jours que nous ne pouvons pas y aller avec la classe. Je voulais comprendre.

— Et alors ?

— Eh bien je n'ai pas vu grand-chose. Des types avec des brassards rouges amenaient sans ménagement des gens jusqu'au stade. Ensuite, il y a eu une explosion. Je me suis enfui.

Je vois mes agresseurs se consulter muettement. J'en profite pour les observer. Ils sont trois. Il y a celui qui me pose les questions, avec sa voix bizarre, un costaud, qui me tient le bras d'une pression ferme et continue, et un plus petit qui se tient en retrait. C'est lui qui surveille les alentours.

Ils échangent un regard entendu et contre toute attente me relâchent. Je me masse le bras pour faire de nouveau circuler le sang. Je n'essaie pas de prendre la fuite, je veux savoir qui ils sont.

Le type se racle la gorge avant de reprendre.

— Nous t'avons suivi ce soir…

C'est de plus en plus étrange. Sa voix est efféminée maintenant. Serait-ce une fille ?

— Nous vous surveillons, toi et ton père depuis quelque temps déjà. Sais-tu ce que fait ton paternel tous les soirs ?

Je secoue la tête en signe de négation, même si je suis presque certain à présent qu'il semble être le chef des lieux.

— Ton père a créé un groupe de soutien avant les élections. Mais il voyait plus loin. Il a mis en place une milice dès la proclamation des résultats. Plusieurs groupes partageant ses idées sillonnent les rues chaque soir. Ils traquent les Hors-Le-Dôme, dans les squats, dans les refuges, dans les centres sociaux, chez l'habitant… partout. Ils les délogent et les entassent comme des bêtes dans le stade, sans distinction d'âge ou de sexe.

Je reste sans voix. Ainsi donc, tous les gens que j'ai vus entrer dans le stade étaient des Exclus ? C'est de la folie…

Mais cela confirme aussi l'importance de mon père et explique également pourquoi il est tout le temps absent ces derniers temps.

— Est-ce que tu saisis ce que cela veut dire ? Ton père est responsable de rafles abjectes. Les droits fondamentaux de ces gens sont bafoués !

Trop de questions bouillonnent dans ma tête.

— Pourquoi ne pas prévenir la police ? demandé-je.

À peine ai-je dit cela que je me rappelle ce que ma mère m'a dit à ce sujet. La réponse qui suit me le confirme.

— Inutile. Les groupes de ton père comptent de nombreux policiers. Et si par hasard l'un de ces malheureux débarquait chez les flics, il se ferait mettre en cabane jusqu'à ce que d'autres l'emmènent au stade.

— Et que leur arrive-t-il après ?

— Rien pour le moment. Nous avons des hommes à nous à l'intérieur. Ils organisent les lieux pour les accueillir au mieux, sans éveiller les soupçons par un excès de bienveillance. Vois-tu, nous pensons que lorsque le stade sera plein, il n'y aura que deux choix possibles : l'évacuation ou l'élimination.

Je ne peux imaginer la seconde solution. Ce n'est pas possible.

— Tu dois comprendre que ton père va sûrement être responsable d'une déportation massive, ou pire... d'un génocide.

Imaginer mon père derrière tout ça me donne la nausée.

— Je vois que tu n'apprécies pas du tout cette idée.

Je secoue la tête.

— C'est pourquoi tu vas travailler pour nous.

Je lève mes yeux vers lui, incrédule.

— Tu vas espionner ton père, chercher la moindre information qui pourrait nous être utile. Nous devons contrer ses plans et ceux de son groupe.

Je veux parler, mais il m'arrête.

— Tu ne peux pas refuser. Si tu le fais, tu seras responsable de ce qu'il adviendra à ces gens pour n'avoir rien fait. Ce genre d'horreur prend fin un jour. Si tu es du mauvais côté, ta vie deviendra alors un enfer. Mais pire que tout, tu devras vivre avec ça sur la conscience jusqu'à ta mort.

J'ai beau savoir qu'il a raison, je ne peux me résoudre à faire ce qu'il me demande. Je ne sais même pas qui sont ces gens. De plus, il s'agit de mon père, pas d'un illustre inconnu.

— Autre chose, si tu nous doubles, nous devrons simplement vous éliminer tous les deux, ta mère avec.

La colère monte en moi instantanément. J'empoigne le type par le col. Sa surprise est totale. Un petit cri suraigu s'échappe de sa gorge.

— Non ! Elle est contre tout ça ! Laissez ma mère tranquille !

Le costaud intervient et me fait lâcher prise. Il me plaque de nouveau contre le mur en me tenant les mains. Il a une telle force que je ne peux plus rien faire. La fille, je suis maintenant convaincu que c'en est une, se masse le cou et écarte son compagnon pour se rapprocher de mon visage.

— Ça me déplairait autant qu'à toi. Alors, si tu ne veux pas qu'on en arrive là, tu sais ce qu'il te reste à faire. La situation ne nous laisse pas le choix. Mais sache que si le sacrifice de quelques-uns permet de sauver des centaines de personnes, nous n'hésiterons pas. Pour le moment, ton père doit rester vivant, car sans lui, nous risquons la venue d'un autre meneur... comme Dalvin par exemple. Les choses pourraient alors se précipiter. Pourtant, tu dois savoir que la vie de ton père ne tient qu'à un fil.

Je ne réponds pas immédiatement. Tout ceci doit s'ancrer en moi. Ma vie vient de changer en l'espace de quelques minutes.

Je m'en veux d'avoir décidé d'aller jusqu'au stade ce soir. Si j'étais resté tranquillement chez moi...

Mais qu'est-ce que je raconte ? Si j'ai choisi d'aider le *nouveau* en cours ; si j'ai décidé d'aller voir ce qu'il se passait au stade, au mépris des règles de sécurité ; si j'ai choisi de continuer d'avancer lorsque le premier groupe est passé devant moi dans la rue ; si je n'ai pas tenté de fuir en présence de mes trois assaillants... c'est bien qu'au fond de moi j'ai déjà pris ma décision... Je repense également à Gus, à ce qui lui est arrivé ainsi qu'à sa famille, par ma faute, à tout ce qu'il m'a dit au sujet de ces gens, à ses déclarations la dernière fois que je l'ai vu... Si j'ai une chance de le retrouver, de l'aider et de découvrir la vérité, je dois la saisir.

Je sais ce qu'il me reste à faire.

Je prends une grande respiration avant de prononcer les quelques mots qui changeront ma vie à tout jamais.

— C'est d'accord... comptez sur moi...

À l'instant où ils sortent de ma bouche, mon cœur s'emballe de nouveau. Je sens comme quelque chose qui me pousse au creux du ventre. C'est une sensation que j'ai déjà ressentie... lorsque je me suis arrangé pour que Luc puisse fuir la classe sans que Dalvin ne lui tombe dessus. Luc... c'est bien la première fois que je pense à lui ainsi, par son prénom...

Une vigueur nouvelle s'empare de moi. Les jours à venir seront difficiles, mais je souris en moi-même. Je crois que c'est la fierté de faire le bien qui s'installe...

Ma mère est partie, sans combattre les idées et les agissements de mon père. Je ne commettrai pas cette erreur. Je vais faire ce qu'elle aurait dû faire. Mon père me livrera bientôt ses secrets... et je le sauverai de lui-même.

Le gars qui faisait le guet, s'avance alors et se campe devant moi. Il retire son masque et plante ses yeux blancs dans les miens en me tendant la main.

— Toi ?

LUC

Jour 15

Je n'ai pas beaucoup dormi cette nuit. J'ai dû me débarrasser de plusieurs rats particulièrement agressifs. Ils menaçaient nos maigres réserves de nourriture. Mes sœurs ont eu peur et ont beaucoup pleuré, mais lorsque tous ces petits visiteurs indésirables ont été éliminés et dépecés, elles ont fini par se calmer et s'endormir. Ma mère veillait sur elles tandis que je guettais de nouveaux arrivants.

Au matin, j'ai les yeux rouges, je suis épuisé et affamé. Ma mère m'apporte deux rats cuits. Cela m'a fait beaucoup de bien de manger, mais surtout d'améliorer nos maigres rations habituelles. Manger de la viande est un luxe que nous ne pouvons jamais nous permettre, en dehors des rats que nous attrapons. Je sais que c'est dégradant aux yeux des Éclairés, mais nous n'avons pas le choix.

Nous devons survivre…

Une fois mon estomac rempli, je vais embrasser mes sœurs et ma mère et je quitte la pièce qui nous sert de logement. Nous squattons un vieil immeuble en périphérie du seizième Secteur. Il est délabré et tient à peine debout. Nous devons faire preuve de beaucoup de prudence lorsque nous déambulons dans les couloirs ou que nous empruntons les escaliers à moitié écroulés.

Je descends les étages et je rejoins le groupe d'hommes qui s'occupe de creuser un passage dans le sous-sol pour rejoindre le réseau d'égouts. En cas de problèmes, tout le monde pourra évacuer en un temps record. Les Éclairés nous tolèrent, mais plusieurs anciens du squat sont convaincus que ça ne durera pas. Ils parlent d'un parti politique et de son leader qui souhaite prendre la place du dirigeant actuel. Avec lui au pouvoir, nous serions alors en danger. Nous devons donc prendre certaines précautions.

Le sous-sol est en pleine effervescence. Le trou dans le mur est terminé et il reste quelques mètres avant de déboucher dans les égouts. Plusieurs personnes sont déjà au travail. J'en croise une ou deux que je connais en train de remonter des sacs de gravats. Je prends une pelle rudimentaire et je m'engage dans le tunnel. J'arrive rapidement au contact de ceux qui creusent. Je les salue et je commence à remplir un nouveau sac. Une fois plein, je le charge sur mon dos et je rebrousse chemin. Nous devons les vider à l'extérieur du bâtiment pour éviter d'éveiller les soupçons sur ce passage si des agents venaient dans le sous-sol. Lorsqu'il sera terminé, l'entrée sera camouflée par une vieille armoire technique.

Je remonte les marches qui mènent à l'extérieur avec difficulté, le poids du sac n'aidant pas ma progression. Nous avons ensuite un endroit isolé où nous les vidons.

Je fais plusieurs voyages avant de m'accorder une pause. Je suis épuisé par ma trop courte nuit. Je remonte voir ma mère et mes sœurs, lorsque je la croise dans le hall du rez-de-chaussée. Elle sourit et tient une enveloppe à la main.

— Mon chéri, tu tombes bien. J'ai une bonne nouvelle ! dit-elle en agitant l'enveloppe devant moi. Un de nos contacts chez les Éclairés m'a fait suivre cette lettre.

Elle sort un courrier de l'enveloppe et me le tend. J'en prends rapidement connaissance :

Madame,

Dans le cadre de la politique migratoire en vigueur, ainsi que de celle portant sur la gestion des minorités non visibles et selon le respect des quotas imposés par le CCRIR[1], je vous informe que la demande de scolarisation pour votre enfant Luc Meti a été acceptée.

Il s'agira, comme stipulé à l'article 13, alinéa 5 du décret 8219 portant sur la régulation et la restriction des minorités non visibles, d'une expérimentation visant à mesurer les capacités d'intégration de la population extérieure au Dôme. Toutefois, je me dois d'attirer votre attention sur les points suivants :

* Les critères de sélection doivent être remplis ;

* Les décisions pédagogiques ou administratives ne doivent en aucun cas être discutées ou contestées par la famille ou l'individu ;

* Le niveau des exigences doit être atteint par l'individu ;

* Aucun heurt ne doit être directement imputable à l'individu ou sa famille ;

* L'ordre public et la sérénité du reste des élèves doivent être respectés en priorité ;

En cas de manquement à l'un de ces points, l'expérimentation prendra fin avec une expulsion immédiate et définitive du Dôme de l'individu et sa famille.

Ainsi donc, il est convenu que votre enfant rejoindra le centre de formation du Secteur seize pour y suivre une formation sur l'entretien des dalles réfléchissantes.

Il y est attendu pour le début de la prochaine décade.

Souhaitant vous avoir informé.

Pour valoir ce que de droit.

Par délégation,
le Décideur des affaires internes

---

[1]   CCRIR : Comité de Contrôle et Régulation des Immigrants Rebuts.

Je relis le courrier deux fois pour être sûr de bien comprendre. Je vais intégrer une école dans deux jours. Ma mère a fait cette demande il y a plusieurs décades. Elle est convaincue que suivre une scolarité normale est le seul espoir de sortir de ma condition actuelle. Je sais que d'autres Hors-Le-Dôme comme moi, ont déjà eu cette opportunité, mais je n'en connais pas qui soient restés suffisamment longtemps pour voir leurs espoirs se concrétiser. Mais ma mère y croit et je ne veux pas la décevoir.

— Te rends-tu compte ? C'est une chance incroyable Luc ! Tu ne seras pas le premier à entrer dans une école d'Éclairés, mais le premier à en sortir avec une formation et un avenir meilleur !

— Je vais y croire, maman… Je vais y croire.

J'esquisse un sourire forcé et je monte rejoindre mes sœurs. Je sais ce qu'il m'attend… je n'ai pas trop d'espoir, je ne suis pas dupe. Les Éclairés ne vont pas voir ma venue d'un bon œil et les remarques figurant dans le courrier que ma mère a reçu sont très claires. Je m'attends donc au pire…

Mais en attendant, j'ai besoin de me plonger dans la chaleur de leur petit corps, de m'inonder de leur parfum, de m'abreuver de leur innocence.

Jour 17

Il est neuf heures du matin et je suis devant la classe. Je respire un grand coup, car d'ici quelques secondes, je vais ouvrir la porte et tous les élèves vont me voir. J'imagine déjà les regards haineux et les remarques déplacées. Je le sais bien, je suis habitué à en recevoir dès que je m'aventure en ville pour chercher de quoi nourrir ma famille...

Je suis volontairement arrivé en retard ce matin, juste au moment où le gardien refermait les grilles. Je ne voulais pas croiser d'élèves Éclairés avant d'arriver. Le vieil homme m'a jeté un regard mauvais, mais lorsque je lui ai montré le courrier il a changé de tête. Il m'a envoyé au bureau du directeur qui m'a reçu avec une telle froideur que je me serais cru revenu à l'extérieur du Dôme. J'ai eu le droit aux menaces habituelles, sans la moindre once de gentillesse ou d'encouragements, puis il m'a congédié. Une fois dehors, je suis tombé sur une petite femme qui m'a adressé son plus beau sourire. Elle ne m'a pas beaucoup parlé lorsqu'elle m'a accompagné jusque devant la porte de la salle de cours, mais elle m'a beaucoup souri. Je n'ai pas senti que cette femme se forçait, ce qui est rare. Elle m'a simplement souhaité bonne chance...

Je frappe et j'entends une voix grave m'inviter à entrer. J'ouvre la porte et j'ai l'impression que le monde s'arrête de tourner. La femme en profite pour s'éclipser. Tous les regards convergent vers moi. Je baisse la tête, je ne peux me résoudre à tous les affronter dès le premier jour. Le professeur ne me présente pas à la classe. Je pense que c'est inutile et cela me convient à merveille. Ce n'est pas la peine d'en faire trop.

Mon cœur bat à tout rompre. Je sens les aiguilles des yeux perçants des élèves me traverser de part en part.

Je lui tends le courrier qu'il regarde avec un léger agacement, avant de me diriger vers le fond de la classe d'un pas que j'essaie de ne pas être trop rapide. J'entends un « *Miam-miam*! » lorsque je remonte l'allée centrale.

Une fois assis, je souffle un peu. Je sors mes affaires et je me concentre sur le contenu du cours du professeur. Je remarque qu'un élève continue de me fixer. Il me détaille, mais étrangement, il n'y a pas de haine dans ses yeux, juste de l'interrogation. Pour autant, cette insistance me rend nerveux.

Je décide de me plonger à fond dans le cours, cela m'évite de penser à ma situation et de croiser le regard des autres. Je me sens presque normal durant l'heure et demie qui passe.

Quelque temps plus tard, je lève les yeux vers l'horloge murale. Je constate que la pause arrive à grands pas comme en témoigne la nervosité des élèves. C'est le moment que je redoute le plus, celui de tous les dangers pour moi...

Lorsque nous sortons, je m'arrange pour discuter avec le professeur. Il m'écoute à peine. Je sais bien que je ne l'intéresse pas, mais cela me donne quelques instants de répit avant de me jeter dans la fosse aux lions.

Il n'y a personne dans les couloirs, personne pour m'attendre ou me tomber dessus. C'est une chance.

Une fois dans la cour, je vais discrètement me caler contre un arbre pour me protéger de la lumière. Mes lunettes spéciales filtrent les ultraviolets des dalles et m'offrent un confort suffisant pour rester dehors. Personne ne vient me voir. Peut-être que l'on me laissera en paix, sans que ma différence soit un prétexte de moqueries, d'insultes et de coups.

Quelques instants plus tard, un élève me passe devant puis revient sur ses pas. Je le reconnais. C'est celui qui m'a longuement regardé plus tôt en classe.

Je lève les yeux vers lui et lui sourit. Il est plus grand que moi, plus imposant aussi. Ses yeux marron tirent sur le vert. Ils sont ourlés de sourcils fournis et ses cheveux sont noir de jais. Je le sens gêné. Je décide de rompre la glace.

— Salut, je m'appelle Luc, et toi ?

Il a un mouvement de recul. Il ne sait pas trop comment réagir. Il opte pour un ton rude. Je peux le comprendre. Je sais bien que les Éclairés ne peuvent pas nous témoigner autre chose que du rejet, sous peine d'avoir des ennuis avec les leurs.

— Laisse tomber, me lâche-t-il en repoussant la main que je lui tends. On ne sera jamais potes, alors garde ta salive. Dalvin et ses sbires te cherchent. Ils n'aiment pas les nouveaux, surtout les gens comme toi. Ils vont te tomber dessus dans pas longtemps. Tu ferais bien de te planquer.

Mon cœur accélère. Comment ai-je pu être assez bête de croire que les choses seraient différentes pour moi ici ? Je tente de ne rien montrer de mon angoisse. Il s'éloigne avec un sourire gêné dont il n'a sûrement pas conscience.

— Pourquoi m'aider puisque nous ne serons jamais amis ? je lui demande avant qu'il ne soit trop loin.

Il se fige sur place en guise de réponse. Avant de partir, je peux sentir son malaise.

J'ai peu de temps pour agir avant que les ennuis arrivent. J'enlève mes lunettes que je range soigneusement dans leur boîte avant de les glisser dans mon pantalon. Je sais par expérience que ce qui amuse beaucoup les Éclairés, c'est de nous exposer à la lumière, sans protection, pour voir comment notre corps réagit. Je sors une ancienne paire de lunettes que je place sur mon nez.

Quelques instants plus tard, mes tortionnaires me trouvent. Je décide de ne rien leur montrer. Ni peur, ni angoisse, ni intérêt.

— Salut le Rebut ! commence celui qui doit être le chef. Je ne sais pas vous les gars, poursuit-il à l'adresse de ses amis, mais l'idée d'avoir une daube pareille dans ce bahut me file la gerbe.

Je décide de me lever pour aller plus loin, mais comme je m'y attendais, on me bloque le passage.

— Où crois-tu aller, Rebut ? Reste avec nous. Comme tu es nouveau ici, il est normal qu'on te fasse une visite.

— Ne te sens pas obligé.

— Oh, mais si, c'est même un devoir pour bien accueillir les nouveaux.

Sur ces mots, trois costauds me lèvent sans ménagement et me traînent au milieu de la cour, en pleine lumière.

Ils m'arrachent mes lunettes et les jettent par terre. J'entends qu'on les écrase. On rigole, mais je ne réagis toujours pas. Que pourrais-je faire face à eux, moi qui suis si petit et si faible en comparaison ?

Ils décident de me faire tourner sur moi-même. Au passage, je sens qu'on m'arrache des cheveux, qu'on me frappe, qu'on déchire mes vêtements. Ma mère va pleurer en silence ce soir en me découvrant, elle qui nourrit tant d'espoir dans cette expérimentation. Je pense que rien ne sera fait, personne ne sera puni. Il sera inutile que j'aille en parler au professeur ou au directeur. Ils trouveront le moyen de minimiser le problème, d'expliquer qu'en tant que nouveau, je dois faire des efforts pour m'intégrer, que les élèves ne sont pas vraiment méchants, qu'il faut leur laisser du temps…

À la fin, alors que j'ai la tête qui tourne, ils terminent d'arracher la veste qui protège ma peau de la lumière des dalles du Dôme. Ils me jettent au sol en me donnant des coups de pied dans le ventre que je tente de parer de mes bras.

Comme c'est la première fois qu'ils s'en prennent à moi, ils n'y sont pas allés trop fort. Mais par la suite…

J'ai mal. La lumière a beau être artificielle, les ultraviolets qu'elle contient commencent à me chauffer la peau sur les épaules. Mes yeux me font mal à force de les pincer pour les garder fermés. Mes agresseurs s'éloignent en riant, mais je sens que l'un d'eux est resté près de moi. Lui n'agit pas par bêtise. Non, lui c'est différent. Il est resté pour me voir souffrir. Lui agit par sadisme et méchanceté.

— Écoute bien sale sac à merde. Je n'aime pas ce que tu es. Prépare-toi à morfler tous les jours.

Ses mots sont prononcés avec dureté. Ils me font aussi mal que le coup de poing qu'il m'envoie dans la tempe en guise d'avertissement. Ma tête tape sur le sol ce qui m'étourdit un instant.

Il me faut quelques minutes pour recouvrer mes esprits. Lorsque je suis certain d'être seul dans la cour, je sors ma paire de lunettes pour récupérer ce qu'il reste de mes vêtements que je remets comme je peux pour me couvrir. Avant de rejoindre la classe, je range de nouveau mes lunettes et je frappe à la porte.

Le professeur ne m'accueille pas avec chaleur, mais au moins ne m'accable-t-il pas.

Je remonte l'allée centrale en gardant les yeux fermés. Même la lumière de la salle me brûlerait les yeux.

Sans m'y attendre, je tombe soudainement en avant. Ma tête heurte le sol, mais sans trop me faire mal. Je me suis pris les pieds dans quelque chose. Je soupçonne que ce soit intentionnel. Toute la classe rit de ma chute. Le professeur se met en colère. J'ai alors la confirmation que même ici le corps enseignant ne nous aime pas. Pour lui, nous ne sommes qu'une variable politique, des êtres indésirables. L'un des anciens m'a expliqué un jour que les Éclairés pensent que nous sommes des nuisibles qu'il faut exterminer… Je n'aurai aucun soutien ici. Comment ai-je pu y croire ? Comment ma mère a-t-elle pu se bercer d'illusions et être aussi naïve ?…

Je regagne ma place et mets mes lunettes. Je suis dépité. Rien ne changera… jamais. Malgré moi, je ne peux retenir une larme.

En l'essuyant, je remarque du coin de l'œil celui qui est venu m'avertir pour mon agression. Il est très mal à l'aise. Cela voudrait-il dire qu'il existe des personnes choquées par ce que je vis ? Je veux me raccrocher à cette idée, car cela me réchauffe le cœur… et j'en ai vraiment besoin.

Lorsque la fin de la journée arrive, je m'arrange cette fois pour sortir le premier et disparaître rapidement d'ici.

Dès que je rentre, je vais directement donner un coup de main au sous-sol pour me changer les idées et oublier ma journée. Les autres voient mon sale état et me réconfortent d'une main sur l'épaule. Ils savent où je me trouvais et ils comprennent que c'est une cause perdue. Tandis que je fais des allers-retours avec les gravats sur le dos, je repense à mon père. Il y a presque un an déjà que les choses ont mal tourné. Il est mort alors que nous étions avec des passeurs. À cette époque, nous nous trouvions avec d'autres familles pour essayer d'entrer clandestinement sous le Dôme. Plusieurs familles n'avaient pas assez à offrir pour traverser. Les passeurs se sont énervés et en guise de représailles, ils ont voulu tuer les hommes adultes de ces familles. Mon père s'est interposé... il l'a payé de sa vie. S'il était encore là aujourd'hui, c'est avec lui que je serai en train de travailler au tunnel... Malgré la violence de ces monstres, nous avons négocié nos dernières réserves avec ces marchands de rêves et nous sommes finalement entrés.

Après de longues périodes dans la rue, d'autres encore sous les ponts, dans des foyers ou des centres d'hébergement, nous avons finalement investi ce vieil immeuble désaffecté où nous avons rejoint une cinquantaine de familles. Cela n'avait pu se faire qu'avec l'aide d'une association militant pour la reconnaissance de nos droits civiques. Elle essaie d'aider à notre intégration, comme en témoigne ma place dans le milieu scolaire.

Il fait nuit lorsque je remonte dans notre abri retrouver ma mère et mes sœurs. Lorsqu'elle me découvre ainsi, elle me prend dans ses bras et nous pleurons tous les deux en silence, sans que mes sœurs ne se doutent de rien. Elle m'embrasse sur le front et commence par me soigner.

Nous ne parlons pas, c'est inutile. Nos regards qui se croisent suffisent. C'est dans ces moments que nous regrettons le choix de mon père, même si nous savons qu'il avait raison. Certes, nous aurions pu rester chez nous. Nous y serions encore une famille complète. Mais aurions-nous pu survivre ? La misère, véritable fléau, est partout. La mort vivait avec nous, comme une compagne indésirable, fauchant les plus faibles comme les flocons soufflés par le blizzard...

Les miens sont nés à l'extérieur du Dôme, dans des camps improvisés, soumis au froid, au vent glacé et à une obscurité quasi permanente, puisque la lumière du soleil est trop faible. C'est comme se trouver dans une pièce sombre et voir la lumière dans la chambre du voisin qui aurait tiré ses rideaux…

C'est là, dans des conditions extrêmes, privés de presque tout, que j'ai passé mes premières années. Nous parvenions à élever quelques bêtes résistantes à la dureté extrême du climat, des ruminants avec des bois sur la tête. À la belle saison, les températures sont moins froides et un peu de végétation arrive à pousser sur la cime des arbres qui affleurent de la neige. Nous récoltions du lichen et des champignons qui servaient de base à leur alimentation. Durant la saison froide, nous faisions du troc avec les foreurs qui passaient au milieu des camps avant de pousser loin dans les terres gelées de ce monde abandonné. Ils nous échangeaient des produits du Dôme, des légumes, des fruits ou des œufs, contre un peu de notre viande. Les Éclairés en mangent très peu. Ils sont tellement tassés les uns sur les autres sous le Dôme qu'il n'y a pas assez de place pour cultiver et élever des bêtes en grande quantité. De ce que je sais, ce sont les habitants du premier Secteur, celui au centre du Dôme, qui se réservent ce privilège. Autant dire que les foreurs, venant majoritairement des Secteurs périphériques, comme le seize, étaient contents de pouvoir en avoir un peu pour changer leurs habitudes. Nous en gardions aussi pour tenir, car les champignons et le lichen ne suffisaient pas.

De temps en temps, nous mettions de la viande de côté plutôt que de l'échanger. Grâce à cette réserve, nous gardions l'espoir de trouver un passeur pour rentrer sous le Dôme. Mais les mineurs Éclairés n'étaient pas toujours honnêtes dans les échanges et abusaient parfois de la situation ou de leur force en nous volant ou en nous maltraitant. C'est cette situation intolérable qui a décidé mon père à nous faire entrer sous le Dôme. Il refusait l'idée que nous nous laissions mourir sans tenter quelque chose. Il en avait assez de la cruauté de certains Éclairés. Il voulait que l'on prenne notre destin en main, que l'on réclame notre légitimité en franchissant cette frontière de tous les malheurs pour vivre une autre vie de l'autre côté.

Pour mon père, seule cette option pouvait encore nous offrir un espoir... mais quel espoir au juste ? Moi, je n'en vois aucun...

Ici, nous vivons mieux, mais toujours dans l'angoisse de nous faire expulser. Nous savons que cela arrivera. Du coup, chaque nuit, plusieurs personnes font le guet, afin de nous prévenir si les forces de l'ordre arrivent. Si nous sommes avertis quelques minutes à l'avance, cela nous permet de ranger nos maigres affaires et de nous tenir prêts à évacuer en urgence. J'espère donc que le tunnel sera vite terminé pour faciliter cette évacuation. Il vaut mieux d'ailleurs, car les policiers agissent toujours avec brutalité et dans ces moments-là, le peu que nous avons est souvent détruit.

Jour 18

Les femmes du squat sont inquiètes ce matin. Une des personnes de l'association qui vient nous aider anonymement leur a annoncé que les choses allaient s'aggraver pour nous. Dans quelques jours, il y aura des élections et le Front Solaire, un parti nationaliste, est en passe d'accéder au pouvoir. Il prône clairement la préférence nationale et notre exclusion pure et simple de la Zone Protégée. Nous sommes tellement en marge de cette société que nous avons ignoré cette menace grandissante.

Tandis que j'avale un morceau de fromage dur et un bout de pain sec duquel j'ai enlevé quelques taches de moisissure, je vois ma mère, le visage fermé, commencer à rassembler nos maigres affaires. Nous devrons être prêts à toute éventualité.

Je souhaite l'aider, mais elle refuse gentiment. Elle tient à ce que j'aille en classe pour apprendre. Je n'essaie pas de la convaincre du contraire, je ne veux pas la contrarier. Je sais qu'elle veut poursuivre le rêve de mon père. Elle aurait trop de peine si je refusais. Je pars donc pour le centre de formation, en évitant soigneusement toutes les rues en pleine lumière et les cortèges d'élèves. Du coup, j'arrive juste lorsque les portes s'apprêtent à se refermer, ce qui me vaut un nouveau regard noir du gardien auquel je réponds par un large sourire.

En classe, je me faufile vite jusqu'à ma place. Je repère le chef de mes agresseurs. J'ai entendu hier qu'il s'appelle Dalvin.

À la pause, je tente de me cacher, en surveillant cette grosse brute et ses amis de loin, mais c'est peine perdue. D'autres élèves se chargent de lui dire avec délectation où je me trouve.

Lorsque celui-ci me tombe dessus, je n'ai malheureusement pas eu le temps de ranger mes lunettes.

— Te voilà sale Rebut, tu essaies de nous éviter ou je me trompe ? Ce n'est pas très gentil ça… Nous qui sommes si sympas avec toi.

— Laisse-moi tranquille, tenté-je de répondre bravement.

— N'y compte pas ! me rétorque Dalvin avec méchanceté. Tu es mon jouet. Je vais m'amuser avec toi, et lorsque je serai lassé, je te briserai et je te laisserai agoniser dans le caniveau.

Ses paroles me font mal. Ce type me fait peur…

Je n'ai pas trop le temps d'y penser, car une fois encore, on m'attrape et on me traîne en pleine lumière. On me plaque contre un réverbère et on arrache mes vêtements, mettant tout mon torse à nu. Je sens que l'on me noue les mains dans le dos. On serre mes liens si forts que les cordes me coupent la peau et la circulation. Je grimace de douleur. Cela semble ravir Dalvin qui pousse un grognement de plaisir. Je m'attends à voir arriver du monde, des adultes, des surveillants… mais personne ne se déplace. Tout le monde s'en fout…

Dalvin s'agenouille devant moi.

— Hmm… tu ne trouves pas que nous avons une belle journée ? Que c'est bon de sentir cette lumière sur la peau ! Même si elle est artificielle, il n'y a pas de raison que nous soyons les seuls à en profiter.

Il arrache mes lunettes. La lumière pénètre immédiatement ma cornée. Elle me brûle. Je pince les yeux aussi forts que je peux, mais malgré cela, la douleur est vive.

— Je savais que ça te plairait, toi qui vis dans un trou à rat. Si seulement le soleil pouvait vous purifier tous autant que vous êtes, en vous cramant la couenne.

— Pour… Pourquoi tu fais ça ? demandé-je. Pourquoi cette méchanceté ? Qu'est-ce que je t'ai fait ?

— Je fais ça parce que ça m'amuse. Je fais ça parce que tu existes et que toi et les tiens êtes des erreurs de la nature. Vous me dégoûtez. Votre faiblesse, votre pâleur, tout me fait vomir. Et tu sais quoi… nous sommes très nombreux à le penser, et bientôt, lorsque le Front Solaire sera élu, ta vie… votre vie, deviendra pire que jamais. Le nouveau Grand Décideur nous laissera agir librement. Alors, moi et mes potes on vous traquera et on vous éradiquera comme la vermine que vous êtes !

Je reçois plusieurs claques qui me font un mal de chien. Une dernière m'envoie la tête en arrière et va taper contre le réverbère si fortement que je crois tourner de l'œil.

Je me secoue dans tous les sens pour défaire mes liens, sans succès. Dès que je bouge, la douleur dans mes poignets est cuisante. Les salauds m'ont vraiment bien attaché. Je sens la morsure ardente des ultraviolets sur ma peau. Mes yeux me brûlent et les garder pincés ainsi me donne vite mal à la tête.

La fin de la pause retentit et j'entends les voix des élèves s'éloigner. Personne n'est venu m'aider. Pas même un adulte… De rage, je hurle ma frustration, ma colère face à cette injustice, à ce mépris assumé et revendiqué.

J'entends alors des pas qui se rapprochent. Ils ne sont pas pressés. C'est un adulte. Il souffle. Je suis convaincu qu'il se sent obligé de venir m'aider, mais au fond de lui, il préférerait me laisser crever là !

— Écoute bien. Cesse de jouer à des jeux idiots. Je n'ai pas envie de perdre de nouveau du temps pour te détacher. La prochaine fois, tu resteras comme ça.

Aucune compassion, aucune parole apaisante… rien. Je vois qu'il n'y a plus rien à espérer.

Celui que je pense être un surveillant me détache en prenant son temps. Ma peau est en train de rougir fortement. J'ai mal. Une fois délié, je récupère mes affaires déchirées et je suis l'adulte pour regagner la classe. Je le remercie froidement et j'entre dans la salle.

Je suis accueilli comme il se doit par le professeur, mais je m'en moque. J'entrouvre les yeux en remontant l'allée. Mes lunettes sont sur la table de Dalvin.

À l'instant où je passe devant lui, un grand bruit métallique se fait entendre et perturbe la classe. Je m'empare rapidement de mes lunettes et je vais m'asseoir.

Je remarque que c'est la règle de l'étrange garçon qui est tombée. Il la ramasse et s'excuse immédiatement. Je note le regard furieux de Dalvin. Je savoure cette maigre victoire.

Lors de la pause du déjeuner, je file me cacher dans une salle vide. J'avale rapidement ma maigre ration et patiente jusqu'à la reprise des cours.

Tandis que l'après-midi avance, je réfléchis à notre situation. Si les gens nous sont si ouvertement hostiles alors que les élections n'auront lieu que prochainement, c'est qu'ils sont très confiants dans les résultats.

La fin de la journée approche, et avec, la menace grandissante de représailles de Dalvin. Je range discrètement mes affaires, prêt à filer sans demander mon reste. De toutes les façons, ma décision est prise et je ne reviendrai pas. Je suis désolé pour ma mère. Je sais que cela la rendra triste, mais je ne vais pas risquer ma vie pour un rêve qui, j'en suis maintenant convaincu, ne prendra jamais corps.

À la seconde où je m'apprête à fuir, le gars à la règle se lève brusquement en prétextant une envie pressante et se fait houspiller par le professeur. J'ai le temps d'entendre son nom : Caleb Delcourt. Il jaillit soudain de sa place et bouscule Dalvin au passage qui l'envoie balader. Je n'attends pas de voir la suite et m'engouffre par la porte. En quelques minutes, je suis hors d'atteinte. J'emprunte mes détours habituels.

Je repense aux élections. Si celles-ci vont dans le sens de la population, les menaces de Dalvin seront une réalité. Nous n'aurons donc plus le choix. Nous devrons fuir… mais où ?

Jour 27

C'est pire que ce que nous imaginions. Le parti Solaire a remporté les élections avec plus de 59 % des voix. Cela signifie que près de six personnes sur dix nous sont hostiles et dans plus de la moitié des Secteurs de la Zone Protégée.

Depuis l'annonce des résultats, c'est l'effervescence dans le squat. Les hommes terminent de justesse le tunnel qui mène aux égouts. Le sous-sol est complètement dégagé et la grosse armoire technique est placée devant l'ouverture, prête à être glissée pour refermer le passage. De leur côté, les femmes rangent tout tandis que les jeunes s'occupent des plus petits. Je laisse mes sœurs aider ma mère, tandis que je fais le guet. Je sens que nous vivons nos derniers instants de tranquillité. Les prochaines heures s'annoncent bien sombres…

Plus tard dans la journée, alors que tout est prêt pour un départ précipité, nous nous retrouvons avec d'autres familles pour manger quelques biscuits et boire du thé. Ce moment de convivialité nous détend un peu. Les plus petits, insouciants de ce qui plane sur nos têtes, jouent en toute innocence. Je vois des sourires se former, j'entends même quelques rires. Durant ce bref instant, nous en oublions même jusqu'à nos problèmes. Ça fait du bien.

Dans la soirée, les hommes organisent des tours de garde. Je fais partie de la boucle. Ma mère préférerait que je reste près d'elle et mes sœurs pour le cas où les choses se passeraient mal. Je la rassure en lui disant que si quelque chose devait arriver lors de mon tour de garde, je pourrais agir plus rapidement.

Il est aux environs de vingt et une heures lorsque je prends mon tour. Comme nous sommes plusieurs, les quarts ne durent pas plus de deux heures. De mon poste d'observation, je peux voir dans toutes les directions. C'est l'avantage des points en hauteur. Le froid commence à s'installer... enfin pour un Éclairé. Pour nous autres, il fait juste bon. Je peux ôter mes lunettes, car à présent, ma vue prend toute sa mesure. J'y vois parfaitement clair, comme un Éclairé en plein jour. Je distingue les immeubles alentour, les maisons plus loin. Il n'y a plus d'éclairage public ici. Ce lieu est désaffecté et trop proche du mur d'enceinte. Pour nous c'est une aubaine, ça nous permet de mieux voir.

Un peu avant d'échanger ma place, j'entends des bruits en contrebas de l'immeuble. Des gens parlent. Ils ne sont pas discrets. Ils crient, s'injurient, jettent leurs bouteilles en verre et tapent sur ce qui leur tombe sous la main. L'un d'eux est même en train de vomir. Pas de doute, ces types sont bourrés. Il arrive souvent que des paumés chez les Éclairés viennent boire ou se droguer ici. En général, ces gens ne nous manifestent pas d'hostilité, car ils sont presque autant marginalisés que nous.

Alors que je m'apprête à reprendre ma ronde, une angoisse m'étreint le cœur. Et si tout ceci n'était qu'une diversion pour permettre un assaut ailleurs ? Focaliser notre attention sur des poivrots pour mieux nous tomber dessus par surprise.

Je me précipite de l'autre côté du toit. Je fouille l'obscurité. Je ne vois aucun mouvement. Les ombres sont immobiles. Je reste ainsi durant plusieurs minutes.

Rien.

Pour autant, je ne suis pas tranquille. Je sens que quelque chose se trame. Quelques instants plus tard, on vient me relayer.

Je fais part de mes inquiétudes avant de rejoindre ma mère et mes sœurs.

Je me couche habillé, mais je ne trouve pas le sommeil immédiatement, je suis trop inquiet.

J'aurais préféré avoir tort…

Jour 28

Je suis réveillé en sursaut par ma mère. Ses traits sont tirés et déformés par la peur.

— Debout mon fils ! Nous devons fuir et vite !

Je me lève en hâte et roule le tapis sur lequel je dormais. En moins de cinq minutes, je suis prêt à partir. J'ignore l'heure qu'il est. Mais je note qu'il fait encore nuit dehors.

— De nombreux mouvements ont été repérés tout autour du bâtiment, m'explique ma mère.

J'acquiesce muettement. Les petites sont prêtes elles aussi. Elles ont peur. L'une d'elles a même pleuré. Je les rassure en leur faisant un grand sourire.

Nous connaissons la procédure. Nous empruntons les couloirs sans bruit et descendons les escaliers à moitié effondrés pour rejoindre le sous-sol. Nous nous engageons dans le tunnel donnant sur les égouts du Secteur. Tout le monde se déplace sans bruit.

Au moment où l'armoire est tirée sur le sol pour cacher notre fuite, nous entendons des bruits de verre et des cris. Nous l'avons échappé belle.

Nous avançons dans les égouts puants et dans une obscurité complète. L'odeur est insupportable, mais heureusement, nous y voyons suffisamment pour progresser.

Il est prévu que tout le groupe se divise. Ainsi, après une demi-heure d'une marche lente à patauger dans une fange putride, nous empruntons à tour de rôle un boyau différent. Des squats de secours ont été identifiés pour nous aider. Reste à espérer qu'ils n'auront pas été découverts.

Lorsque c'est notre tour, nous partons sur la gauche, seuls. Dix minutes plus tard, nous émergeons de ce cloaque pestilentiel par des toilettes pour regagner la surface. Nous avons atterri dans un ancien commerce à l'abandon. Cet endroit est très ancien. Je m'étonne même qu'il soit encore debout.

Je replace la cuvette par-dessus notre passage. Une fois à l'intérieur, je me dirige discrètement vers les vitrines. Par chance, elles ne sont pas cassées. Une épaisse couche de poussière les rend opaques de l'intérieur. Je nettoie un petit coin et je regarde dehors. L'obscurité commence à s'effriter. Les dalles s'allument progressivement. Le matin est proche. Je ne vois rien bouger. Les bâtiments alentour ne me disent rien. Je n'arrive pas à me situer, mais le quartier n'a pas l'air d'être mis en valeur. Je pense que nous sommes encore proches du mur d'enceinte, mais j'ignore où nous sommes.

Je ramasse une vieille affiche déchirée et grasse que je plaque contre la vitre pour occulter le trou, avant de retourner auprès de ma mère et de mes sœurs. Les petites sont fatiguées après cette marche. J'installe tout le monde dans l'arrière-boutique et je retourne surveiller l'extérieur.

Ma mère me rejoint alors que les dalles de la voûte du Dôme s'illuminent et inondent les rues d'une lumière solaire artificielle. L'activité est normale. Les gens vont et viennent et vaquent à leurs occupations.

— Tu dois te reposer. Cette nuit, tu as dormi à peine deux heures. Et il faut aussi que tu manges.

Je ne réponds rien. Elle a raison. J'ai l'estomac vide et je tombe de fatigue. Je mange les quelques gâteaux qu'elle me tend et accepte d'aller m'étendre un peu.

Je trouve mes sœurs en train de jouer avec leurs poupées, des bouts de tissus attachés ensemble pour donner l'illusion. Elles me sourient. Nous puons, nous avons gardé l'odeur de la merde des égouts.

Un sommeil sans rêves me happe à l'instant où ma tête touche le tapis de sol…

Jour 46

Cela fait plusieurs jours déjà que nous vivons dans notre nouveau squat. Je suis retourné vers l'ancien en empruntant le réseau des égouts. Je n'ai pas réussi à m'approcher suffisamment, car des hommes fouillent partout. J'ai vite compris que nous avions bien fait de fuir. Sur le chemin du retour, je suis tombé sur une fille, une Hors-Le-Dôme elle aussi. Elle errait dans les égouts depuis quelque temps. Elle était affamée et déshydratée. Je l'ai ramenée « *chez nous* ». Ma mère l'a tout de suite acceptée. Elle s'appelle Lucie. Je n'ai pas pu m'empêcher de sourire à la similitude de nos deux prénoms.

Elle s'intègre bien et nous aide. Elle retrouve le sourire et des forces et nous nous entendons bien. Lucie n'a plus de famille depuis longtemps déjà. Elle vivait avec ses parents au sein d'un petit groupe de l'autre côté du Dôme, comme moi, mais je ne l'avais jamais vu. Nous n'étions pas tous massés au même endroit. Certains avaient trouvé un lieu plus tenable que d'autres : la présence d'un rocher pour s'abriter du vent, un renfoncement, un amoncellement d'objets, de la ferraille… En ce qui nous concerne, nous étions sept familles à vivre au milieu des restes d'une vieille décharge de voitures que nous avions dégagée de sous la neige. Il ne demeurait pas grand-chose des carcasses rongées par le temps, mais cela nous offrait un abri relatif contre les éléments. Les parents de Lucie sont morts des suites d'un empoisonnement après avoir mangé des produits avariés échangés contre de la viande avec des mineurs. Lucie en a réchappé, car elle avait refusé d'en manger. Les autres membres de son groupe ont craint une contamination et sont partis en direction des portes du Dôme dans l'espoir de passer. Lucie leur a emboîté le pas. Ils ont dû attendre plusieurs jours avant de trouver des passeurs. Une fois de l'autre côté, elle a vécu le même calvaire que nous…

Je suis triste pour elle, mais heureux de l'avoir à nos côtés. Cela me fait du bien d'être avec quelqu'un de mon âge. Du fait de la promiscuité des lieux, nous passons beaucoup de temps ensemble. Nous restons peu dans le squat, préférant aller régulièrement chercher des vivres à l'extérieur. Avec le temps, nous avons appris à dénicher la nourriture là où elle se trouve : dans les déchets des magasins, des cantines ou des rares restaurants. Nous savons y faire, ne prenant que peu et en changeant d'endroit pour ne pas trop éveiller les soupçons. Nous risquerions de voir ces *distributeurs* se tarir par un renforcement de la sécurité. Lucie a le regard vif, mais je la sens un peu trop téméraire à mon goût. Elle n'a pas peur du risque et je dois régulièrement trouver des arguments convaincants pour la dissuader d'agir sans réfléchir.

Nous avons de la chance, car personne n'a encore eu l'idée de venir fouiller le vieux commerce décrépit. Je sais que cette cachette est précaire et que nous allons devoir trouver autre chose. Mais quoi ? Quel avenir avons-nous ? Nous ne pourrons pas aller de squat en squat. Nous ne sommes pas des fugitifs. C'est une course contre le temps, une course sans espoir de victoire…

D'après ma mère, le nouveau gouvernement en place, majoritairement acquis à la cause du Front Solaire, cautionne ce qu'il se passe dans les Secteurs de la Zone Protégée. L'opposition semble incapable de réagir. Elle n'est pas très optimiste.

Lucie pense que les choses finiront par s'arranger, que le Grand Décideur devra rendre des comptes aux partis de l'opposition, et donc aux électeurs qui ont voté contre ces idées eugénistes. Les exactions de ceux qui nous haïssent prendraient alors fin. Nous pourrions retrouver un semblant de vie normal, des droits et notre dignité.

Je n'y crois guère, mais je n'ai pas le cœur de le lui dire…

Ce matin, alors que nous revenons tous les deux d'une expédition de ravitaillement, nous devons faire un détour. Nous nous trouvons en effet près du grand stade où règne une étrange agitation. Je veux m'en éloigner au plus vite, mais Lucie l'entend autrement.

— Nous devons savoir ce qu'il se passe là-bas.

— C'est trop dangereux, objecté-je. Et puis cela ne nous concerne pas. Rentrons. Les filles vont s'inquiéter.

Je sens bien que mon amie ne se rangera pas à cet argument, pas cette fois. Contre toute attente, je lui fais une proposition que je regrette aussitôt, mais qui a au moins le mérite de l'empêcher de foncer tête baissée dans les ennuis.

— Rentrons et revenons plus tard, mieux préparés.

Un éclair passe dans ses yeux délavés. Elle me sourit.

— C'est d'accord. Nous reviendrons cette nuit !

Je n'ai gagné qu'un répit de quelques heures… la belle affaire.

Le retour se fait dans une atmosphère étrange. Lucie est déterminée et pleine d'énergie. Quant à moi, je me morfonds à l'idée d'affronter une situation certainement remplie de dangers…

Le soir, après avoir partagé une boîte de conserve et quelques biscuits, je couche mes sœurs. Je les serre contre moi et les embrasse tendrement comme si je risquais de ne plus les revoir. Ma mère est derrière moi, elle sent que quelque chose ne va pas.

Je le lis dans ses yeux, elle est inquiète. Lucie approche et lui explique ce que nous nous apprêtons à faire. Je la vois s'affaisser lentement sur le sol sale de l'arrière-boutique.

Lucie tente de la rassurer.

— Ne vous inquiétez pas. Au moindre signe de danger, nous reviendrons ici.

J'embrasse ma mère sur le front et empoigne mon sac à dos.

J'ai le cœur qui se serre lorsque je quitte notre repaire.

Nous cheminons en silence. Lucie sait que je n'approuve pas cette expédition, même si c'est moi qui lui ai proposé de revenir. Elle n'est pas dupe.

Une demi-heure plus tard, nous sortons des égouts à quelques pas du stade.

Il fait plus chaud dans cette partie du Secteur. Les éclairages publics et la concentration des habitations y sont pour beaucoup.

Nous avançons dans l'ombre dans un silence absolu. Nous parvenons à nous rapprocher, mais nous sommes encore trop loin pour voir quoi que ce soit. Il y a un périmètre de sécurité que nous ne pourrons pas franchir. De plus, des types font des rondes. Nous voyons des gens aller et venir, mais sans savoir ce qu'il se passe.

Cela ne sert à rien de rester ici. Je fais signe à Lucie de rebrousser chemin.

Lorsque nous sommes revenus à notre point de départ, je lui explique mon plan.

— Nous ne pourrons pas approcher. Nous devons continuer par les égouts. On pourra sûrement aller plus loin. Il suffira de regarder par les grilles d'évacuations des eaux pluviales.

Elle acquiesce muettement. Nous retournons donc patauger dans la fange au milieu des immondices et des rats.

Nous avançons lentement, car je ne serai pas surpris de tomber sur de mauvaises surprises.

Après moins de dix minutes, je devine un réseau de fils tendus devant moi. En me rapprochant, je vois qu'ils sont tous raccordés à des boîtiers de la taille de la main. Ce sont des avertisseurs sonores ou des explosifs. Le maillage est serré, mais vu nos gabarits, nous pouvons passer. Le dispositif permet aux rongeurs d'aller et venir sans le déclencher. Seuls les adultes seraient bloqués.

Il nous faut quelques minutes et de gros efforts pour passer sans toucher les fils. Nous poursuivons notre avancée.

Nous arrivons rapidement face à un nouvel obstacle. Cette fois, il s'agit d'un boyau d'étranglement. Les eaux usées y sont canalisées pour rejoindre plus loin un collecteur. Le bruit est assourdissant. Plus question d'avancer. Je regarde autour de moi et je vois une petite grille d'évacuation des eaux à quelques mètres au-dessus de nos têtes.

Je fais signe à Lucie de me suivre. Nous entamons notre ascension, mais les barreaux moussus sont très glissants. Arrivé à hauteur de la grille, je me cale sur le côté pour faire de la place à mon amie. Nous avons une vue restreinte des lieux, mais nous constatons que nous nous sommes bien rapprochés. Des bruits de voix nous parviennent, sans vraiment comprendre ce qui est dit, car le vacarme de l'eau sous nos pieds est trop important.

En regardant sur la gauche, nous voyons l'entrée du stade. Ce que nous y découvrons est fort inquiétant. Des types en noir avec un brassard sur le bras poussent sans ménagement des gens. Mon cœur se serre lorsque je constate que ce sont des Hors-Le-

Dôme, comme nous. Il y a là des familles entières. Les enfants pleurent et s'agrippent à leur mère. Les hommes qui tentent de riposter se font molester avant d'être relevés sans ménagement sous les rires gras des miliciens en noir. Les arrivages de Hors-Le-Dôme sont réguliers, mais espacés dans le temps. On les fait tous entrer dans le stade, sans exception.

Que leur arrive-t-il une fois à l'intérieur ?

Lucie me donne soudainement un coup dans les côtes. Des gens s'approchent de notre position. Nous nous reculons par réflexe. Trois types en noir traînent un homme. Celui-ci se débat et les insulte. Ils le laissent se relever. C'est aussi un Hors-Le-Dôme. Mais à la différence de nos semblables, celui-ci est plus grand et plus costaud. Il doit avoir une quarantaine d'années.

— Pourquoi nous traiter ainsi ? Vous n'êtes que des barbares !

Les trois hommes qui l'encerclent ne répondent pas. Un autre type arrive alors. Il est jeune. Lorsque je croise ses yeux, je sens mon corps se figer.

— Lui... chuchoté-je sans m'en rendre compte.

Lucie me regarde, incrédule.

— C'est lui, répété-je, le sale type du CES, celui qui s'en est pris à moi les premiers jours. Dalvin...

Je le vois se rapprocher de l'homme en frappant dans ses mains une tige en métal terminé par une pointe recourbée. Un pied-de-biche...

— Nous ne sommes pas des barbares. Nous purgeons notre sanctuaire de votre présence. Vous êtes un cancer pour notre société. Et seule une méthode brutale et expéditive peut soigner une telle saloperie.

Je suis effrayé de voir le sourire de dément qui déforme son visage. L'homme tente de lui foncer dessus, mais l'autre l'évite facilement. Il le laisse lui tourner autour pour le fatiguer. Après un temps qui me parait durer une éternité, l'homme finit par attraper Dalvin. Il le fait rouler à terre et commence à le rouer de coups au visage. Je sens l'excitation monter. Je souris malgré moi en voyant cette petite brute se faire cogner de la sorte. Mais les trois autres interviennent et les séparent en donnant plusieurs coups au pauvre homme. Ils le soulèvent et l'immobilisent en lui plaquant un bras dans le dos. Ils remontent trop fort et j'entends un craquement sinistre. Il hurle de douleur. Dalvin se relève avec peine. Il essuie le sang sur sa figure et crache une grosse gerbe au sol.

— Espèce de sale pourriture. Tu vas regretter ça. Vous autres, lâchez-le !

L'homme se tient le bras. Il n'y a plus rien à faire. Je veux hurler, lui donner une chance de fuir, mais Lucie sent mon intention et plaque sa main sur ma bouche.

Dalvin brandit son arme et frappe. L'homme esquive une fois, deux fois, mais à la troisième, il prend le coup à hauteur de son bras blessé. Je l'entends gémir de douleur. Dalvin raffermit sa prise et frappe à nouveau. L'autre a juste le réflexe de lever son second bras pour protéger sa tête. Un nouveau craquement… un nouveau cri.

Dalvin rigole à présent. Il enchaîne les coups qui pleuvent sur le pauvre malheureux. Bientôt ce dernier gît au sol, alors que l'autre continue de s'acharner. Je n'ai plus la force de regarder. Je décide de redescendre, mais Lucie me retient d'une pression ferme. Dalvin s'arrête enfin. Son arme est dégoulinante. Une fine pluie s'est invitée durant ce massacre. Les ingénieurs de la centrale en déclenchent à intervalles réguliers pour la végétation et les cultures. Il ne se passe pas longtemps avant que je ne sente un liquide poisseux me couler sur les mains. C'est le sang du pauvre malheureux mélangé à la pluie qui s'écoule jusqu'à nous. Je sens la nausée m'envahir.

— Dégagez-moi ça, ordonne Dalvin.

— Non ! intervient une voix dans son dos.

Les quatre types se retournent vers la voix. Un homme sort de l'ombre et s'approche. Il est plus âgé, une cinquantaine d'années environ.

— Monsieur ? Que voulez-vous en faire ? demande Dalvin.

— Laissez-le tel qu'il est. Allez simplement le pendre au milieu de stade. Que tout le monde le voit ! Ça calmera les velléités de ces derniers jours. Ils doivent comprendre ce qu'il en coûte de défier l'ordre nouveau.

— À vos ordres ! lâchent en chœur les trois premiers types.

Bien vite, il ne reste plus que Dalvin et celui qui semble être leur chef.

— Les choses avancent bien. Nos miliciens font des merveilles.

— C'est exact Monsieur. Mais je ne pensais pas qu'ils en ramasseraient autant tous les soirs. Ces saletés sont partout.

— Oui. Je pense que les prochains jours seront plus difficiles. Ces parasites ont compris que nous les traquions. Ils se cachent mieux, et avec l'aide de traîtres. C'est d'ailleurs pour cette raison que le Décideur de la sécurité est déjà à l'œuvre pour démanteler les associations qui les aident. Il faut donc que nous accélérions la cadence.

— Je ne suis pas sûr de comprendre.

— Si nous les laissons s'organiser, eux et ceux qui les aident déjà, nous nous enliserons dans une situation difficilement tenable.

— Vous avez raison.

Les deux hommes restent un moment silencieux. Puis, alors que je commence à redescendre, le chef pose une question étrange.

— Comment se comporte mon fils en cours ?

— Pour le moment, il ne fait rien de stupide. Mes mises en garde ont suffi à le raisonner.

— J'espère que tu n'y es pas allé trop fort.

— Non, rassurez-vous. J'ai pensé qu'il était intervenu pour m'empêcher de jouer avec le Rebut arrivé quelques jours avant le début de la Purge, mais je pense que c'était dû au hasard.

— Hum... surveille-le quand même. Il me questionne lorsque je pars le soir, et ma femme ne voit pas d'un bon œil ce que nous faisons.

— Ils comprendront plus tard.

— Sans doute... J'y pense, il y a quelques jours tu m'as dit qu'il suggérait de venir ici pour voir ce que nous y faisons. Où en est-il de cette idée ?

— Comme je vous l'ai dit, je lui ai fait peur. Je pense qu'il a compris. Il ne se fait plus remarquer depuis.

— Bien. Je te fais confiance sur ce point. Tâche de ne pas me décevoir.

Dalvin hoche la tête et les deux hommes s'éloignent.

Je mets du temps avant de descendre. Je suis intrigué par l'échange que je viens d'entendre. Je suis presque certain qu'il s'agit du jeune qui m'a prévenu la première fois que Dalvin a voulu me tourmenter. Il aura fait diversion pour que je récupère mes lunettes et que je puisse quitter les lieux sans encombre.

Sur le chemin du retour, je fais part de mon intuition à Lucie. Nous analysons également tout ce que nous venons de découvrir.

— Nous devons absolument trouver des gens qui résistent. Que ce soit des Hors-Le-Dôme ou des Éclairés. Ils doivent savoir ce qu'il se passe là-bas et qui est le chef de ces salauds. Nous pouvons avoir un moyen de pression non négligeable si cela doit s'avérer nécessaire.

Je vois d'emblée où elle veut en venir. Cela ne me plaît pas.

— Non ! Je ne veux pas mêler son fils à tout ça. Il m'a aidé.

— Je comprends Luc, mais la situation l'exige. Si une vie peut en sauver des centaines, il n'y a pas à hésiter. Et puis, peut-être qu'il pourrait consentir à nous aider.

Cette dernière remarque me rassure un peu. Je veux m'y accrocher.

Nous rentrons dans le silence, chacun tenaillé par ses pensées et les conséquences de ce que nous venons de découvrir.

Ma mère et les filles dorment à notre retour et je n'ai pas le cœur de les réveiller.

Cela fait quelques heures que Lucie et moi sommes allés voir ce qu'il se passait au stade et ça tourne en boucle dans ma tête. Je n'ai pas réussi à trouver le sommeil et à plusieurs reprises, je me suis tourné vers mon amie pour constater qu'elle ne vivait pas les choses mieux que moi, son sommeil étant très agité.

Peu avant l'aube, ma mère vient nous trouver. Nous lui racontons tout. Ses traits se décomposent. Elle manque défaillir et se prend la tête entre les mains. À plusieurs reprises, je la vois jeter des regards appuyés vers mes sœurs qui se reposent à quelques mètres de nous.

Une fois notre récit achevé, elle pleure, mais je ne comprends pas pourquoi. Cela signifie-t-il qu'elle connaît potentiellement des gens là-bas ? Percevant mon interrogation muette sur mon visage angoissé, elle me prend les mains.

— Mes chers enfants, parvient-elle à articuler entre deux sanglots, j'ai tant voulu croire que ton père avait raison, mais des heures sombres nous attendent…

Je regarde Lucie. Même si je sais que c'est terriblement douloureux pour ma mère de prononcer cet aveu d'échec, je sais qu'elle dit vrai. Pourtant, je n'arrive pas à me résoudre au fait que ce sera encore pire que ce que l'on pense.

Ma mère prend une profonde inspiration avant de parler. Je sens qu'elle pèse chacun de ses mots.

— Je redoutais ce moment… continue-t-elle en me regardant. Depuis le début de cette crise, je savais que viendrait le temps des exactions, des horreurs. Je refusais d'y croire en mémoire de ton père. Pourtant, je savais aussi que tu prendrais davantage de risques. Lorsque je t'ai vu Lucie, pour la première fois, et que mes yeux ont croisé la force dans ton regard malgré la dénutrition, j'ai su que ce jour viendrait rapidement.

Lucie ne dit rien, elle écoute. Elle prend la main de ma mère et la serre entre les siennes.

— Ce que vous avez vu cette nuit n'est que le début mes enfants. Les nôtres ne vont pas rester enfermer dans ce stade indéfiniment. Lorsqu'il sera plein, il arrivera quelque chose d'autre.

— Quoi donc maman ? On ne sait déjà pas ce qu'il s'y passe actuellement.

— Ils les tueront ! lâche Lucie dans un souffle.

J'écarquille les yeux en l'entendant.

— Quoi ? Mais c'est impossible ! Personne ne pourra laisser faire ça ! Il y a des centaines de personnes, peut-être des milliers, avec des enfants !

— Qui s'en souciera ? Regarde le résultat des élections ! Personne ne veut de nous ! On veut nous voir disparaître. As-tu oublié ce qui est arrivé au pauvre type cette nuit et ce qu'ils ont fait de lui ?

Elle a raison, je dois l'admettre. Un homme a été battu à mort sous le regard de témoins gagnés par la folie collective. Il n'y a rien à espérer de l'ordre en place qui cautionne et encourage ces horreurs.

— Que faire alors ? Nous ne sommes que deux et trop jeunes en plus !

— Vous n'êtes pas seuls, intervient ma mère. Dans ce genre de drame, il existe toujours des gens sur qui l'on peut compter, des bonnes personnes prêtes à tout pour aider. Il faut les trouver et leur faire part de ce que vous avez vu. Ces réseaux clandestins sont les seuls à pouvoir contrer ce qu'il se prépare. Mais vous devez agir vite mes enfants, car le temps presse, et les monstres dehors ne dorment pas !

Je me tourne vers Lucie pour lire une détermination sans faille dans son regard. Je sais ce que cela signifie : il est temps pour moi de mettre mes craintes de côté. J'ai peur qu'il n'arrive quelque chose à ma mère et mes sœurs, mais si je ne fais rien, les choses ne s'arrangeront pas d'elles-mêmes. On nous trouvera et nous subirons le même sort que les familles vues cette nuit. Lucie veut croire à un changement, mais pour que les choses changent, il faut déstabiliser le pouvoir en place, montrer que l'on existe et que l'on mérite de vivre. Il faut nous battre.

Je me lève, enfile ma veste et tends la main à Lucie. Je n'hésite plus. Elle me sourit tandis que je l'aide à se relever.

Ma mère nous regarde en souriant affectueusement. Elle se relève à son tour et nous enlace. Je m'imprègne de cette douceur, de cette chaleur.

— Allez vers l'est du Secteur. Je sais qu'il y a là-bas des gens qui avaient commencé à s'organiser à l'approche des élections. Certains viennent de notre ancien squat. J'avais renoncé à les suivre à cause de tes sœurs et de tes études. Si j'avais su…

— Ne regrette rien maman, tu as fait ce que tu pensais être bon pour nous, tenté-je de la rassurer.

— Et puis, on ne se serait jamais rencontré, objecte Lucie dans un sourire.

— Tu as raison, concède ma mère en la prenant dans ses bras.

Je vais caresser la joue de mes sœurs et je leur dépose un baiser sur le front.

— Dormez mes petits anges.

Ma mère vient se rallonger à leurs côtés, sans un mot. Elle nous enjoint à partir, à agir, mais je sais qu'au fond d'elle, elle est tiraillée et qu'elle souffre.

Je rejoins Lucie et nous quittons le squat le plus discrètement possible.

L'odeur des égouts est forte, mais nous avançons, pataugeant dans une boue gluante et mouvante.

Après plusieurs minutes pénibles, nous arrivons à un embranchement. Lucie s'arrête.

— Qu'est-ce que tu fais ?

— Je veux retourner au stade. On doit tenter quelque chose. Tu me l'as promis.

Mon cœur accélère.

— C'est vrai, mais c'était avant ce que ma mère nous a demandé de faire. On doit trouver l'un de ces groupes dont elle a parlé en allant vers l'est. C'est trop dangereux d'aller au stade.

Je vois que mon amie hésite. Je n'ai pas réussi à la convaincre.

— Moi aussi je voudrais pouvoir aider ces gens, mais nous avons des informations en notre possession. S'il nous arrive malheur, elles disparaîtront avec nous.

— Je croyais que tu ne voulais pas mêler ce garçon à cette histoire ?

Elle a raison, mais je vais sûrement devoir revoir ma position. C'est la seule solution pour empêcher Lucie de faire des bêtises.

— Tant que je pourrais éviter de parler de lui, je le ferai, mais si je n'ai plus le choix, je devrais m'y résoudre.

Elle hoche la tête et nous obliquons à droite, vers l'est. Je suis soulagé.

Nous cheminons plus d'une heure en silence avant de tomber sur un collecteur. Le bruit assourdissant de milliers de litres d'eau souillée se déversant en un seul point nous vrille les tympans. Impossible d'avancer plus loin. Le courant nous entraînerait dans le fond et nous noierait. À une bonne dizaine de mètres au-dessus de nos têtes, se trouve une grille d'aération envahie par la végétation. Celle-ci pend mollement sur quelques mètres.

Lucie me tire par la manche et me montre une petite corniche qui longe le grand bassin tumultueux en contrebas. Nous nous y engageons avec prudence. La corniche, large d'une vingtaine de centimètres, n'est pas glissante, témoignant sûrement de passages réguliers. Nous avançons le dos au mur, les yeux rivés sur le bouillon pestilentiel. Le moindre faux pas et c'est la mort assurée.

Il nous faut presque dix minutes pour atteindre le côté opposé où nous trouvons un boyau presque à sec. Une boue dure couvre le fond et un mince filet d'eau serpente au milieu d'immondices collées par le temps. De chaque côté, un rebord en béton permet d'évoluer sans marcher dans ce magma spongieux.

À mesure que nous avançons et que nous dérangeons quelques rats paresseux, la lumière est davantage présente. Des petites grilles s'ouvrent régulièrement dans le plafond, diffusant la lumière du petit matin. Je remarque que le sol n'est pas recouvert de poussière, des gens doivent passer par là, comme pour la corniche. C'est peut-être un signe que nous sommes proches du but.

Après une demi-heure, nous tombons sur un embranchement. Nous regardons par terre pour savoir quel chemin emprunter. Nous décidons de partir à gauche, car c'est plus net, il semble plus utilisé. C'était une erreur…

Nous n'avons pas fait dix mètres que le sol se dérobe sous les pieds de Lucie. La dalle de béton sur laquelle elle se trouvait disparaît en quelques secondes. J'ai juste le temps de me lancer vers elle pour lui attraper la main. Je chute brutalement, mais je tiens bon. Lucie se balance au-dessus du vide.

— Luc !

Malgré sa petite taille et son faible poids, j'ai du mal à tenir. Je ne suis pas assez fort. J'essaie de me relever pour pouvoir la hisser, mais sans succès. Je sens que je glisse vers le vide et je dois lâcher une main pour m'accrocher à une saillie du sol.

— Lucie ! Essaie de t'accrocher à quelque chose ! Je ne vais pas pouvoir tenir longtemps !

— Je ne peux pas !

Je lutte de toutes mes forces pour tenir sa main, mais je sens que ses doigts glissent dans les miens.

— Lucie !

Ses doigts se décrochent, mais je refuse de la perdre. Je lâche ma seconde prise et empoigne sa main. Le résultat est sans appel : je la tiens fermement, mais nous glissons inexorablement vers le vide sans que je puisse rien y faire.

Lorsque ma tête surplombe le trou béant, je peux voir ses yeux. Elle n'est plus terrifiée, mais déterminée.

— Lâche-moi Luc ! Lâche-moi ou nous tomberons tous les deux !

— Non !

La seconde qui suit, je bascule dans le vide et nous tombons tous les deux, happés par les ténèbres…

Je me redresse en sursaut et je découvre le visage amical de Lucie. Je regarde autour de moi. Je suis dans une petite pièce éclairée par une simple ampoule crasseuse qui pend mollement du plafond. Les murs sont peints en gris, mais la peinture est tellement écaillée que l'on dirait une peau brûlée par le soleil. La porte en métal est rouillée et rongée par endroits. Cet endroit ressemble à un local. Je suis sur un matelas auréolé de taches de moisissures, posé directement au sol. Lucie est assise en tailleur sur un autre matelas à mes côtés.

— Où sommes-nous ? demandé-je à mon amie.

— Je l'ignore, me confie-t-elle. Je me suis réveillée il y a moins de dix minutes.

Je me redresse péniblement. J'ai une douleur dans le dos. Après notre chute, je me souviens avoir été happé par un filet. Nous nous sommes retrouvés écrasés l'un contre l'autre et nous nous sommes balancés dans le vide avant de percuter un mur, d'où ma douleur. Après quoi, une présence s'est rapprochée de nous et nous avons respiré un gaz piquant, puis, plus rien.

Lorsque j'interroge Lucie, elle hausse les épaules. Elle est comme moi, c'est le noir complet dans son esprit.

Je me lève et exécute quelques pas pour réveiller mon corps.

— On peut au moins être sûr d'une chose : on nous a amenés ici après nous avoir gazés.

— Je suis également sûr d'une autre chose, poursuit-elle. La porte n'est pas verrouillée. Nous ne sommes donc pas prisonniers.

— Sauf si c'est une stratégie pour nous mettre en confiance, tenté-je de corriger.

— Nous allons vite le savoir, chuchote Lucie en me montrant la porte qui s'ouvre doucement.

Un homme au visage souriant entre et referme le battant derrière lui, et nous nous détendons immédiatement : c'est un Hors-Le-Dôme, comme nous. Il tient un plateau entre les mains, sur lequel je devine un peu de nourriture, qu'il pose sur une chaise à proximité de nos lits improvisés.

— Bonjour les jeunes. Comment vous sentez-vous ? Bien remis de votre petite chute ? Il s'agit de l'un de nos pièges. Quand nous avons vu que vous étiez des Hors-Le-Dôme, nous avons lancé le filet, vous évitant ainsi de finir empalés quelques mètres plus bas. (J'ai la gorge sèche en imaginant la scène...) Navré pour le gaz, mais il fallait vous endormir pour vous amener ici. Mesure de sécurité.

Nous nous consultons du regard, mais nous ne disons pas un mot.

— Oh, je vois, poursuit-il sans se laisser décontenancer par notre mutisme. Vous n'avez pas confiance, c'est bien normal. Vous vous dites que ces pourritures d'Éclairés pourraient avoir un traître de Hors-Le-Dôme dans leurs rangs. C'est une chose envisageable. Je pourrais comprendre que l'un des nôtres se soit laissé séduire par des promesses pour améliorer sa vie et peut-être celle de sa famille... Oui, ça pourrait se tenir.

Il se lève, déplie sa carcasse et se dirige vers la porte.

— Venez, je vais vous montrer quelque chose, dit-il en nous invitant à le suivre.

Il ouvre la porte et nous découvrons derrière une agitation digne d'une fourmilière. Des hommes et des femmes, affairés, vont et viennent dans tous les sens.

— Pensez-vous qu'il y aurait autant de traîtres ? nous demande-t-il en désignant tous ces gens.

Il a raison, toutes les personnes que nous voyons ont un point commun : ce sont toutes des Hors-Le-Dôme. Il y a autre chose qui les rapproche, quelque chose que je ne croyais plus voir sur le visage de l'un des nôtres... elles sourient. Personne ne semble affligé par la situation, par ce qu'il se passe dehors.

Nous voyons des femmes s'occuper de personnes blessées, nourrir des gens qui semblent désorientés, donner des ordres... des hommes s'affairent à déplacer des caisses, à installer des lits de fortunes...

Sans m'en rendre compte, je suis sorti de la pièce et j'avance parmi cette horde en mouvement perpétuel. Nous sommes dans ce qui semble être un vieux parking souterrain. Je vois les anciens tracés, à moitié effacés, des places au sol. Je balaye les lieux du regard et constate que tout le niveau est utilisé. Dans un coin se trouvent des enfants, qui jouent sous la surveillance de deux adolescents. D'autres sont attablés et font des coloriages. Plus loin, derrière des rideaux tirés, je devine un bloc opératoire. À quelques mètres d'où je me trouve, il y a une cantine improvisée où l'on prépare des plats pour tout le monde. Je vois les réserves de nourriture derrière eux. Je n'en ai jamais vu autant. Des effluves de viande cuite viennent titiller mes narines et réveiller mon appétit. C'est sûrement du rat, mais qu'importe, nous n'avons rien avalé de très nourrissant depuis un moment déjà. La tête me tourne. Je crois vaciller lorsque des mains puissantes me retiennent. C'est notre hôte.

— Doucement mon garçon. Je crois que tu as besoin de reprendre des forces. Allez manger au calme. Nous parlerons ensuite.

J'acquiesce muettement et nous retournons nous poser dans le petit réduit. Nous dévorons à pleines dents la nourriture offerte. Tout est délicieux, savoureux, goûteux. Le pain est à peine dur, la viande est juteuse et les fruits sont savoureux. Nous ne laissons pas une seule miette. À peine avons-nous terminé que j'ouvre des yeux pétillants en prenant Lucie par les mains.

— Je dois retourner chercher maman et les filles pour les ramener ici !

— Tu as raison, mais notre mission avant tout, tempère mon amie.

Elle a raison. Nous devons rapporter ce que nous savons du leader du stade.

Quelques minutes plus tard, l'homme qui nous avait accueillis revient nous voir.

— Oh ! dit-il en voyant le plateau vide. Vous aviez effectivement très faim mes petits amis.

— C'était un régal ! Merci mille fois !

Il prend la chaise et se pose devant nous, à moins de trente centimètres.

— Bon, maintenant il est temps de parler. D'où venez-vous et comment nous avez-vous trouvés ?

Je note un léger changement de ton dans sa voix. Il ne souffrira pas de réponses évasives ou qui ne lui conviennent pas. Lucie a le même ressenti que moi, je le vois à la manière dont son visage s'est crispé. Je décide de commencer.

— Nous avons quitté notre squat peu après la victoire du Front Solaire. Nous étions plusieurs familles et notre sécurité était compromise. Comme convenu, nous nous sommes tous dispersés dans les égouts et nous avons atterri dans une planque miteuse.

— Vous êtes parents tous les deux ?

— Non, intervient Lucie, les miens sont morts de l'autre côté il y a longtemps déjà. Je vivais dans un échangeur d'air proche du mur d'enceinte, mais j'ai dû le quitter, car des miliciens rôdaient trop près. Je me suis perdue dans les égouts. C'est Luc qui m'a trouvé et m'a ramené auprès de sa famille.

L'homme se redresse et nous jauge quelques instants avant de reprendre.

— Et pour le reste ?

Je sens une impatience chez notre hôte. Cela peut se comprendre. Si nous étions des espions ayant découvert cet endroit, nous métrions tout le monde en danger.

— Lorsque nous étions dans le précédent squat, un immeuble en ruines des vieux quartiers, ma mère avait entendu des hommes projeter de se rendre à l'est pour rejoindre une poche de résistance en prévision du résultat des élections et des événements terribles qui en découleraient inévitablement.

— Hum… Comment s'appelle ta mère, mon garçon ?

— Je ne sais pas si je…

— De ta réponse dépendra votre survie, me coupe-t-il le regard dur.

Mon cœur s'emballe soudainement. La menace est claire.

— Elle… elle s'appelle Linette, monsieur.

Je sens mes mains devenir moites. La peur s'empare de moi tandis que le silence s'installe entre nous. Ses yeux me fixent toujours et malgré cette blancheur qui nous est caractéristique, j'y lis une profonde intensité.

— Linette, dis-tu ? Il me semble que je l'ai croisé dans cet immeuble lorsque vous arriviez, avec tes deux frères.

Je tique… de quoi parle-t-il ?

— Mes deux frères ? Mais je n'ai pas de frères, j'ai deux petites sœurs…

À l'instant où j'ai prononcé ces mots, l'homme claque sa cuisse et affiche son plus beau sourire. Il se lève et me colle contre lui.

— Bonne réponse, gamin. Soyez les bienvenus dans la résistance !

Jour 52

En quelques jours, nous nous sommes familiarisés avec les lieux. Ce vieux parking se trouve en bordure du Dôme. De ce que j'ai cru comprendre, nous sommes sur un terrain vague à la limite entre les Secteurs quinze et seize, et suffisamment éloignés de la population. Je ne l'avais pas vu au premier regard, mais une partie est effondrée et les fondations du mur d'enceinte viennent s'y coller. C'est comme si on avait découpé une partie du parking. Cette zone rouge est interdite d'accès du fait de l'instabilité des murs et de la chape. Pour le reste, nous nous trouvons au cinquième sous-sol. Le sixième est utilisé pour les dortoirs et le septième abrite des salles de réunions pour l'état-major. Les niveaux au-dessus du cinquième sont tous effondrés ce qui facilite la clandestinité. En cas d'attaque, il faut tous descendre au huitième et évacuer sous les entrailles du Secteur.

La vie est bien organisée ici et nous ne tardons pas à trouver notre place. Lucie est naturellement allée s'occuper des plus jeunes, tandis que de mon côté, j'aide à la gestion des blessés. Pour la plupart, il s'agit de personnes sauvées aux abords du stade ou de l'intérieur, pour les plus mal-en-point.

Nous avons vite appris que des hommes étaient infiltrés à l'intérieur du stade. Ils relayent les quelques informations qu'ils peuvent glaner auprès des gardiens. Autrement, ils arrivent de temps en temps à faire évacuer des prisonniers grièvement blessés après que ceux-ci se soient fait tabasser. Cela ne se fait pas souvent pour éviter d'éveiller les soupçons des surveillants. Il n'est donc pas rare que des nôtres meurent dans d'atroces souffrances, sous les yeux impuissants et horrifiés de leur famille…

J'ai essayé de me confier à Garet, l'homme qui nous accueillit, mais il a vite refusé de m'écouter.

— Écoute mon garçon. Ici, je ne suis qu'un simple intendant qui gère les stocks de nourriture. Ce n'est pas à moi que tu dois parler. Je devais vous poser quelques questions, m'assurer de votre bonne foi, rien de plus.

— Pourquoi vous dans ce cas ?

— Parce que je t'avais reconnu. J'étais bien dans l'immeuble lorsque vous êtes arrivés, toi et ta petite famille. Mais je suis vite parti pour rejoindre la résistance. Il était donc plus facile pour moi de vérifier ton histoire. Pour le reste, je ne veux rien savoir. Je laisse ça aux responsables d'en bas, mais je te promets de dire que tu souhaites leur causer.

Nous faisons un repas par jour, le matin avant d'attaquer nos tâches journalières. La nourriture, bien qu'elle soit en abondance, est limitée, rationnée. J'ai demandé à Garet où ils pouvaient trouver tant de denrées.

— Nous n'avons pas que des ennemis chez les Éclairés mon gars. C'est grâce à eux que nous pouvons vivre ici, nous organiser, manger, nous soigner et guérir de nos blessures, même invisibles, si tu vois ce que je veux dire, achève-t-il en se touchant la tempe du doigt. Une révolution ne se gagne pas le ventre vide...

Je suis soulagé d'entendre que, à l'instar du jeune qui m'a aidé face à Dalvin, tous n'ont pas abandonné leur humanité et se révoltent à leur manière contre les horreurs commises.

Le matin, je mange avec Lucie et je ne la revois que le soir pour une pause avant la nuit. Nous échangeons nos impressions sur la journée, nous n'avons pas le temps de nous ennuyer.

— Ces garnements auront ma peau ! lâche-t-elle ce soir en s'écroulant sur son matelas à même le sol.

Nous avons quitté le local qui sert uniquement à accueillir des nouveaux venus comme nous. Maintenant que nous sommes intégrés, nous dormons avec les autres au sixième sous-sol. Des draps sont attachés à des cordes et tirés à la verticale pour avoir un peu d'intimité. Nous nous sommes fait une petite place et nous avons collé nos matelas. Je l'enjoins à tout me raconter. Elle se redresse et s'installe en tailleur.

— J'ai un groupe de onze sauvageons de six à huit ans. Ils débordent de vie et ne pensent qu'à faire des bêtises. Ils ne comprennent pas vraiment pourquoi nous ne pouvons pas sortir. Comme nous sommes nombreux et de bonne humeur, ils n'imaginent pas que le danger est pourtant tout proche.

— Ils sont insouciants, je les envie.

— Moi aussi… mais dans le lot, il y a Gabriel, un petit retors qui me teste en permanence. Pas plus tard que ce matin, alors que j'expliquais quelque chose à la petite Louna, il en a profité pour filer discrètement vers la zone rouge. Quand il m'a vu, il s'est mis à courir vers les balises. Je l'ai rattrapé in extremis. Mais le pire, c'est qu'il rigolait de sa mauvaise blague. Tu imagines dans quel état de stress j'étais.

— Effectivement, c'est assez angoissant. Tu en as parlé à ses parents ?

Elle secoue la tête.

— Ils font partie de l'état-major et ne sont jamais là la journée, et quand ils viennent le soir, je les sens tellement préoccupés que je préfère ne rien dire.

— Tu veux que j'en parle à Garet ?

— C'est gentil, mais si je ne viens pas à bout d'un avorton de sept ans, je ne sais pas comment je pourrais lutter contre la menace de la surface, tente-t-elle d'ironiser... Bon, assez parlé de moi. Raconte-moi ta journée.

Je me redresse à mon tour, mais je ne trouve pas grand-chose à lui dire. J'ai peur de l'ennuyer, pire, de l'effrayer avec mes histoires.

— Eh bien, tu sais, ce n'est pas très gai. Je vois des blessés ou des morts. J'éponge le sang, je nettoie et désinfecte le sol, je descends au huitième, j'emprunte un escalier bouché par un éboulement et j'y stocke les déchets opératoires. Rien de palpitant...

— Peut-être, mais d'absolument indispensable, s'empresse-t-elle de rajouter. Est-ce que l'on est content de ton travail ?

— Oui, même si je les ennuie avec mes questions. (Lucie ne dit rien, m'invitant à développer.) L'espace des déchets n'est pas extensible. Il sera vite plein. Il faut trouver une solution, mais personne n'est capable de trancher : ce n'est pas important pour le moment. L'urgence de la situation fait que l'on ne se préoccupe pas des sujets secondaires. Pourtant, c'est essentiel, car au-delà du problème de place, se pose la question de l'hygiène et du risque sanitaire.

Mon amie me regarde avec douceur. Elle me dépose un baiser sur la joue.

— Je suis sûr que tu trouveras ou saura te faire entendre. Mais en attendant, il faut dormir.

Elle a raison, car à peine ai-je posé ma tête sur le matelas, je m'endors immédiatement en tenant au creux de ma main celle de Lucie.

Jour 54

Ce matin, Garet est venu nous trouver durant notre repas. Le responsable veut nous rencontrer.

Nous terminons rapidement d'avaler nos fruits et notre bol de céréales avant de déposer nos couverts dans une grosse bassine remplie d'eau. Un groupe de jeunes sera en charge de faire la vaisselle.

— Prenez l'escalier du fond. J'ai prévenu vos chefs de division de votre absence.

Nous hochons la tête et prenons la direction de l'escalier de service indiqué. Nous descendons jusqu'au septième niveau. Lorsque je me rends au huitième pour les déchets, je n'emprunte pas cet escalier. L'accès est restreint, comme en témoignent les deux hommes armés de barre de fer qui gardent l'entrée.

— Heu… nous sommes attendus, tenté-je d'articuler.

— Par qui ? demande l'un d'eux d'une voix dure et ferme en croisant les bras devant moi.

— Nous avons des informations importantes à donner à l'état-major, intervient Lucie en me poussant gentiment sur le côté. Alors cessez de jouer les gros durs et laissez-nous passer ! termine-t-elle les mains sur les hanches et les sourcils froncés.

Le type a un instant d'hésitation, mais il finit par se décaler et nous ouvre la porte vitrée.

Je le remercie timidement et nous entrons. Ce niveau est plus calme, mais il y règne tout de même une certaine agitation. Il est découpé en plusieurs zones. Je devine des appareils de communication d'un côté avec trois techniciens au travail, casque sur les oreilles ; il y a un espace, séparé du reste par des tentures, au milieu duquel se trouve une grande table. Deux hommes et une femme sont autour de ce qui ressemble à une carte. Représente-t-elle le Secteur ? Des Secteurs voisins ? La Zone entière du Dôme ?... Je n'aurai pas la réponse. Plus loin se trouve un espace que je n'identifie pas bien, avec des chaises et des ustensiles accrochés au mur. Il me semble voir des taches sombres sur les rideaux tirés.

Je sursaute lorsque le garde nous pousse en direction d'une autre partie où nous attend une femme derrière son bureau. Elle lève à peine les yeux sur nous. Elle nous désigne deux chaises sur lesquelles nous prenons place.

Moins de cinq minutes plus tard, la femme lève le nez de ses documents et nous invite à nous diriger vers la porte dans son dos.

— Le commandant Fergus va vous recevoir, veuillez entrer.

Nous nous exécutons et la femme se désintéresse de nous, sitôt le seuil franchi. Le commandant nous remarque, se lève et vient nous saluer.

— Je suis désolé de ne pas vous avoir rencontrés plus tôt, mais comme vous le savez, la situation actuelle est critique pour nous.

— Nous comprenons parfaitement. C'est d'ailleurs pour cette raison que nous étions partis à votre recherche, confié-je.

— Hmm… effectivement, c'est ce que l'on m'a dit. Alors, qu'avez-vous de si important à me dire ?

Nous nous consultons du regard avec Lucie. Je dois me lancer.

— Lors d'un ravitaillement avec mon amie, nous nous sommes rapprochés du stade, là où certains Éclairés enferment tant des nôtres.

Je le vois hocher la tête. Il se tient le menton et nous écoute avec attention.

— Nous avons pu voir plusieurs personnes de là où nous étions, dont deux en particulier. Nous sommes convaincus que l'un d'eux est leur chef.

— Comment pouvez-vous en être sûrs ?

— Tous les autres lui obéissaient et l'appelaient « *Monsieur* », enchaîne Lucie.

— D'accord, et l'autre ?

— Il est plus jeune. Il lui obéit aussi, mais c'est une brute et un sadique. Il m'a brutalisé lorsque j'étais au CES, le centre de formation.

— Ah… je crois savoir de qui vous parlez. Bon, venez-en au fait et apprenez-moi quelque chose que j'ignore.

— Eh bien… celui que nous pensons être le chef serait le père d'un élève avait qui j'étais, Caleb Delcourt, et l'autre s'appelle Dalvin.

— Dalvin… nous avons enfin un nom pour cette pourriture, bien pire que les autres. Pour le chef, nous n'avions qu'un surnom : *Alpha*. Ce type a transformé en milice un groupe de soutien au candidat du Front Solaire. Son organisation ratisse dans tous les corps de métiers et les couches sociales, des gens qui nous haïssent par-dessus tout. Il est très discret, difficile à repérer et à identifier pour une filature. Merci pour vos informations.

— Parfait, conclut Lucie, j'espère que tout cela vous aidera

— Oui, c'est inespéré. Outre leurs noms, je sais maintenant que tu connais le fils du responsable, dit-il en relevant la tête et en plongeant ses yeux dans les miens.

Je m'en doutais et ça ne me plaît pas du tout.

— Je sais à quoi vous pensez et je suis contre. Il m'a aidé par deux fois alors que l'autre monstre de Dalvin voulait me faire du mal. Je ne veux pas le mêler à tout ça !

Il se lève et vient se poser devant moi, une main sur le bureau l'autre sur mon épaule. Il a le même regard que ma mère lorsqu'elle nous a envoyés ici. Il est désolé, mais déterminé.

— On ne peut pas s'offrir le luxe de laisser passer l'occasion d'en apprendre davantage sur Delcourt. Son fils est notre seule porte d'entrée. Il faut qu'il bascule de notre côté.

— Et donc ? demande Lucie.

— Vous allez suivre son fils et faire ce qu'il faut pour le convaincre de nous rejoindre et de nous aider… contre son père.

Jour 67

Cela fait maintenant une dizaine de jours que nous surveillons la maison des Delcourt.

Nous sommes postés dans un square à quelques dizaines de mètres de chez eux. Nous sommes trois à nous relayer de manière à ne pas être facilement repérés. Nous ne pouvons pas prendre le risque de nous faire attraper si près de la maison du chef de la milice. Le troisième type qui nous accompagne est un adulte très costaud. Il s'appelle Taf et il est là pour intervenir en cas de problèmes.

Lorsque l'un de nous est en position, les deux autres ne sont pas très loin. Nous avons établi un camp sommaire derrière la bute qui délimite le square. Nous y avons trouvé un vieux poste de transformation électrique, abandonné sous un amas de végétation entrelacé. Le bloc de béton est délabré, mais les murs tiennent le coup ainsi que le toit. À l'intérieur, toute l'installation est rongée par le temps. Il ne reste que quelques morceaux épars au milieu d'une poussière ocre métallique. Malgré tout, c'est un abri suffisant pour y dormir.

De notre point d'observation, nous ne voyons pas grand-chose. Quand il est chez lui, le père de Caleb quitte la maison très tôt le matin et revient dans la nuit, de telle sorte qu'il ne voit presque jamais son fils. Celui-ci vit donc pratiquement tout seul. Le chef de l'état-major nous a appris que la mère du jeune homme était partie quelque temps après que son mari ait mis en place la purge. C'est sans doute pour cela que lorsque nous le voyons en dehors de chez lui, Caleb a toujours l'air triste et éteint. Il me fait de la peine. Pour autant, nous avons vu une femme venir deux fois en pleine journée, passer quelques minutes à l'intérieur et repartir comme si de rien. Elle ne semblait pas s'inquiéter des réactions du voisinage. Était-ce sa mère ?

Certains matins, il arrive à Caleb de partir plus tôt. Dans ces moments-là, l'obscurité est encore installée et je peux le suivre jusqu'au parc où il aime passer du temps à écouter les oiseaux avant de se rendre au centre de formation. Je ne vais jamais plus loin que cet écrin de verdure, je prendrai trop de risque.

La surveillance du fils Delcourt est monotone et nous ne savons pas comment l'aborder, car rien n'indique qu'il ne se mettra pas à hurler en nous voyant. Il pourrait ne plus être dans les mêmes dispositions que lorsqu'il m'a aidé au centre de formation. Grâce aux renseignements d'un élève de sa classe dont les parents œuvrent en secret pour notre cause, nous avons eu la confirmation qu'il projetait bien, à un moment donné, de se rendre au stade pour voir ce qu'il s'y passe. Toutefois, nous ne sommes pas certains qu'il mettra son plan à exécution. Nous avons également appris que Dalvin l'avait menacé en ce sens ; et c'est sans compter l'emprisonnement de son ami, dont la famille avait hébergé des Hors-Le-dôme avant d'être arrêtée. Ces événements pourraient l'avoir dissuadé d'agir.

C'est sur cette hypothèse très mince que nous avons établi notre poste d'observation. Mais au final, je crains de devoir rester là durant des jours, à attendre pour rien, au lieu de profiter de ma mère et de mes sœurs qui ont rejoint le repaire de la résistance. Elles sont arrivées la veille du début de notre mission. J'ai juste pu passer quelques heures avec elles avant de venir ici. Je dois ravaler ma frustration, et supporter l'ennui qui me gagne.

Du moins, c'était vrai jusqu'à ce soir…

Lucie est en train de faire le guet tandis que je tiens compagnie à Taf. Il parle peu. Depuis que nous sommes réunis, nous n'avons pas appris beaucoup de choses sur lui. Pour nous aider à le cerner et mieux appréhender notre mission, le commandant Fergus nous a dit que Taf avait perdu sa femme et son fils lorsqu'ils étaient à l'extérieur du Dôme. Des soldats avaient mis le feu à son campement pour faire reculer son groupe. Les deux pauvres malheureux étaient morts dans les flammes. Taf avait voulu mettre fin à ses jours, mais les survivants de son groupe avaient réussi à le persuader de les suivre pour traverser le mur et entrer sous le Dôme. Une fois de l'autre côté, sa large carrure lui avait permis de trouver des petits boulots et de gagner des tickets d'approvisionnement. Il avait même retrouvé une compagne, mais elle a été emmenée dans le stade avec les autres familles du squat dans lequel il se trouvait alors qu'il était sorti chercher de la nourriture…

Pourtant, ce soir il semble avoir envie de parler. Il vient de finir son morceau de viande séchée, lorsqu'il me lance un bout de pain.

— Tu as faim gamin, ça se voit, mange, dit-il d'une grosse voix caverneuse.

Je suis surpris et je le remercie timidement.

— C'est rien. T'en as besoin.

Sa voix reste en suspens. Je m'attends à ce qu'il parle, mais plus rien. Quelques minutes plus tard, contre toute attente, il me regarde de nouveau.

— T'as quel âge ?

— Heu… quinze ans monsieur.

— Ouais… c'est l'âge qu'aurait mon fils aujourd'hui, enfin à peu près. Faut pas lâcher le gosse qu'on file. C'est peut-être notre seule chance de mettre fin à tout ce merdier.

— Je suis bien d'accord, mais…

— Quand j'étais enfant, mon père possédait un trésor… me coupe-t-il sans m'écouter, un livre qu'il tenait de son grand-père. Il m'en montrait des images de temps en temps. Je prenais un plaisir sans fin à regarder ces paysages d'avant…

— D'avant ? Mais d'avant quoi ? je lui demande stupéfait.

— Le monde n'a pas toujours été ainsi, c'est une certitude. Dans le livre de mon père, il y avait des illustrations qui montraient des lieux pleins de couleurs avec un ciel d'un bleu incroyable. Il y avait des plantes colorées, des arbres verdoyants qui montaient haut dans le ciel, des rivières cristallines qui serpentaient le long des montagnes, des lacs étincelants, des océans immenses, majestueux… Il y avait une vie riche et foisonnante, avec des insectes, des animaux sauvages, des oiseaux dans le ciel… et partout, ce bleu d'azur au-dessus avec en toile de fond… le soleil, généreux, bouillonnant. D'autres images montraient la pluie, cascades bienfaisantes qui dégringolaient des nuages trop lourds…

Je suis abasourdi par tout ce qu'il vient d'évoquer. Je ne connais rien à ce dont il a parlé, mais je sens que ce devait être magnifique. La poésie des mots et des sonorités est agréable à entendre. J'ai beau fermer les yeux, je n'arrive pas à deviner autre chose que la pâleur des immenses étendues enneigées derrière le Dôme ou les couleurs grises de la Zone Protégée et son horizon restreint…

— On voyait des gens, souriants et heureux, poursuit-il les yeux dans le vague. Des gens qui se tenaient la main, des enfants qui jouaient sur des structures tournantes, ou glissaient sur des pentes brillantes. Ils riaient. D'autres sautaient et couraient à moitié nus dans l'eau avec des objets flottants. Ils ne semblaient pas être dévorés par le froid.

— Ce devait être merveilleux, tenté-je, de voir ces images par rapport à ce qu'il y a de l'autre côté du Dôme.

— Oui... Je te l'ai dit, le monde n'a pas toujours été ainsi...

Je suis bien forcé d'admettre que ses propos tendent à lui donner raison. Mais dans ce cas, qu'a-t-il pu se passer ? Comment ce monde est-il devenu ce qu'il est aujourd'hui ? Une question me vient subitement :

— Y avait-il des gens comme nous dans votre livre ?

— J'en ai cherché, mais en vain. Personne avec nos traits physiques n'y apparaissait.

— Existe-t-il d'autres livres comme le vôtre ?

Il secoue la tête.

— Ce livre était unique. D'après mon père, son aïeul l'aurait trouvé dans les ruines d'un vieux bâtiment qui se serait effondré sous le poids de la neige. Il n'aurait pu récupérer que celui-ci.

— Je vois... c'est dommage.

— Ce livre n'avait pas que de belles choses mon garçon, reprend-il soudainement triste. Il y avait d'autres images, d'autres lieux, d'autres personnes... Je n'ai jamais su à quoi... ou plutôt à quand correspondaient certaines illustrations, mais on y voyait des gens, comme nous avec le regard vide, empli de tristesse. Plusieurs images étaient grises, sans couleur, mais les personnes y transpiraient la souffrance et le malheur. Certains étaient si marqués par la faim qu'ils en étaient squelettiques. Il y avait des lieux rasés, en flammes ou dévastés, comme soufflés. J'ai rapidement compris que l'homme avait essuyé de nombreux malheurs avant nous, sans pour autant savoir tout ce qui avait pu se passer.

Je ne souris plus. Pourquoi la joie et la souffrance étaient-elles affichées ensemble dans le même livre ?

— Mais que se serait-il passé pour en arriver là ? Et ce serait arrivé quand ?

— J'ignore depuis combien de temps le monde est tel qu'il est aujourd'hui, mais lorsque j'étais enfant, j'ai grandi dans les ruines d'une vieille maison. Dans la pièce où je dormais, il y avait quelque chose d'écrit sur le mur à côté de plusieurs dessins qui représentaient des têtes de mort. J'étais fasciné par ces dessins et les signes qui composaient le message, mais personne ne savait lire dans mon groupe. Avec le temps, j'ai appris par cœur les symboles, mais ce n'est qu'en arrivant ici, sous le Dôme, et en apprenant à lire que j'ai enfin pu les comprendre.

— De quoi s'agissait-il ? je demande avec impatience.

— Il était écrit : *Le Grand Dérèglement nous tuera tous.*

— Qu'est-ce que ça veut dire ?

Il hausse les épaules.

— Je l'ignore Personne n'avait entendu parler de ça. Même les Éclairés ne savaient pas de quoi il s'agissait, jusqu'à ce que l'un d'eux me crache au visage que cela correspondait au jour où nous avions cessé d'être des humains pour devenir ce que nous sommes : des monstres.

Quel sale type !

— Vous pensez que cela pourrait être vrai ?

Il secoue la tête et me sourit.

— Non, je crois qu'il s'agit d'un phénomène majeur qui peut sûrement expliquer notre monde actuel…

Je finis mon morceau de pain et je me concentre sur ce qu'il s'apprête à me dire.

— Il y a une chose que tu dois comprendre. Les images du livre de mon père, le fait que nous autres, les Hors-Le-Mur en soyons absents et les mots de cet Éclairé s'accordent sur un point : nous n'avons pas toujours été ce que nous sommes aujourd'hui... bien que nous ne sachions rien de notre passé. Un jour, pourtant, il faudra trouver des réponses, elles aideront peut-être à changer notre destin funeste...

— Il faudrait peut-être regarder à nouveau votre livre puisque vous savez lire à présent. Il y a peut-être d'autres informations.

— Évidemment, j'y pense souvent, mais je ne l'ai plus. Il a été détruit lorsque l'on a incendié notre campement. Mon fils a voulu le sauver des flammes et il en est mort... Je ne l'avais donc plus lorsque j'ai appris à lire. Je me souvenais juste des lettres qui formaient le titre : *Manuel d'Histoire et Géographie pour le secondaire.*

Je ne comprends pas ce titre, mais je me mords les joues à l'évocation de ce terrible moment de sa vie durant lequel il a tout perdu. Pour autant, je dois admettre qu'il a raison, et je reste troublé. Nous ne savons rien de notre passé. Malgré tout, je dois me ressaisir. Le danger est là, tout proche, omniprésent et actuel.

— Vous avez sans doute raison : connaître notre passé pourrait nous aider... Mais je ne perds pas de vue que nous allons nous battre pour notre existence, notre liberté, pour l'égalité... pour notre avenir.

Il me regarde en souriant. C'est la première fois que je le vois se livrer et se détendre autant. Je ne sais pas s'il y aura d'autres...

— Tu as raison, mon garçon… Ne perds jamais cet espoir qui vous fait avancer, vous les jeunes… Mais n'oublie pas que pour sauver l'avenir, il faut comprendre le passé. Les deux sont intrinsèquement liés.

— Navré d'interrompre votre tête-à-tête, intervient une voix basse sur ma droite.

Je me tourne vivement pour voir Lucie apparaître de derrière un buisson épineux. Elle est surexcitée.

— Ça y est ! Il bouge les gars.

— Quoi ?

— Caleb… il vient de sortir de chez lui en toute discrétion. Vu l'heure et sa tenue noire de la tête aux pieds, je ne crois pas qu'il aille en balade. Magnez-vous !

Nous nous levons précipitamment et filons vers le square. Par chance, Caleb n'a pas encore bougé. Nous voyons sa silhouette sombre se découper sur le fond des maisons. Il hésite un instant et semble regarder dans notre direction. Est-ce qu'il nous aurait vus ? Je retiens mon souffle.

Après quelques instants, il se met finalement en route. Il progresse vite et à couvert. Taf est resté en retrait pour surveiller la maison et les environs. Il est trop massif pour passer inaperçu. C'est Lucie et moi qui prenons Caleb en filature.

Nous sommes à une cinquantaine de mètres derrière lui. Inutile de nous approcher davantage. Grâce à notre vision adaptée à l'obscurité, nous le suivons facilement. Il traverse le parc et marque une pause. Il semble écouter le bruit des insectes nocturnes.

Il pousse ensuite vers le centre d'études spécialisées. Je marque le pas lorsque je m'en approche en repensant aux mauvais traitements que j'y ai subis en si peu de temps. Lucie qui a compris me prend la main et nous continuons notre progression.

Nous nous rapprochons rapidement du centre-ville du Secteur. Caleb ralentit et se plaque contre un mur. Des bruits nous parviennent et nous devinons facilement d'où ils viennent…

— Je crois qu'il est bien décidé à se rendre au stade, chuchote Lucie alors que nous sommes cachés sous une porte cochère.

— C'est plutôt rassurant. S'il faisait vraiment partie de cette milice, il ne se cacherait pas en pleine nuit pour aller voir ce qu'il s'y passe.

Elle opine du chef.

Devant nous, Caleb reprend son avancée. Après quelques minutes, nous avons confirmation de la direction qu'il prend. À part le stade qui se trouve devant nous à quelques centaines de mètres, nous ne voyons pas où il veut aller. Il avance encore et les premiers cris et ordres nous parviennent. Des silhouettes noires courent devant lui sans le voir. Lucie et moi savons parfaitement ce qu'elles cherchent : des Hors-Le-Dôme. Nous devons redoubler de prudence. Soudain, Caleb se cache sous un buisson. Des miliciens sont à quelques mètres de lui, et ils nous ont vus !

— Par là ! crie l'un des hommes. J'ai vu quelque chose !

Mon sang ne fait qu'un tour. Nous devons renoncer à notre mission et sauver notre peau. J'attrape la main de Lucie et nous partons en courant.

— Là-bas ! Ils s'enfuient ! Allez, on va les choper !!

Mon cœur bat à tout rompre. Nous entendons le martèlement des pieds sur le sol de nos poursuivants. Ils sont plusieurs et ne faiblissent pas, trop heureux de leur future prise.

Nous empruntons les rues les plus étroites dans l'espoir de trouver une échappatoire, mais nous ne voyons rien.

Au sortir d'une ruelle, nous nous engageons dans un chemin étroit qui passe entre deux maisons.

— Dispersez-vous ! Deux avec moi, les autres faites le tour !

Sûrs d'eux, ils ne prennent même pas la peine de cacher leur stratégie. Le chemin est plongé dans l'obscurité et cela nous convient bien, lorsqu'un faisceau lumineux apparaît au-dessus de nos têtes. Nous courbons l'échine et continuons d'avancer. J'ai l'impression que ma poitrine va exploser. Je manque de souffle et d'énergie.

— Allez les gars ! crie-t-on dans notre dos. Ils sont là, on va se les faire !

Nous débouchons sur une place vide et éclairée. Nous sommes à découvert. Un grand bâtiment nous fait face. Nous n'avons pas le temps de réfléchir. Nous traversons la place sous un éclairage public qui ne joue pas en notre faveur.

— Là ! Ils sont là !

Je refuse de me retourner pour voir où en sont nos poursuivants. Je serre plus fort la main de Lucie et nous nous engageons dans le parking souterrain qui se trouve sur la gauche. Il n'y a qu'une simple barrière. Nous passons sur le côté et nous filons dans la première allée devant nous. Le niveau est presque vide, à l'exception de quelques véhicules de livraison. Lucie me tire de son côté et nous passons une porte qui permet de visiter les niveaux inférieurs. Il y a un extincteur derrière la porte. Je m'en empare et le dégoupille. Je presse la poignée pour mettre la cuve en pression. Je descends quelques marches et j'attends. Quelques secondes passent et la porte s'ouvre à la volée. Trois types à l'air mauvais entrent en trombe et je les arrose copieusement de mousse blanche. Je vide le contenu sur leur face grimaçante. Je les entends crier, injurier et tousser. Dans un ultime effort, je leur lance l'extincteur dans les jambes, faisant tomber le premier homme.

Nous avons un répit de courte durée que nous mettons à profit immédiatement en descendant dans les étages inférieurs. Mon plan est simple : trouver une grille d'évacuation des eaux au dernier niveau et nous enfoncer dans les égouts. Pour avoir vécu quelque temps dans l'un de ces parkings, et encore aujourd'hui avec la résistance, je sais que ces endroits en sont pourvus.

Nous arrivons rapidement au troisième et dernier niveau. Nous passons la porte le plus discrètement possible. Je dresse l'oreille et j'entends des toux avant les menaces :

— Trouvez-moi ces sales bâtards… lâche-t-il entre deux quintes … que je les crève moi-même !

Comme ça, c'est très clair. Ils vont se répartir sur les étages et mettre plus de temps à nous trouver. Je rejoins Lucie qui est déjà à la recherche d'une grille d'évacuation. Elle a eu la même idée que moi. Cela me fait sourire, mais je ne montre rien, ce n'est pas le moment.

Nous cherchons le point le plus bas du niveau, que nous trouvons au bout de deux minutes. La grille est en plein milieu du passage, mais sur une autre aile du niveau. Nous ne sommes pas visibles de la porte par laquelle nous sommes arrivés.

Nous attrapons la lourde pièce de métal que nous tirons de toutes nos forces. Nous y mettons toute notre énergie, mais elle ne bouge pas.

Nous entendons soudain la porte claquer contre le mur. Le bruit sec résonne dans tout le niveau comme un coup de tonnerre. La panique nous gagne. Nous devons absolument réussir à soulever cette grille. Nous nous y remettons, et une fois de plus, sans succès. L'anneau de métal refuse de bouger. Nous entendons les pas de l'un de nos poursuivants. Mes yeux se posent alors sur une petite pièce de métal coincée dans la grille. On dirait une sorte de clavette. Je la retire assez facilement et la grille n'est plus fixée au cadre. Nous reprenons notre besogne et bientôt, nous arrachons la couronne à son anneau. Je regarde dans le trou, mais ce n'est pas un accès aux égouts. Il s'agit d'un simple collecteur avec un tuyau qui s'en échappe, permettant de faire transiter l'eau vers l'écoulement pluvial le plus proche.

Le temps presse. Nous entendons les pas se rapprocher. L'homme doit regarder sous les rares véhicules, car le couinement de ses pas sur le béton peint s'arrête de temps en temps. Nous n'avons plus le temps de chercher. L'espace est très exigu, mais nos petites tailles jouent en notre faveur. Je fais rentrer Lucie et je la rejoins. Nous attrapons la lourde grille et nous la ramenons au-dessus de nos têtes.

Nous nous plaquons, collés l'un contre l'autre en rabattant nos capuches sur nos têtes. Moins de cinq secondes plus tard, l'homme est à quelques mètres de notre position. Nous retenons notre souffle pour demeurer les plus discrets possibles.

Il reste un moment à tourner en rond dans l'espoir de nous trouver. Il est rapidement rejoint par cinq personnes. Ceux qui s'étaient séparés du groupe peu avant ont dû les rejoindre.

— On a rien trouvé dans les niveaux au-dessus, explique l'un d'eux.

— Fait chier ! braille celui qui semble être le chef du groupe. Ils n'ont pas pu filer ! Ils sont où bordel !

— Ils ont dû remonter, avance un autre.

— Non ! Y a pas d'autres portes ! s'emporte le chef, pas d'autres escaliers !

— Non, mais il y a un ascenseur…

— Un… quoi ? Et merde ! Bougez-vous, fouillez dehors, mais retrouvez-les !

— Écoute Raf, on comprend que tu sois à cran avec la mousse que t'as reçue en pleine gueule, mais on va pas retourner le quartier pour deux putains de Rebuts, y en a encore plein à choper…

— Rien à foutre ! Je veux ces deux-là !

— Ce ne sont pas les ordres et tu le sais bien.

— Ne discute pas ! Faites ce que je vous dis !

— Non. Les ordres de Monsieur Delcourt sont clairs : *on traque, on ramasse et on entasse*. Il a toujours dit que l'on devait éviter ce genre de poursuite qui ne donne rien.

— Je m'en tape ! Je les veux !

— Josh a raison Raf, intervient un autre, on s'est fait avoir en beauté. On a foncé sans réfléchir. Ça aurait été un piège qu'on ne serait pas mieux tombé dedans.

On entend l'homme faire les cent pas. Il est furieux et frustré.

— Merde ! Merde ! Fais chier !!

Il part en continuant de jurer, bientôt suivi des autres. Après quelques minutes, les lieux semblent de nouveau déserts.

Nous sommes dans une position très inconfortable, mais nous préférons attendre encore un peu, que ce ne soit pas une ruse pour mieux nous tomber dessus.

Après environ quinze minutes, nous nous extrayons prudemment de notre cachette. Nous nous dirigeons vers la porte du niveau. Il n'y a pas un bruit, pas un mouvement. Une fois dans l'escalier, nous tendons l'oreille et grimpons les marches dans un silence total. Nous prenons encore mille précautions pour rejoindre la barrière qui marque l'entrée du parking.

Rien, toujours rien.

Nous prenons une grande inspiration et nous nous engageons sur la place. Nous avons de la chance, car passée une certaine heure l'éclairage public se coupe par endroit. C'est le cas ici. Nous pouvons donc traverser sans difficulté cette place. Grâce à notre vue particulière, nous constatons que personne n'est caché à nous attendre. Les lieux sont complètement vides.

Nous prenons sur la droite dans une petite ruelle et nous nous cachons quelques minutes derrière des poubelles pour faire le point.

— On fait quoi pour notre mission ? me demande Lucie.

— Il me parait compliqué et dangereux d'essayer de retrouver Caleb en surface. Soit nous empruntons les égouts jusqu'au stade, mais il y a peu de chance de tomber sur lui, soit nous retournons à la planque en attendant qu'il revienne.

Mon amie est dubitative.

— Rien n'indique qu'il ne se sera pas fait attraper en route, objecte-t-elle.

Elle a raison, mais nous n'avons aucun moyen de le savoir. Pour ma part, je reste convaincu que c'est trop risqué de reprendre notre filature. Caleb pourrait tout aussi bien avoir décidé de faire demi-tour face aux risques. J'en suis là de mes réflexions, lorsque nous entendons un terrible grondement et qu'une lumière vive embrase le ciel.

Nous sortons de la ruelle pour voir ce qu'il se passe.

— C'est vers le stade on dirait, fait Lucie la mine grave. Tu crois que c'est quoi ?

— La lumière est vacillante, comme s'il s'agissait d'un incendie. Avec le grondement... c'est peut-être une explosion.

— On doit retrouver Taf, suggère mon amie. Il aura peut-être une idée de ce qu'il vient de se passer.

La cause est entendue. Nous rebroussons chemin jusqu'au square.

Nous ne parlons pas durant le trajet. Je suis perturbé par cette première mission. Cela fait plusieurs jours que nous surveillons Caleb et c'est la première fois ce soir qu'il fait quelque chose qui mérite qu'on le suive, car le reste du temps il allait en cours. Or, nous devons admettre que nous avons lamentablement échoué. On nous a pris en chasse et nous avons bien failli nous faire avoir, compromettant toute l'opération. Pour couronner le tout, on ne sait même pas ce qu'est en train de faire Caleb. S'est-il fait prendre ? Ou pire, lui est-il arrivé malheur dans cet incendie ? Je préfère ne pas y penser tandis que nous continuons notre route.

Nous arrivons sans encombre au square où nous retrouvons Taf. Il voit à notre mine défaite que ça ne va pas. Nous lui racontons notre mésaventure. Il nous confirme par ailleurs qu'il n'a pas vu Caleb rentrer chez lui.

— Vous avez bien fait de revenir. Les risques étaient trop grands pour continuer. S'il est arrivé quelque chose au gamin, ce ne sera pas de votre faute.

Cela me rassure un peu d'entendre Taf parler ainsi. Je culpabilise moins d'avoir dû abandonner notre filature.

— Et cet incendie, vous avez une idée de ce que ça pourrait être ?

Il hausse les épaules.

— Je sais que l'état-major planifiait une action musclée dans les prochains jours. Ils voulaient semer le trouble pour affaiblir la milice et attaquer le stade pour libérer les nôtres. J'ignore s'il s'agit de ça ce soir.

— J'imagine que nous le saurons bientôt, ponctue Lucie. Pour Caleb, il n'y a plus qu'à attendre de voir s'il revient.

Nous nous mettons en position, mais cette fois, nous nous répartissons de manière à lui barrer la route lorsqu'il sera là. S'il est en vie, c'est aujourd'hui que nous devons agir. Si Caleb est sorti ce soir en cachette, ce n'était pas pour rejoindre son père, car il ignore probablement que c'est lui qui orchestre tout ça. S'il a réussi à aller jusque là-bas, il aura probablement vu des choses troublantes et sera sans doute plus réceptif à notre discours.

Nous n'attendons pas trop longtemps, puisque moins de quinze minutes plus tard, nous voyons une silhouette arriver, le pas traînant.

Caleb…

Il n'a pas l'air bien : il marche lentement, la tête basse, sans prendre soin de se cacher comme à l'aller. Pour autant que l'on puisse en juger, il ne semble pas blessé, ce qui me rassure. Taf se faufile derrière lui, le neutralise et l'entraîne vers le square. Nous nous éloignons suffisamment pour ne pas être vus. Lucie le menace en cas de cris ou de fuite et il semble comprendre la situation. Je suis perturbé d'entendre mon amie parler aussi durement. Je préfère rester en retrait pour surveiller les environs. Elle parle à voix basse et je n'entends pas tout de leur échange. Caleb pousse soudain un petit cri. Taf vient de le secouer. Il refusait de parler. Je croise ses yeux pour y voir de l'inquiétude. Cela me déplaît de devoir lui infliger ça. J'ai l'impression de me retrouver spectateur de ce que Dalvin et ses amis me faisaient subir dans la cour, et de rester sans réagir. Je n'aime pas ça, et Caleb ne le mérite pas.

— … amenaient sans ménagement des gens jusqu'au stade. Ensuite, il y a eu une explosion. Je me suis enfui.

Je viens d'entendre les derniers mots. Nous nous consultons du regard. Il y a bien eu une explosion. Était-ce celle dont parlait Taf ? L'opération planifiée par l'état-major a-t-elle eu lieu ?

Lucie reprend ses questions tandis que je recule de nouveau. Caleb répond sans hésitation, c'est plutôt bon signe. Il tombe des nues sur beaucoup de points. Son visage ne trompe pas. La vérité doit être difficile à entendre pour lui, je le comprends.

— … nous pensons que lorsque le stade sera plein, il n'y aura que deux choix possibles : l'évacuation ou l'élimination.

Je vais pour intervenir, mais je me retiens. Elle a raison… Elle a dû entendre des bribes de notre conversation avec Taf. À moins qu'il lui ait dit la même chose lorsqu'ils étaient tous les deux tandis que je surveillais la maison de Caleb. La milice ne va pas garder indéfiniment les nôtres dans l'enceinte du stade. La solution la moins mauvaise serait de les renvoyer à l'extérieur du Dôme. Mais est-ce la plus simple pour ces gens ? Non… je crois que Lucie voit juste. Je me rappelle ce qu'elle disait juste avant que l'on parte chercher le groupe de résistants : les Éclairés voudront tuer les prisonniers, car tout le monde s'en fout.

— Tu dois comprendre que ton père va sûrement être responsable d'une déportation massive, ou pire… d'un génocide.

Le mot est d'une terrible violence, et lourd de conséquences.

Je relève soudainement la tête pour voir Caleb empoigner Lucie par le col. Il est furieux.

— Non ! Elle est contre tout ça ! Laissez ma mère tranquille !

Taf intervient et le fait lâcher prise. Lucie se masse le cou. Aurait-elle menacé sa mère ?

— Ça me déplairait autant qu'à toi. Alors, si tu ne veux pas qu'on en arrive jusque-là, tu sais ce qu'il te reste à faire. La situation ne nous laisse pas le choix. Mais sache que si le sacrifice de quelques-uns permet de sauver des centaines de vies, nous n'hésiterons pas. Pour le moment, ton père doit rester en vie, car sans lui, nous risquons la venue d'un autre meneur… comme Dalvin par exemple. Les choses pourraient alors se précipiter. Pourtant, tu dois savoir que la vie de ton père ne tient qu'à un fil.

Caleb est très perturbé par tout ce qu'il vient d'entendre. Quelle va être sa décision ? Que ferons-nous s'il refuse de nous aider ? Devrons-nous le neutraliser et l'emmener avec nous ? Et s'il accepte, sera-t-il sincère ? Je veux croire que oui ; qu'il existe des gens qui ont gardé leur humanité intacte, que c'est le cas de ce jeune Éclairé. Mon cœur bat de plus en plus fort à mesure que les secondes passent. Le temps semble suspendu au bord de ses lèvres. Je le vois prendre une grande inspiration. Il semble déterminé.

— C'est d'accord… comptez sur moi… lâche-t-il dans un souffle.

Mon corps se détend. Je décide de m'approcher de lui. Je m'arrête à quelques pas et j'ôte mon masque.

— Toi ? dit-il les yeux grands ouverts.

Je peux lire la surprise dans ses yeux quand il me reconnaît, mais il n'y a pas de colère. Je lui tends la main qu'il serre pour la première fois.

Notre destin vient de se lier.

ENSEMBLE

Jour 69

Cela fait deux jours que Caleb a accepté de rejoindre la résistance. C'était le soir de l'attentat à la bombe. Dès le lendemain, Luc et Lucie avaient eu la confirmation d'une attaque orchestrée par le groupe de résistance.

Ce matin, le père de Caleb n'est pas là, sans doute trop occupé à donner suite à ce qu'il s'est passé. Il décide de partir en exploration dans la maison. Il fouille les pièces, les endroits auxquels il aurait pensé pour cacher des choses, mais en vain. En dehors du bureau dans lequel il ne peut pas entrer, la petite maison ne semble receler aucun secret. Il en va de même pour l'extérieur. Il n'y a rien dans la petite cabane de jardin. La terre n'a pas été retournée, et les cultures sont à l'abandon depuis que sa mère est partie…

Il est convaincu que les réponses se trouvent dans le bureau, car son père y a installé deux verrous qui n'étaient pas là avant. Cela fait sûrement suite à son irruption quelques jours auparavant, lorsqu'il l'avait dérangé et était tombé sur des plans étalés du stade. Il pourrait tenter de forcer les serrures, mais cela se verrait inévitablement et son père le soupçonnerait d'emblée. Il décide donc de procéder autrement…

Aujourd'hui, Caleb profite de l'absence prévue de l'un de ses professeurs pour mettre à exécution le plan qu'il a mûri depuis deux jours.

Lorsqu'il arrive dans la cuisine, il tombe sur son père en train de se servir un café. Celui-ci a encore son manteau sur le dos, signe qu'il vient à peine de rentrer.

— Mais, tu n'es pas en cours ce matin ? manque-t-il de s'étrangler en voyant son fils.

— Non, il manque un prof. J'y vais dans deux heures. Je vais dans ma chambre, j'ai du travail.

Il fait demi-tour avant que celui-ci n'ait le temps de réagir et regagne sa chambre. Il tire sa porte et entend son père s'enfermer dans le bureau.

Son plan peut démarrer.

Quelques minutes plus tard, on toque à la porte d'entrée avec insistance.

Caleb attend.

On recommence, plus fortement.

— Caleb ! tonne son père depuis le seuil du bureau. Va ouvrir je suis occupé !

— Je peux pas ! répond le jeune homme d'une voix lointaine, je révise là…

Il entend son père pester et aller ouvrir pour découvrir qu'il n'y a personne.

Il râle et retourne s'enfermer. Quelques minutes plus tard, ça recommence. Cette fois, il se dirige rapidement vers l'entrée.

— C'est quoi ce bordel ! gronde-t-il en ouvrant.

Il découvre deux petites silhouettes qui se sauvent à moins de vingt mètres devant lui. Furieux, il se lance à leur poursuite en jurant.

C'est le signal...

Caleb bondit de son lit et quitte sa chambre. La porte d'entrée s'est refermée. Il se faufile dans le bureau et commence à tout fouiller du regard. Il connaît bien les lieux pour y être allé souvent avant que tout ne dérape. Il cherche quelque chose de différent, quelque chose qui aurait changé, mais en vain. Il sait que le temps lui est compté. Son père ne tardera pas à revenir, bredouille. Les gamins qui lui ont fait cette farce sont des Hors-Le-Dôme à qui il a demandé un service. Il est prévu qu'ils se cachent rapidement dans les égouts sans qu'on puisse leur tomber dessus. C'est pour cette raison que le père de Caleb reviendra rapidement.

Il parcourt le bureau des yeux. Il ne trouve que des papiers avec des tableaux remplis de chiffres qu'il ne peut pas comprendre et des ordres de mission signés de la main de son père. L'un d'eux autorise l'arrestation d'un Éclairé soupçonné de fournir des vivres à des Rebuts. Il déplace légèrement la pile et en trouve un second, puis un troisième. Il feuillette rapidement et c'est au moins une vingtaine d'ordres d'arrestation pour des Éclairés soupçonnés de haute trahison qu'il découvre. Il s'attend presque à trouver celui de Gus et sa famille, mais non. Il remet le tas en place et devine une reliure noire sous une autre pile. C'est un agenda. Il relève la tête croyant avoir entendu du bruit...

... Non, il s'est trompé.

Il fait défiler les pages et tombe sur un rendez-vous fixé deux jours plus tard. Il n'y a rien d'autre, excepté le *5 h* encadré sur le côté. Le rendez-vous est souligné et entouré en rouge. Il remet le carnet en place et file au moment où il entend le pas pressé de son père qui remonte l'allée. Il ne pourra pas rejoindre sa chambre sans se faire voir. Il décide de revenir négligemment sur ses pas tandis que son père rentre et claque la porte derrière lui.

— Un souci papa ? fait Caleb en découvrant le visage furieux et rubicond de son père.

— Des petits merdeux sont venus toquer et se sont barrés. Pas moyen de leur mettre la main dessus. Je suis presque sûr que ce sont des saletés de Rebuts…

Caleb ne répond pas, et doit se mordre les joues pour ne pas exploser de rire. Il tourne les talons et se dirige vers la cuisine en soufflant un grand coup.

— Tu pars quand ? lance son père dans son dos.

Le ton est sec, ce qui a le mérite de faire immédiatement cesser son amusement.

— Bientôt, ne t'inquiète pas, lui répond Caleb sur le même ton. Tu ne m'auras plus dans les pattes, lâche-t-il en prenant un fruit dans la corbeille posée sur la table.

— Mmm… très bien, bougonne son père en refermant la porte du bureau derrière lui.

Caleb décide de ne rien dire aux responsables de la résistance. Il est bien décidé à suivre son père et voir par lui-même de quoi retourne ce rendez-vous.

La journée se passe normalement pour lui, sans heurts, sans avoir Dalvin sur le dos. Aujourd'hui, il a dormi une partie de la journée sur sa table. Personne ne lui a rien dit, pas même les professeurs. Le voir inactif rassure tout le monde. Ces derniers temps, le jeune psychopathe est souvent épuisé par ses courtes nuits. Certaines interventions de la milice ne se passent pas au mieux et parfois, Dalvin revient amoché, ce qui fait sourire Caleb.

C'est le jour du rendez-vous.

Caleb a dormi tout habillé pour gagner du temps. Son réveil, qu'il a réglé au minimum, vient de sonner quatre heures. Le jeune homme a du mal à ouvrir les yeux. Il en regrette presque son choix et se demande, l'espace d'une seconde, s'il ne va pas refermer ses yeux et se rendormir.

Il les rouvre en grand et s'assoit sur le rebord de son lit. Il essaie d'écouter derrière sa porte, mais son père est très discret. Il va jusqu'à sa fenêtre et scrute la rue. Il n'y a pas la moindre activité. Les dalles sont éteintes et les lampadaires sont en veille. C'est le noir complet dehors. Il patiente vingt bonnes minutes avant de voir une silhouette descendre l'allée jusqu'à la rue. Lorsque celle-ci arrive sur le trottoir, les premiers réverbères à détection de mouvement s'allument timidement. Caleb reconnaît sans mal son père. Il quitte son poste d'observation, attrape son sac et enfile rapidement ses chaussures.

Il verrouille la porte d'entrée derrière lui et s'engage à la suite de son père. Les réverbères restent allumés une trentaine de secondes avant de se remettre en veille. Si Caleb veut être discret, il doit marcher au milieu de la route pour éviter que les lampadaires ne se remettent en route derrière son père. Celui-ci soupçonnerait rapidement quelque chose.

Le jeune homme avance à une cinquantaine de mètres, guidé par l'allumage progressif des lumières. Même s'il sait que c'est pour la bonne cause, il n'aime pas cette idée, il est mal à l'aise de devoir agir de la sorte.

Il est étonné que son père n'ait pas de gardes du corps pour le protéger, mais il estime que cela lui permet sûrement de continuer d'être discret, d'agir comme n'importe quelle personne.

Il avance tranquillement, la silhouette paternelle toujours en ligne de mire. Il n'a pas besoin de surveiller les alentours, car il sait que personne d'autre ne le suit. Puisqu'il s'est engagé à obtenir des informations, on le laisse agir à sa guise, pourvu qu'il obtienne des résultats...

Il constate assez rapidement qu'il ne se dirige pas vers le centre-ville, ni vers un endroit qu'il connaît.

Les minutes passent, et il finit par quitter le Secteur pour entrer dans le quinzième. Tandis qu'il avance, Caleb estime qu'il a beaucoup de chance que son père n'ait pas usé de son nouveau rôle pour demander une voiture, sans quoi il n'aurait pas pu le suivre, et comme il n'y a pas non plus de navettes autonomes à cette heure, cela l'oblige à marcher.

Ce dernier s'arrête une première fois, mais repart immédiatement. La seconde fois inquiète davantage Caleb, car il aurait juré voir son père se retourner. Une pointe d'angoisse s'immisce en lui : et s'il avait été découvert ? Non, il ne jouerait pas comme ça avec lui, il se retournerait et lui passerait un de ces savons avant de le renvoyer chez lui...

Ils marchent une vingtaine de minutes avant d'arriver dans un espace vert du Secteur voisin. Caleb laisse davantage de distance lorsqu'il constate que son père ralentit. Celui-ci s'assoit sur un banc et attend. Le jeune homme ne marque aucun arrêt et emprunte un chemin qui passe une vingtaine de mètres dans le dos de son père. Il passe derrière un buisson et s'approche le plus possible en restant dissimulé par un arbuste verdoyant. Il est à moins de cinq mètres.

Après quelques minutes, les dalles du Dôme commencent à s'allumer. Le jour se lève sous la voûte protectrice de la coupole. Il faudra attendre une petite heure avant que la douce lumière diffusée ne réchauffe l'air ambiant.

Peu après, la silhouette d'un homme remonte l'allée et vient s'asseoir sur le banc à moins d'un mètre de son père. Il porte un grand manteau noir et un chapeau de la même couleur qui lui cache le haut du visage. D'abord silencieux, il semble regarder le lever de soleil artificiel sous le Dôme, avant de sortir quelque chose de sa poche. Cela ressemble à un journal plié.

— Lisez-vous la presse ? demande l'homme au père de Caleb.

— Non, je regrette, je n'ai guère le temps pour ça.

— Je vois... les nouvelles n'y sont pas forcément encourageantes. Figurez-vous que l'opposition commence à parler trop fort, et ce, malgré nos efforts pour la museler. Nous craignons que la population ne se détourne de son premier choix... ne se détourne de Lui. C'est pourquoi nous devons agir et vite. Il nous faut des résultats.

— C'est bien pour ça que vous êtes là, n'est-ce pas ?

— C'est exact... Alors, comment se présente notre affaire ?

— C'est en bonne voie. Vous pourrez le rassurer, nous avons ramassé trois-mille-quatre-cent-vingt-six Rebuts, tous sexes confondus.

— Bonne nouvelle. Les premiers camions arriveront dans deux jours. Vous pourrez nous préparer une première fournée.

— Sans problèmes. Mais il faudra me donner la destination de ces cargaisons.

L'homme se tourne légèrement vers le père de Caleb.

— Ne me regardez pas comme ça, grimace ce dernier. Je n'ai pas toutes les informations. Et sans elles, je ne peux pas mener à bien cette mission.

— Vous avez raison, mais pour plus de précautions, l'endroit doit demeurer secret. Toutefois... je suis autorisé à vous en dire un peu plus... Vous le savez, la population légitime s'accroît sous le Dôme, particulièrement en périphérie. Ce n'est pas énorme, mais régulier. Nous avons encore de la place pour loger les gens, car il reste des friches sur la périphérie. Toutefois, le nombre de bouches à nourrir augmente, tandis que les terres cultivées dans les Secteurs deux et trois ont de plus en plus de mal à fournir. Au Front Solaire, cela fait un moment déjà que nous réfléchissons à une solution pour augmenter nos surfaces arables, et nous nous félicitons de l'avoir trouvée il y a quelques mois grâce à des mineurs chanceux. Ces hommes ont découvert par hasard une faille à une trentaine de kilomètres au nord du Dôme. Elle plonge sous terre, à moins de vingt mètres et offre une température stable de treize degrés. C'est probablement dû à de la géothermie. C'est une aubaine d'autant que l'endroit est vaste. Tout le site est d'ores et déjà équipé et opérationnel.

— Opérationnel pour quoi ?

— Pour cultiver, mais le problème, c'est la terre... elle est sèche et sans vie.

— Et c'est là que vous vous voulez envoyer les Rebuts ? Pour y travailler une terre morte ?

— C'est exact ! Mâles, femelles et progénitures.

— Rien ne poussera jamais. C'est une perte de temps.

— Détrompez-vous... Nous avons appelé cet endroit : *L'Oasis*. Ces parasites vont travailler et faire vivre cette ferme pour nourrir tous les Éclairés et assurer notre survie... et ce, jusqu'à l'épuisement.

— Vous voulez les tuer à la tâche ?

— Absolument !

— Et en cas de rébellion ?

— Nous ferons pression sur les mâles et les femelles en menaçant leurs rejetons, et si ça ne suffit pas, quelques exécutions sommaires devraient faire l'affaire.

— Admettons... Et après ? Vous allez vous retrouver avec des centaines de cadavres sur les bras. Qu'en ferez-vous ?

L'homme sourit comme un dément, ce qui effraie Caleb.

— Du recyclage !! lâche-t-il en ricanant nerveusement. C'est le second projet du Grand Décideur, porté par le Décideur de la régulation alimentaire... Nous allons pratiquer l'humusation. Autrement dit, le compostage humain. Les cadavres des Rebuts seront séchés et réduits en poussière avant d'être répandus sur les sols afin de les fertiliser. Si nos prévisions sont bonnes, nous devrions commencer à récolter nos premiers légumes dans à peine un an.

Le père de Caleb ne répond rien.

— Le processus d'humusation dure quelques mois, reprend l'autre. Vous comprendrez donc que nous avons besoin d'envois réguliers de Rebuts pour ne jamais être à court de main-d'œuvre et surtout de matière première. Que ces parasites soient au moins utiles à quelque chose.

— Hmm... C'est un projet très ambitieux, mais je ne sais pas si vous aurez assez des Rebuts que nous détenons déjà... Nous devrions avoir purgé le Secteur dans les prochains jours, mais les derniers seront plus durs à déloger. Lorsqu'ils ne seront plus que quelques-uns, comment ferez-vous ?

— Vous vous doutez bien que nous avons d'autres Secteurs fournisseurs.

— Et après ? Vous serez vite à court et votre projet risque d'en pâtir…

— Soyez sans crainte. Nous sommes encore au stade expérimental, mais lorsque le projet sera sur les rails, que la ferme tournera à plein régime, nous irons chercher nos Rebuts à l'extérieur du Dôme.

Caleb est effrayé et écœuré par tout ce qu'il vient d'entendre. Il est autant terrifié par les propos abjects et inhumains de cet homme, qui relègue les Hors-Le-Dôme à une simple marchandise, à un consommable, que par l'absence de réaction de son père qui cautionne et approuve l'idée par des remarques dénuées d'empathie.

Ce dernier s'apprête à se lever, quand l'autre pose une main sur son bras.

— Si vous me pardonnez, J'ai une dernière question… Vous avez indiqué que les derniers cafards seraient plus difficiles à déloger. Est-ce à dire que vous rencontrez des difficultés ?

Le ton a changé, Caleb le sent. Il perçoit une légère menace dans la voix.

— À mesure que leur nombre réduit, ils sont moins faciles à trouver, c'est une réalité, explique son père en dégageant son bras. Mais lorsqu'ils ne seront plus qu'une poignée, ils ne seront plus une menace.

— Ils ne l'ont jamais été. Ce sont des insectes, tout au plus.

— Je ne suis pas de votre avis, objecte le père de Caleb. Avant que l'on s'en prenne à eux, ils n'étaient rien. Mais à présent que nous les traquons comme des vermines, ils se cachent, s'organisent et nous attaquent. Nous avons déjà essuyé trois assauts avec de lourdes pertes, des locaux, du matériel et des hommes qui ne reviendront pas. Nous croyons en ce que nous faisons, mais prenez garde de ne pas les sous-estimer.

— Je vois... Il ne sera pas content d'apprendre ce que vous venez de me dire.

— Possible, mais c'est la vérité, et Il doit la connaître.

— Hmm... Savez-vous comment les choses se passent ailleurs ?

— Je vous ai déjà dit que je n'avais pas le temps de me laisser distraire, répond sèchement le père de Caleb.

— Bien entendu, rétorque l'homme au chapeau noir, d'un air pincé. Mais sachez que certains Secteurs ont déjà réglé le problème. Nous avons même déjà eu quelques arrivages de Rebuts à *l'Oasis*, et dans moins d'un mois, nous lancerons les premières humusations...

— Vous voilà donc rassurés sur votre projet, lâche le père de Caleb d'un ton glacial qui indique qu'il a hâte de mettre fin à cet échange.

— Ils étaient moins infestés qu'ici, je vous le concède, poursuivit l'autre sans tenir compte des propos de son interlocuteur. Vous êtes un creuset dans le seizième, comme si toute la fange du Dôme s'écoulait jusqu'à vous... Toutefois, d'autres ont davantage de difficultés. Je ne sais pas s'ils s'y prennent mal, ou s'il s'agit de paresse ou de négligence. Nous avons remarqué que les Secteurs en périphérie semblaient avoir plus de mal à régler la question. Nous avons donc dû les aider en leur envoyant des renforts du Centre.

— Du Centre ? Qui avez-vous envoyé ?

— Des agents du RITE[2].

— J'ai entendu parler d'eux. On dit que ces gars sont des malades. Ils se moqueraient des conséquences et agiraient sans discernement.

— Exact. C'est le genre de force dont certains Secteurs ont visiblement besoin pour mener à bien cette mission. Il faut ce qu'il faut. Maintenant que vous avez compris les enjeux, faites ce que vous avez à faire, car dans le cas contraire, vous aurez aussi la visite de ces messieurs du RITE.

La menace est claire.

L'homme au chapeau se lève et remonte le col de son long manteau avant d'enfouir les mains dans ses poches.

— L'opinion ne doit pas se détourner de nous. Les gens sont si versatiles... Vous avez trois décades. Nous nous comprenons vous et moi, n'est-ce pas ? ponctue-t-il avant de quitter le parc.

Le père de Caleb reste sur place, immobile comme paralysé. Impossible de savoir ce qu'il pense, mais il sent qu'il n'a pas aimé ce qu'il vient d'entendre. Le jeune homme le connaît assez bien pour ça...

Quant à lui... il se retient à peine de hurler. Les projets du Front Solaire sont horribles, à vomir et les choses vont inévitablement s'accélérer en ville. Si son père continue à agir comme il le fait, un rapport de force s'installera, avec des attaques-surprises de la résistance, engendrant des pertes de part et d'autre et un enlisement de la situation. Le Centre enverra alors l'élite de ses hommes et ce sera un vrai carnage... Dans le cas contraire, son père prend des mesures radicales et durcit le

---

[2] RITE : Recherche, Identification, Traque et Élimination. Groupe d'intervention créé au lendemain de l'élection de William Frison, leader du Front Solaire. Le groupe du centre de la ZP se fait vite remarquer par son efficacité autant que par sa brutalité.

ton pour éviter que les choses ne lui échappent, mais il deviendra alors irrémédiablement un monstre. La résistance ne cherchera plus à l'épargner au motif qu'un responsable pire que lui pourrait prendre le relais. Il sera donc en danger de mort. Et ça… Caleb ne le permettra pas.

Son père quitte le parc d'un pas décidé. Caleb attend encore quelques minutes avant de sortir de sa cachette et prend la direction de son Secteur.

Il ne peut plus se taire à présent. Ce qu'il vient d'apprendre est terrible et la résistance doit être informée.

Il doit attendre la fin de la journée de cours pour retrouver Luc dans le parc. Après réflexion, il avait finalement décidé de prévenir Luc de la filature de son père et ils s'étaient donné rendez-vous le soir au parc.

Caleb reste traîner volontairement au pied d'un grand arbre à écouter le chant apaisant des oiseaux à l'approche du crépuscule. Il sait qu'il pourrait rester là durant des heures, mais le temps presse et il y a urgence.

Lorsque les dalles s'éteignent complètement, et le chant des oiseaux avec, Luc semble sortir de nulle part et s'assoit à ses côtés.

Caleb inspire un grand coup et raconte tout au jeune Hors-Le-Dôme.

— Viens avec moi, conclue Luc le visage fermé. Tu dois tout répéter au commandant.

Moins d'une heure plus tard, Caleb découvre la base secrète ce qui l'impressionne beaucoup. Il n'en revient pas de cette concentration de Hors-Le-Dôme. Les gens s'arrêtent lorsqu'il traverse le niveau. Il a le droit à des regards où se mêlent la surprise, la peur et la colère. Il est mal à l'aise et comprend ce que peut ressentir un Hors-Le-Dôme face à un groupe d'Éclairés. Il aurait aimé déambuler partout, rassurer les gens sur ses intentions, mais il ne voit pas grand-chose des lieux, car on le mène rapidement à l'étage où se trouve l'état-major.

On le fait rentrer avec Luc et il prend place sur une petite chaise en face du commandant Fergus. Un hochement de tête de Luc l'encourage à raconter en détail l'échange auquel il a assisté le matin, provoquant l'effroi du responsable.

— La situation est bien plus grave que nous le pensions, conclut Fergus après un moment. Je dois prévenir les autres cellules... Saurais-tu reconnaître l'homme qui parlait avec ton père ?

— Non, il était de dos, mais il m'a semblé important et proche d'un tiers qui doit attendre des résultats de votre enfermement et de votre déportation massive.

— Hmm... il est probable qu'il parlait de William Frison, le nouveau Grand Décideur, et leader du Front Solaire. C'était l'une de ses promesses de campagne : régler le *« problème Rebut »*... mais nous ne pensions pas que ce serait de cette manière.

— Qu'allez-vous faire pour mon père ?

— C'est une épineuse question, mon garçon. Nous te sommes très reconnaissants de nous aider, et tu as ma confiance, mais pour le reste... ton père cautionne ce monstrueux projet, et avec ce que tu as rapporté, il risque d'aggraver la situation. Tu sais que l'on devra rapidement le neutraliser.

— Laissez-moi essayer de le raisonner. Il commet des horreurs, mais c'est mon père.

— Je comprends, et je suis vraiment désolé que tu sois confronté à pareille situation. Je vais informer les autres responsables et nous déciderons de la suite à donner. En attendant... tu as toutes latitudes pour essayer de le raisonner. Après quoi...

— Mais si vous vous en prenez à lui, il y en aura un autre qui prendra le relais et il sera sûrement pire, justifiant ses exactions au nom de la justice pour mon père !

— Tu as probablement raison, mais nous n'aurons pas le choix...

Le commandant retourne s'asseoir et reprend sa lecture de documents. L'entretien est terminé, Caleb le sait. Il quitte les lieux furieux et l'angoisse chevillée au corps.

Dans son dos, il entend le commandant Fergus ordonner à deux de ses hommes de le raccompagner à l'entrée du repaire. Il fulmine intérieurement, mais ne dit rien et quitte rapidement les lieux.

Caleb retourne chez lui et attend que son père rentre. Il patiente la nuit entière sans dormir, tournant en rond dans le petit salon de la maison, se demandant comment aborder le sujet. Au final, il opte pour la confrontation directe. Il finit par s'endormir sur le petit matin, épuisé. Son père rentre en milieu d'après-midi, ne pensant pas trouver son fils à l'attendre.

Caleb lit de la surprise dans les yeux de son père lorsqu'il le découvre et profite de la situation.

— Que... qu'est-ce que tu fais là Caleb ? Tu n'es pas en c...?

— Papa ! Tu dois arrêter immédiatement ce que tu fais au stade !

La surprise s'est changée en interrogation.

— Mais enfin, de quoi tu parles ?

— Je sais que tu diriges des types qui enlèvent et entassent les Hors-Le-Dôme. Je t'ai vu au stade !!

L'interrogation fait place à la colère qui déforme lentement les traits de son père.

— Qu'est-ce que tu racontes ?

— Papa... je t'en prie...

— Ça suffit Caleb ! Tu... tu n'aurais jamais dû aller au stade, jamais ! J'avais la garantie que...

— ... La garantie de qui ? De Dalvin ? Cette brute qui m'a menacé, ce malade ? Et tu voulais qu'il me surveille et m'empêche d'agir ? Ça a eu l'effet inverse !

Son père reste interdit quelques instants et se prend la tête dans les mains.

— Pourquoi papa ? Pourquoi tu fais ça ?

Il semble figé à présent. Il ne s'attendait pas à ça…

— Pour ton avenir Caleb ! Uniquement pour toi !

Caleb se rapproche de son père, pris dans de terribles tourments.

— Mais papa, je ne veux pas que mon avenir soit sauvé au prix des pires horreurs qui soient !

Son père le repousse d'un geste brusque.

— Tu es trop jeune pour comprendre ! Les choses sont ainsi et elles ne peuvent pas être changées !

— J'ai déjà perdu maman par ton obstination ! Je refuse de te perdre à cause de ta folie !!

— Me perdre ? Comment ça, me perdre ? Tu dis n'importe quoi. Cette conversation est terminée Caleb. Je ne veux plus jamais en parler ! Laisse-moi, j'ai du travail.

Il tourne les talons et se dirige vers son bureau. Caleb, les larmes aux yeux, parvient à lâcher quelques mots dans un dernier souffle :

— PAPA ! ILS VONT TE TUER !

Il peut voir un sourire contrit sur le visage de son père avant que la porte ne se referme…

Caleb sort de chez lui, la mort dans l'âme, comme absent de son propre corps et se dirige vers le square. Il se pose sur une balançoire et s'affaisse lentement. Une silhouette vient prendre place à ses côtés. Il ne s'en soucie pas au début, trop effondré par l'échange avec son père.

— Tu veux en parler ? lâche soudain l'ombre à ses côtés.

Caleb se redresse en sursaut et découvre Luc.

— Mais… Qu'est-ce que tu fais là ? Il fait encore jour Luc, tu risques de te faire choper !

— T'inquiète pas. Regarde comment je suis habillé. Je passe inaperçu comme ça.

Caleb est obligé de reconnaître qu'il a raison. Le jeune Hors-Le-Dôme porte des vêtements neufs. Il a une casquette vissée sur la tête et des gants noirs. Il fixe le sol de telle sorte que nul ne pourrait songer qu'il n'est pas un Éclairé.

— Alors... tu veux parler ?

— Je préfère pas.

— Je vois. C'était donc si dur...

Caleb délaisse sa balançoire et se dirige vers le vieux transformateur électrique. Il veut éloigner son ami de l'entrée du square.

— Je... j'ai peut-être une idée pour empêcher ton père de commettre l'irréparable, avance Luc après l'avoir rejoint à côté du bloc de béton décrépi.

— C'est gentil Luc, mais je ne vois pas comment...

— Les Éclairés nous traitent ainsi parce qu'ils pensent que nous ne sommes pas humains. Si l'on pouvait leur prouver qu'ils se trompent, cela pourrait peut-être suffire à arrêter cette folie ?

— Pff... je ne sais pas, ça aiderait peut-être, mais je ne pense pas que ce soit suffisant. Mon ami Gus disait la même chose... Et puis, comment faire ? Par où commencer ?

— Il y a un type chez nous qui possédait un livre qui montrait des images d'un monde avant le nôtre, avant le froid, la désolation et le Dôme. Un monde en couleurs, lumineux... et sans nous les Hors-Le-Dôme.

— Qu'est-ce qui aurait tout changé ? demande Caleb en ralentissant l'allure, car les propos de Luc résonnent étrangement avec ceux de Gus.

— Il m'a parlé d'un grand dérèglement qui menaçait de tuer tous les habitants…

Caleb s'arrête net, laissant Luc poursuivre sur quelques mètres.

— Qu'est-ce que tu viens de dire ?

— Qu'un grand dérèglement menaçait de tuer tout le monde…

Caleb rattrape Luc et le prend par les épaules.

— Mon pote Gus m'a parlé de la même chose !

Quelques heures plus tard, de retour à la base, Caleb reste caché à l'extérieur du repaire pendant que Luc entre pour exposer les choses au commandant Fergus. Celui-ci n'écoute que d'une oreille distraite, trop occupé à échanger des informations avec ses homologues des autres Secteurs de la Zone Protégée.

Finalement, il obtient l'autorisation d'explorer cette piste avec Lucie, mais ils devront se débrouiller seuls.

Il est hyper enthousiaste lorsqu'il retrouve son amie qui finit sa journée auprès des enfants.

— Ces gosses me fatiguent vraiment. Au fait, t'étais où ? demande-t-elle à Luc en fronçant les sourcils. Je me suis inquiétée et je pouvais pas quitter mon poste.

Luc lui raconte les derniers événements. Lucie ne cache pas son dégoût lorsqu'il évoque *l'Oasis*, mais elle retrouve vite le sourire à l'annonce de leur projet de quête de vérité.

Les deux amis quittent la base et retrouvent Caleb à l'extérieur. Il fait presque nuit à présent.

— On a le feu vert, annonce Luc.

— Parfait ! scande Lucie. On part quand ? J'en peux plus ici, faut que je prenne l'air.

C'est la première fois que Caleb revoit Lucie après l'épisode musclé du square. Il lui sourit nerveusement en souvenir de sa réaction brutale lorsqu'il l'avait attrapé par le cou.

— Faudrait déjà savoir par où commencer, avance Luc.

Les regards se tournent vers Caleb qui ne dit rien.

— Depuis que tu m'as parlé de ça Luc, je n'arrête pas de repenser à mon ami Gus. Quand je suis allé chez lui, il m'a dit que ses parents auraient découvert l'existence de ce dérèglement oublié de tous.

— Tu penses à quoi ? demande le jeune Hors-Le-Dôme.

— Leur maison est inhabitée depuis qu'ils ont été arrêtés. Nous y trouverons peut-être des réponses.

— Tu ne crois pas que les lieux ont déjà été fouillés ?

— Possible, admet Lucie, mais on trouvera peut-être quelque chose. Il faut essayer.

Le trio se met d'accord et Caleb retourne chez lui pour préparer ses affaires. Luc passe un peu de temps avec sa mère et ses sœurs. Il ressent un besoin impérieux de se blottir contre les deux petites, de s'imprégner de leur doux parfum. Lucie se rapproche, mais n'ose pas interférer dans ce moment plein de douceur et d'amour. La mère de Luc le remarque et l'attire à elle pour la tenir longtemps dans ses bras. Lucie ne dit rien et profite, car bien qu'elle n'ait pas osé le demander, elle aussi a besoin de chaleur humaine pour se lancer plus sereinement dans l'aventure qui les attend…

Les trois amis se retrouvent avant l'aube dans le parc si cher à Caleb. Ils sont prêts.

— Ne perdons pas de temps, annonce-t-il. C'est rapide pour aller chez Gus, mais le risque est grand de tomber sur des Éclairés trop heureux de coincer deux Hors-Le-Dôme et un traître.

— Nous allons passer par les égouts, explique Luc. Nous savons nous repérer. Tu resteras entre nous pour éviter de te perdre. Tu as pris des bottes ?

Caleb hoche la tête.

— Allons-y, lance Lucie en ouvrant la marche.

Tandis qu'ils quittent le parc, Caleb jette un coup d'œil en arrière. Il devine un oiseau au plastron rouge qui le fixe, perché sur un piquet. Un rouge-gorge. Quelqu'un lui a dit un jour qu'il est annonciateur de bonnes nouvelles et symbole d'espoir. Cela le fait sourire.

Quelques minutes plus tard, ils débutent leur avancée dans les égouts sales et boueux de la ville. Caleb a placé une écharpe sur son nez tant l'odeur est intenable. Il est surpris de voir que ses amis ne semblent pas incommodés. Luc croit deviner sa pensée lorsque Caleb lui lance un regard interrogateur.

— Question d'habitude. Quand on passe du temps à évoluer dans les déchets de tes semblables, on y fait moins attention…

Caleb se sent honteux après cette révélation. Combien de personnes vivent encore dans ces conditions, à patauger dans la fange de toute une population ? Il a une soudaine envie de vomir, mais se retient en respirant lentement.

Sur la première moitié du trajet, c'est Lucie qui est devant, puis ils échangent leur place. Luc semble mieux se repérer sur la seconde partie.

Ils finissent par déboucher à l'aplomb d'une plaque d'acier située à environ cinq mètres au-dessus de leur tête. Un escalier moussu leur fait face.

— Nous allons attendre la nuit et grimper. Nous ne pouvons pas nous rapprocher davantage de chez ton ami, explique Luc.

— Nous sommes encore loin ?

— Je ne pense pas. Quelques dizaines de mètres tout au plus.

Pour tuer le temps et penser à autre chose qu'à l'odeur nauséabonde qui les enveloppe tel un manteau trop lourd, Luc et Lucie se livrent sur leur passé. Lucie raconte sa vie de l'autre côté du Dôme, le froid, le manque de nourriture, les maladies, les agressions. Elle explique que sa famille devait souvent se battre pour garder le peu qu'elle avait. Son père luttait également avec des Éclairés, des mineurs, qui passaient volontairement en milieu de leur camp, détruisant tout sur leur passage. Elle se souvient d'une fois pire que les autres, lorsque des hommes étaient revenus de leur forage. Ils s'étaient arrêtés au milieu d'un camp voisin. Curieuse, Lucie s'était approchée. Les hommes étaient ivres de colère. Non seulement ils étaient revenus bredouilles, mais en plus ils parlaient de monstres blancs assoiffés de sang qui les avaient attaqués. Plusieurs d'entre eux s'étaient fait dépecer vivants. Les foreurs avaient commencé à boire et s'étaient vite transformés en monstres à leur tour, massacrant les familles du camp pour évacuer leur frustration. Ils s'en seraient pris à Lucie et les siens si un ordre ne les avait pas rappelés sous le Dôme.

Caleb frémit à l'écoute de ces événements. Ses semblables sont coupables de terribles exactions à l'encontre des Hors-Le-Dôme, n'éprouvant ni remord ou regret, justifiant leurs méfaits par la prétendue inhumanité de ces gens. Mais au final, les actes abjects des Éclairés en font d'eux des monstres inhumains, pas l'inverse...

Comme pour contrebalancer ces horreurs, Luc préfère évoquer les bons moments avec les siens. Bien que la vie hors le Dôme soit terrible, il veut aussi se souvenir des instants de joie. Des fractions de vies brisées, mais qui lui réchauffent le cœur. Il se souvient quand sa mère a donné naissance à ses sœurs. Il se souvient de l'angoisse de son père lorsqu'elle était dans les douleurs, du visage tordu de sa mère, mais également de ses traits détendus au moment de la délivrance et du premier cri des deux petites. Il se rappelle les avoir lavées avec de l'eau tiède avant de les avoir emmaillotées dans un linge propre. Elles avaient alors posé sur lui leurs billes blanches, le transperçant de part en part. Un indicible bien-être s'était alors emparé de lui et il les avait serrés fort contre lui, s'enivrant de leur chaleur et de leur odeur de poupon. Finalement, c'est pour elles qu'il entreprend tout ça, il veut qu'elles aient un meilleur avenir, un lendemain débarrassé des peurs de tout un peuple. Lucie lui prend la main et la serre contre elle.

Caleb est ému. Le récit de Luc l'a ragaillardi. Il est déterminé à aller jusqu'au bout, de tout faire pour arrêter la folie qui gagne les siens.

La lumière décline rapidement au-dessus d'eux. Lorsque les dalles ont cessé d'éclairer la ville, les trois amis se remettent en mouvement. Ils gravissent l'escalier humide et glissant et parviennent à hauteur de la plaque d'accès. Luc pousse de toutes ses forces, mais elle refuse de bouger.

— Rien à faire, dit-il dans un effort, elle doit être scellée…

— Laisse-moi essayer, propose Caleb.

— Tu ne feras pas mieux, objecte le Hors-Le-Dôme.

— Ne le prends pas mal Luc, mais je suis en meilleure condition physique que toi.

Celui-ci fait la moue, mais consent à laisser la place au jeune Éclairé. Il se campe sur ses pieds et présente son dos à la plaque. Il pousse de toutes ses forces sur ses jambes et sent les équerres métalliques du revers de la plaque lui rentrer dans le dos. Il grimace.

— Elle bouge ! crie soudain Lucie.

— Luc ! lâche Caleb dans un souffle. Viens te mettre à côté de moi… On va l'avoir à deux !

Luc se place rapidement dans la même position que son ami. Comme il est plus petit, il prend position un barreau au-dessus.

— On y va à trois, annonce Caleb. Prêt ?

Luc hoche la tête.

— Un, deux, TROIS !

Les deux garçons poussent et bientôt la plaque se soulève. Ils poussent encore et ils entendent un bruit sourd au-dessus de leur tête. La plaque est soudain plus légère. Ils se replacent sur les barreaux et la font doucement glisser sur le côté. Luc sort prudemment la tête et scrute les environs. Il n'y a personne. La nuit a étendu son voile sur la ville. Il règne un silence paisible dans ce quartier. Ils sont éloignés du centre et la milice du Front Solaire ne semble pas y rôder. Luc s'extirpe le premier, suivi de Caleb et de Lucie. Ils restent sur le qui-vive. Caleb avise un sac de gravats renversé à côté de la plaque. Voilà pourquoi elle était si lourde.

Le jeune Éclairé se repère rapidement et montre la ruelle qui mène chez Gus. Elle est effectivement à quelques dizaines de mètres devant eux.

— Nous allons rester au milieu de la route pour éviter de déclencher l'allumage automatique des lampadaires, explique Caleb.

Les deux amis acquiescent muettement. Ils se mettent en route et progressent rapidement. Ils arrivent sans encombre devant le porte d'entrée. Il y a une pancarte qui en interdit le passage. Caleb blêmit en lisant le message écrit en grosses lettres rouges et noires :

Coupables d'avoir accueilli, aidé et nourri des Rebuts.
Condamnés pour acte de trahison envers la Nation des Éclairés et
incarcérés pour une durée indéterminée avant jugement.
À l'issue, les biens seront confisqués et échangés pour financer la
politique purgative en marche.
Soyez exemplaires, dénoncez les traîtres et pourchassez les Rebuts qui
infestent notre belle Nation.
Gloire au Font Solaire !
Un peuple Éclairé, une seule Nation, un unique Grand Décideur !

Luc pose une main apaisante sur l'épaule de Caleb.

— Je suis désolé…

— Vous n'y êtes pour rien. Tout ça doit s'arrêter. Ça va trop loin… Le procès n'a pas encore eu lieu sinon la maison serait déjà vendue… Faisons le tour. Il y a une petite porte qui donne sur l'arrière-cuisine.

Le trio contourne la bâtisse en prenant bien soin de rester le plus possible dans l'ombre des éclairages continus.

La porte qui leur fait face est entrouverte. Elle a été forcée. Le cœur fait un bond dans la poitrine de Caleb. Que vont-ils découvrir ?

Ils entrent en silence. Tout a été saccagé. Les réserves de nourriture ont été pillées et le mobilier détruit. Des graffitis injurieux et haineux ont été inscrits partout sur les murs. Caleb est écœuré. Il pense à Gus s'il découvrait sa maison dans cet état. Ils déambulent au rez-de-chaussée. Le sol est jonché de déchets et de morceaux d'objets brisés. Étrangement, aucune fenêtre n'a été détruite, sans doute pour ne pas attirer l'attention de l'extérieur. Caleb ne peut s'empêcher de lire toute la haine qui s'est déversée sur les murs. Il y en a partout. Il trouve même des excréments séchés sur le canapé lacéré.

— Regarde, fait Lucie en s'approchant de lui. Les nôtres sont passés après les fumiers qui ont fait tout ça.

Elle lui montre d'autres messages, plus petits, cachés dans la répugnance affichée.

Caleb se rapproche et constate. Il peut lire de nombreux petits messages de soutiens, de remerciements, de réconfort à l'égard de Gus et de ses parents. Des Hors-Le-Dôme ont bravé les risques de se faire rafler pour venir déposer ici quelques mots pour contrer l'aversion de certains Éclairés.

Caleb se tourne vers Lucie, les larmes aux yeux.

— Merci, dit-il simplement.

— Merci de quoi ? Je n'y suis pour rien, objecte-t-elle.

— Je ne peux pas remercier ceux des tiens pour ça, alors…

Elle lui sourit. Elle a compris son intention.

Luc rompt le silence qui s'est installé.

— Les gars ? Vous devriez venir voir, lâche-t-il du palier à l'étage.

Les deux amis le rejoignent. En grimpant, ils peuvent constater que les dégradations vont jusque dans l'escalier où des insultes ont été gravées dans le bois des marches. D'autres courent sur les murs comme des vagues immondes.

— Tu as trouvé quelque chose ? s'enquit Caleb.

Luc hoche la tête.

— Il y a un message étrange dans les toilettes, écrit derrière la porte. Il a été écrit à la va-vite et il est en partie recouvert par des horreurs, mais on arrive à le lire.

— Pourquoi dis-tu qu'il est étrange ?

— Parce que ce n'est pas un message de haine des Éclairés ni de soutien des nôtres.

— Montre-nous.

Ils découvrent des toilettes à vomir. Il y a des excréments sur les murs et la cuvette a débordé ses immondices nauséabondes sur le sol carrelé. Caleb prend une grande inspiration pour lire les quelques mots avant de ressortir et de fermer la porte derrière lui.

— « *Suivre la Voix* »... effectivement, c'est étrange. Ça n'a pas vraiment sa place dans tout le reste. Bon, c'est mince, mais continuons.

Tandis que les deux Hors-Le-Dôme inspectent les pièces de l'étage, Caleb entre dans la chambre des parents. Il doit en ressortir rapidement pris d'une révulsion tant l'odeur est intenable. Luc s'en aperçoit et prend le relais. Il réapparaît quelques minutes plus tard.

— Rien.

— Et pour l'odeur ?

— Il y a des excréments sur les murs, mais aussi des dizaines d'oiseaux éventrés qui pourrissent sur le lit. Qui qu'ils soient, ils se sont vraiment lâchés. C'est dégueulasse.

À l'annonce des oiseaux mutilés, la colère envahit Caleb qui attrape un objet au sol et l'envoie de toutes forces contre le mur. Celui-ci retombe dans un bruit mat sur la moquette souillée.

Luc le laisse se calmer et rejoint son amie.

Au bout de quelques minutes, Caleb se reprend et se dirige vers la chambre de son ami. Là aussi, tout a été saccagé. Ses posters ont été lacérés à même le mur avec une lame qui a profondément entaillé le plâtre. Il repense aux mots de Dalvin qui disait avoir fait quelques ajustements de décoration… Serait-ce son œuvre ? Des dessins déchirés pendent mollement de la cloison où ils étaient accrochés. Caleb balaye le lit de son ami et s'y assoit. Il contemple l'étendue des dégâts et une seule chose lui vient à l'esprit. Jamais Gus ne devra voir ça, jamais il ne devra voir ce qu'est devenue sa maison, son intimité. Il se lève et appelle ses amis.

— C'était une erreur de venir ici. Nous ne trouverons rien. Gus ne doit pas retrouver sa maison dans cet état.

— D'accord, mais comment vas-tu…

— On va tout brûler, qu'il ne reste rien.

Une froide détermination se lit dans ses yeux. Ses deux amis se consultent du regard, mais comprennent vite que rien ne le fera changer d'avis. Voir la maison dans cet état est traumatisant et il veut épargner ça à son ami lorsqu'il reviendra.

— Faites un petit tas de tout ce qui brûle dans chaque pièce et trouvez de quoi y mettre le feu. Moi, je… je m'occupe de sa chambre.

— Tu es sûr de ton choix ? demande Luc en se rapprochant.

Caleb se tourne vers lui.

— De quel choix parles-tu ? Du feu ou de la chambre ?

— Des deux en fait, convient son ami.

En guise de réponse, Caleb arrache les lambeaux de poster en fait une boule et la jette sur le lit. Il répète l'opération avec tout ce qu'il trouve d'inflammable. Luc pousse un soupir et sort, accompagné de Lucie.

Ils décident de s'occuper de la chambre des parents. Ils roulent les draps en boule et y rajoutent d'autres morceaux glanés dans la pièce. Ils ont terminé quand Caleb déboule comme une furie dans la chambre.

— Venez vite !

Ils se consultent un instant puis lui emboîtent le pas. Il est déjà reparti et les attend dans la chambre de Gus.

Il est surexcité.

— Explique-toi, lui intime Lucie.

— Regardez ! dit-il en leur tendant une feuille.

C'est un dessin d'enfant. On a représenté le Dôme en haut à droite et des personnages en dessous. Ils sourient tous. Les prénoms de Gus, de ses parents et des deux enfants Hors-Le-Dôme sont écrits. Caleb explique que c'est l'écriture déliée de son ami.

Les deux amis continuent leur observation. Il y a un tracé vers la gauche qui serpente en partant du Dôme vers une silhouette verdâtre. On dirait une femme. Elle sourit, mais son regard est mauvais. Elle semble flotter dans les airs, mais il y a un cube sous elle avec des rayons qui sont dirigés vers le haut. Elle a les bras écartés. Devant elle, il y a des formes plus petites, toutes blanches. Là aussi, Gus a écrit quelque chose sous la silhouette féminine… quelque chose qui met Caleb dans cet état… *la Voix*.

— Vous comprenez ce que ça signifie ?

— J'ai une vague idée, avance Luc.

— Nous devons trouver cette voix. Le message dans les toilettes est sûrement celui de Gus. Il devait se douter que je viendrai un jour chez lui. Il m'a laissé ces indices.

Lucie est dubitative. Elle aimerait y croire aussi, mais c'est assez mince pour elle.

— Admettons, dit-elle, mais comment suivre cette voix ? Et c'est quoi d'abord ?

— Je ne sais pas, concède le jeune Éclairé. Mais c'est étrange qu'un gamin dessine un truc pareil, non ? Et puis, regardez sur la ligne, il y a une forme qui…

Lucie reprend le dessin des mains de Caleb et regarde de près. Elle fronce les sourcils.

— Je connais cet endroit, fait-elle après quelques instants. Je n'y ai pas fait attention tout à l'heure, mais cette tour rouge et blanche pourrait représenter un endroit que l'on appelle l'Aiguille. Je me souviens d'y être resté plusieurs jours à l'abri avant d'arriver au pied du Dôme pour y établir notre campement. Nous avions quitté un autre camp suite à des querelles que mes parents avaient eues avec des membres de la communauté.

— Tu sais donc dans quelle direction ça se trouve ? s'enquit Caleb.

— Oui. Mais c'est à l'extérieur du Dôme. Tu n'es pas prêt à affronter cet environnement hostile.

— Bien équipé et avec mes deux guides hors pair, que peut-il m'arriver ? tente-t-il d'ironiser, bien décidé à s'accrocher à ce qu'il venait de trouver, sans laisser passer cette chance de trouver des réponses.

— Ne plaisante pas ! assène Lucie. Toi et tes semblables n'êtes plus adaptés à vivre dehors. Au moindre faux pas, c'est la mort. La vie animale a presque disparu, mais il reste encore des prédateurs terribles et tout ce qui se déplace à la surface de ce monde figé est bon à être dévoré… et nous en faisons partie.

Caleb ne trouve rien à redire et comprend très bien les mises en garde de son amie, mais la détermination qu'ils lisent tous les deux dans les yeux du jeune homme suffit à les faire fléchir.

— Je crois que tu ne changeras pas d'avis, argue Luc. Il est temps de nous équiper alors.

— Oui, allons-y ! conclut Caleb avec un grand sourire.

Il glisse le dessin dans sa poche sort une boîte d'allumettes de sa veste.

— Mais avant de partir, il me reste une chose à faire, conclut-il en perdant son sourire.

Cette nuit-là, les flammes embrasèrent les cieux durant plusieurs heures avant que les vigiles du feu n'en viennent à bout. L'épaisse fumée s'était envolée jusqu'en haut de la voûte avant que les puissants extracteurs ne l'aspirent entièrement pour l'expulser à l'extérieur du Dôme. Caleb était resté en retrait, seul, pour assister à la destruction de ce lieu souillé par la haine des siens. À la fin, il ne restait que des ruines fumantes d'où s'échappait une fumée noire et âcre. Il ne regrettait pas son geste. Si Gus et sa famille étaient jugés coupables, le Front Solaire ne pourrait plus les spolier ; et s'ils ressortaient libres, le choc serait vraiment horrible pour eux, sans compter la haine quotidienne à laquelle ils devraient faire face. Caleb ne voulait pas ça pour son ami. En brûlant sa maison, il les forçait à partir d'ici, à trouver refuge ailleurs. Même s'il trouvait injuste de leur imposer ça, il préférait avoir fait ce choix que de les savoir affronter sans fin la détestation de tous…

Les trois ombres furtives se faufilent entre les carcasses de véhicules laissés à l'abandon. Celle, plus grande que les deux autres, leur fait signe de s'arrêter. Elles se plaquent contre une épave corrodée qui tient à peine debout.

Une fois l'alerte levée, elles reprennent leur progression.

Caleb regarde la voûte sombre qui les surplombe. D'ici quelques minutes, le soleil artificiel des dalles fera son apparition et les rues seront inondées de lumière. Le jeune homme sait qu'ils vont devoir forcer l'allure s'ils veulent atteindre leur objectif avant l'aube. Ils sont tout proches du mur d'enceinte. Quelques dizaines de mètres les séparent. Caleb est toujours impressionné par sa hauteur, mais il n'aime pas ce genre de lieux, trop près du mur. Il sait que ces endroits sont mal famés et ils prennent des risques…

Lui et ses amis avaient quitté le repère des Hors-Le-Dôme la veille. Caleb, croyant toujours que son père pourrait changer lui avait laissé un mot sur son lit dans lequel il lui disait vouloir trouver la vérité pour le sauver de lui-même. Après s'être convenablement équipés avec des vêtements trouvés au repaire (Caleb un peu plus que les deux autres), ils étaient allés tous les trois embrasser la mère de Luc. Voir cette femme si chaleureuse envers son fils avait ravivé le souvenir douloureux de sa mère disparue. Les deux petites étaient venues se coller à lui et il leur avait rendu leur étreinte.

— Tu nous ramènes Luc et Lucie, avait dit l'une d'elles le visage grave.

— Tu n'as pas besoin de le dire, je vois dans tes yeux que tu le feras, avait répliqué la seconde.

Ne sachant quoi répondre, il s'était contenté de sourire.

La mère de Luc avait pris les mains des trois amis et avait plongé ses yeux blancs dans les leurs.

— De mémoire, je crois que nous n'avons jamais vu nos deux peuples s'unir et travailler ensemble comme vous vous apprêtez à le faire. Je suis certaine que vous parviendrez à mettre fin à toute cette folie. Il le faut…

Elle les avait embrassés et s'était retournée sans les regarder partir…

— Nous devons trouver l'entrée du passage avant l'aube, lâche Luc en rejoignant Caleb.

— D'après tes indications, nous ne devrions plus être très loin.

— Est-ce que ce pourrait être là ? demande Lucie en pointant un vieux bâtiment dans leur dos.

Luc se tourne.

— Hum… ça y ressemble beaucoup. Mes souvenirs sont un peu flous, mais je pense que c'est là.

Ils se relèvent et se dirigent rapidement vers la façade en ruine. La boiserie des portes est vermoulue et les parties métalliques complètement rongées par une rouille tenace. Les vitres, cassées par endroits, ne laissent rien voir, car des planches ont été clouées de l'intérieur. Une pancarte cassée, accrochée par une dernière vis, pend au-dessus de leurs têtes. La toiture est écroulée par endroit et des poutres en partie rongées par les flammes d'un vieil incendie émergent de ce fatras.

— Vous croyez que c'est là ? s'enquit Caleb. On dirait que tout va s'effondrer au moindre éternuement.

— Pas de doute, réplique Luc tout à fait sûr de lui maintenant. Je me souviens de la pancarte brisée. Tout est fait pour éviter que l'on soupçonne un lieu pareil.

— On fait quoi si on tombe sur des passeurs ?

— Il va faire jour. Ils ne travaillent plus à cette heure. Et d'après des types du repaire qui sont passés il y a peu de temps, ils changent régulièrement de lieu pour éviter de trop attirer l'attention. Regardez le sol, on voit que ce lieu n'a pas servi depuis un petit moment. Nous devrions être tranquilles.

Après un rapide coup d'œil en arrière, Luc fait jouer la poignée, et malgré la faiblesse apparente de la porte, celle-ci s'ouvre facilement. Au moment de pénétrer à l'intérieur, Caleb croit voir un mouvement derrière eux, de l'autre côté de la rue. Des yeux semblent les observer. Ils referment vite et se retrouvent plongés dans le noir. Caleb ne voit rien, mais ses amis, tous deux nyctalopes, parviennent à le guider sans difficulté.

— Je crois qu'on nous a vu entrer, avertit Caleb.

— Mince… Il fallait s'y attendre. Ce genre d'endroit ne doit pas rester sans surveillance. Nous n'avons probablement que quelques minutes de répit. Dépêchons-nous.

Ils parviennent rapidement à une petite salle sans toiture que la lumière extérieure naissante baigne partiellement. Au centre se trouve un vieux puits qui plonge dans l'obscurité. Caleb se penche, mais ne voit pas le fond. Une odeur de moisissure remonte jusqu'à lui et il recule en faisant la grimace.

— J'espère que l'on ne va pas descendre là-dedans… s'inquiète le jeune Éclairé.

— Non, le rassure Luc. Il s'agit d'une fosse pour se débarrasser des indésirables.

— Charmant… commente Lucie.

— Il y a un escalier derrière cette porte, poursuit le Hors-Le-Dôme en désignant le passage devant eux. Allons-y.

Les trois amis contournent le trou noir béant et Luc ouvre la porte en métal qui leur fait face. Elle résiste un peu et grince sur ses gonds faisant s'envoler quelques oiseaux perchés au-dessus d'eux. Ils arrivent devant d'anciennes toilettes. La cuvette a été arrachée du sol et déposée sur le côté. À la place de l'évacuation, le sol a été élargi et creusé sur un mètre carré. Un escalier rudimentaire s'enfonce dans les profondeurs.

— Nous retournons dans les égouts, du moins dans un tronçon qui n'est plus en activité depuis bien longtemps. Il n'est plus raccordé au réseau de la ville et mène directement à l'extérieur du Dôme.

Luc s'engage le premier, suivit de Caleb et Lucie ferme la marche. L'escalier est glissant et chancelant. Caleb manque de tomber deux fois, mais se retient in extremis. L'idée de dévaler les marches et d'emporter Luc avec lui pour finir dans une quelconque fange et se rompre le cou lui fait redoubler de prudence.

Il leur faut plus de cinq minutes pour arriver en bas. Ils découvrent alors un boyau d'une largeur de presque deux mètres qui s'ouvre devant eux.

— Il fait froid ici, commente Caleb.

— C'est normal. Nous sommes environ quarante mètres sous la surface. Ce conduit passe sous les fondations du mur. Il communique directement avec le froid polaire de l'extérieur.

La progression est rapide, car le sol est entièrement dégagé. La seule odeur qui vient aux narines de Caleb est celle de l'air vicié.

Ils marchent depuis dix bonnes minutes dans le noir absolu, lorsque des éclats de lumière accrochent les pierres moussues qui les entourent.

— C'est quoi ça ? demande Caleb surpris par ces apparitions lumineuses.

Lucie se retourne et comprend vite la situation.

— On est grillé ! Faut se tirer !

Ils ne prennent pas le temps d'analyser la situation et se mettent à courir. Des éclats de voix leur parviennent. Lucie a raison, ils sont pris en chasse.

Caleb tient Luc par l'épaule d'une main et essaie de courir en plaquant l'autre contre le mur. Les faisceaux se font de plus en plus réguliers et proches.

— Je les vois ! crie une voix sombre dans leur dos.

La lumière est pointée sur eux ce qui a l'avantage d'éclairer le passage loin devant. Caleb lâche son ami et ils en profitent pour accélérer et augmenter l'écart qui les sépare des autres.

— Faut pas les lâcher !

— Les autres vont les choper en face ! gronde un autre.

Caleb a la conviction que personne ne les attend en face, sinon les types derrière eux ne se fatigueraient pas à leur courir après. Il leur suffirait de marcher, ou mieux d'attendre qu'ils se fassent attraper pour leur être ramené. Ils bluffent sûrement pour les décourager de continuer à courir.

— L'autre escalier est devant nous ! lâche Luc dans un souffle.

Ils arrivent effectivement au pied des marches qu'ils avalent deux par deux. Caleb constate que Lucie est un peu à la traîne. Une main se referme sur son bras. Elle pousse un cri.

— J'en tiens un !

Caleb saute en arrière et envoie un coup de pied dans l'abdomen du type. Il lâche sa prise et s'effondre sur les premières marches en poussant un juron. Caleb tire Lucie par le poignet sans ménagement et la force à passer devant, la poussant tant qu'il peut pour qu'elle avance plus vite. Respirer l'air froid qui s'engouffre dans l'escalier lui tire une grimace. Malgré lui, il doit marquer une pause et constate que leurs assaillants sont dans le même état. Les rayons de lumière sont braqués sur lui et il ne voit pas leurs visages. Il se retourne vivement et reprend son ascension. Luc et Lucie sont un peu plus haut. Ils progressent bien. Lucie semble avoir retrouvé un second souffle.

— Ils sont juste derrière nous ! souffle Caleb. Faut pas mollir.

Malgré le froid qui se fait de plus en plus mordant, Caleb est en surchauffe. Il est en nage et redoute le moment où ils vont déboucher à l'air libre.

Ils parviennent en haut de l'escalier, et une porte bloque le passage. Luc se jette sur la poignée et tire de toutes ses forces. La plainte du métal retentit dans tout l'espace.

— Magnez-vous bande de larves ! hurle-t-on derrière eux. Ils vont nous échapper !

La porte n'est ouverte que partiellement et le trio s'engouffre dans le passage. Caleb tire l'imposant battant en métal derrière lui et suit ses amis. Ils sont dans une petite cabane en tôle et en bois. Il manque des panneaux par endroits et des bâches claquent au vent pour empêcher l'air glacial de s'y engouffrer.

— Couvre-toi immédiatement ! ordonne Luc à Caleb.

Il a raison. Le jeune Éclairé ressent déjà la morsure du froid qui pénètre partout. Ses doigts sont engourdis. Il enfile cagoule et doubles gants avant de fermer son lourd manteau. Il rabat sa capuche lorsqu'il entend la porte s'ouvrir derrière lui. Il a juste le temps de voir un visage haineux planter ses yeux fous dans les siens.

— Je vais vous crever petites vermines !

— On dégage ! hurle Lucie en poussant tout le monde dehors.

Une langue de glace leur fouette instantanément le visage. Caleb n'a jamais ressenti un tel froid. Il a l'impression que des milliers de créatures cherchent à le mordre de partout, à déchiqueter sa chair tendre. Il chancelle et tombe à genoux dans la neige. Il se relève immédiatement et n'a pas le temps de réaliser que c'est la première fois de sa vie qu'il en voit.

— On doit filer tout droit ! crie Luc pour couvrir le vacarme du vent. On a de la chance, ce blizzard va couvrir notre fuite et nos traces !

Caleb regarde derrière lui et devine deux hommes lancés à leurs trousses. Ils avancent, courbés face au vent et se protègent le visage. Il ne parvient pas à voir s'ils sont équipés pour les suivre par ce temps. Il cesse vite de se poser la question, car leurs poursuivants disparaissent rapidement. Le vent trop puissant ne permet pas de voir à moins de dix mètres et la très faible luminosité n'arrange pas les choses.

Le trio poursuit son avancée durant plusieurs minutes avant de faire une pause.

— Caleb ! Enroule des écharpes autour de ton visage et mets tes lunettes de protection ! le somme Lucie. Le froid extrême risque de te brûler la trachée et les yeux !

Le jeune Éclairé s'exécute rapidement.

— Nous sommes allés tout droit, mais ce n'est pas la direction de l'Aiguille ! reprend Lucie. Nous devons obliquer vers la droite.

— Le vent recouvre bien nos traces. Si nous changeons de direction maintenant, ils ne pourront plus nous suivre ! complète Luc.

La cause est entendue et les trois amis se remettent en route.

Caleb a perdu le fil du temps. Il ignore depuis combien de temps ils marchent ainsi dans cette neige épaisse. Le vent ne faiblit pas et de puissantes rafales viennent régulièrement les gifler.

Luc s'arrête brutalement. Il désigne quelque chose devant lui que Caleb ne voit pas. Il a rapidement compris qu'il n'était plus dans son élément ici. Il doit s'en remettre entièrement à ses amis et à leurs étranges aptitudes.

Quelques minutes encore et ils parviennent au pied d'un monticule de neige. Caleb ignore ce qu'il y a dessous.

— Nous allons faire un abri ici, décide Luc. Cette bute oblige le vent à la contourner. Ce sera moins pénible. Aide-nous à creuser pour que tu restes chaud.

Caleb s'exécute et un trou apparaît en quelques minutes. Lucie sort une couverture de son sac qu'elle pose au sol. Luc en sort une autre qu'il fixe sur les côtés en plantant leurs piolets dans la neige.

— Avec ce vent, elle sera recouverte en moins de deux minutes. Après quoi, nous serons invisibles.

Les trois amis se calent sur la couverture pour se tenir chaud.

— Enlève tes chaussures, demande Lucie. Nous allons rester là sans bouger durant quelques heures, explique-t-elle. Tu risques d'être ankylosé et le sang de moins bien circuler vers tes membres inférieurs. Si tes pieds sont touchés par des engelures, cela peut être grave. Tu vas devoir les masser régulièrement pour maintenir le flux sanguin dans tes orteils.

Caleb s'en remet à son amie et obtempère immédiatement, car il sent déjà le froid l'envelopper comme une gangue sournoise, insidieuse.

— La température actuelle doit avoisiner les moins quatre-vingts degrés, explique Luc. C'est bien plus qu'un Éclairé ne peut supporter, et le vent accentue l'effet glacial. J'ai un peu perdu le fil du temps qui passe, mais je pense que nous devons être en pleine période de glace, la pire de toutes. Lorsque le vent sera tombé, nous pourrons reprendre notre route. La neige va finir par durcir avec ce froid et former une croûte gelée sur laquelle nous pourrons avancer plus facilement.

— C'est dingue… quand je pense que vous avez vécu tant d'années sous ce climat… même vos camps proches du Dôme devaient être un enfer…

— Ne t'inquiète pas. Nous ressentons le froid, mais il reste supportable pour nous. Lorsque le vent soufflait et charriait autant de neige, nous restions à l'intérieur de nos abris, un peu comme vous quand l'eau tombe des systèmes d'arrosage du Dôme. Le reste du temps, le froid mordant que vous redoutez tant faisait partie de notre quotidien. Et puis certaines périodes sont moins dures que d'autres et il y fait meilleur.

— Mais… mais comment vous expliquez ça ? Comment est-il possible que nous soyons si différents ? Comment des humains ont-ils pu évoluer comme ça ?

Luc hausse les épaules.

— Aucune idée. Espérons que là où nous allons nous aurons des réponses à nos questions.

Après une attente qui parait durer des heures, le vent tombe enfin. La couverture saturée de neige cesse de remuer. Caleb remet ses chaussures. Il a l'impression de plonger ses pieds dans un bloc de glace, mais la sensation disparaît rapidement. Luc et Lucie se redressent, repoussent la couverture ensemble et de la neige leur tombe dessus.

— Remettons-nous en route.

Ils s'extraient du trou sans difficulté. Ils replacent leurs piolets à leur ceinture, rangent les couvertures et remettent leur sac sur le dos. Luc avait raison. La neige a durci. Elle crisse sous leur pas et ils ne s'enfoncent plus.

Caleb s'arrête soudainement, le nez vers le ciel.

— Tu as vu quelque chose ? s'enquit Luc.

— Ce… C'est la première fois que je vois un ciel si vaste. Il semble tellement infini.

Luc sourit. Les Éclairés sont habitués à vivre avec des dalles au-dessus de la tête. Ils ignorent tout de l'immensité de l'extérieur.

— Tu vas t'y habituer.

— En revanche, je vais avoir du mal à m'habituer à ce ciel si sombre en pleine journée…

Les trois amis se remettent en route. Le froid est mordant, mais en l'absence de vent, Caleb arrive à tenir le coup.

Moins de dix minutes plus tard, ils tombent sur un premier cadavre.

— Ce pourrait être un des types qui nous poursuivaient. Il n'a pas su retrouver le chemin du passage souterrain et est mort d'hypothermie avant de geler.

— J'en ai vu deux nous suivre, précise Caleb. Vous pensez que l'autre a eu plus de chance que lui ?

— Qui sait… mais cela me semble peu probable, avance Lucie.

Les faits lui donnent raison quelques dizaines de mètres plus loin avec la découverte d'un second corps congelé.

— Je ne comprends pas, lâche Caleb. Ils connaissaient les risques, pourquoi nous avoir suivi ?

— Ils n'ont peut-être pas eu le choix, avance Lucie. Ces types n'étaient peut-être que des petites mains des passeurs, des gars interchangeables.

— On s'est arrêté assez longtemps. Tu dois toujours être en mouvement Caleb, pour produire de la chaleur.

Il hoche la tête et ils repartent d'un bon pas. À mesure qu'ils avancent, la neige se fait de plus en plus dure. Caleb voit le ciel s'obscurcir de minute en minute, le gris ambiant est rapidement remplacé et un noir d'encre s'offre à eux. La température chute en même temps que le peu de lumière disparaît. Le gel fige le sol en silence. Caleb est obligé de placer deux nouvelles écharpes autour de son visage pour se protéger du froid et réchauffer un peu l'air glacial qu'il inspire. Il secoue régulièrement les lunettes qui englobent complètement ses yeux et son nez. Il remercie les types de la résistance de lui avoir prêté tout cet équipement. Sans lui, il serait comme les deux cadavres gisant dans la neige, momifié lui aussi pour l'éternité.

— Nous allons nous abriter pour la nuit, décide Luc. La température va encore chuter de plusieurs degrés, d'autant que le ciel est en train de se dégager. Ce sera encore pire.

Ils se hâtent de creuser un nouveau trou. La neige est dure sur près d'un mètre à présent. Malgré tout, elle n'est pas trop difficile à creuser et les parois ne s'écroulent pas. Cette fois, ils creusent en biais pour avoir un *toit* de neige au-dessus de leur tête. Une simple couverture ne suffirait pas à les protéger du froid. Lucie positionne des couvertures au sol tandis que Luc et Caleb sortent les leurs pour se couvrir. Alors que le Hors-Le-Dôme s'apprête à repousser la poudreuse pour bloquer le passage derrière eux, Caleb arrête son geste.

— Est-ce que c'est ce que je pense ? demande-t-il en fixant les points lumineux dans le ciel nocturne.

— C'est vrai que c'est aussi la première fois que tu en vois, concède Luc.

— C'est magnifique… Celles que nous voyons la nuit sur les dalles du Dôme sont artificielles et loin d'être aussi belles.

Luc et Lucie sourient. Voir les yeux pétiller de leur ami les rend heureux. Luc sort une petite coupelle et y place une bougie qu'il allume. Il la positionne à l'entrée de leur abri.

— La bougie permet de surveiller la quantité d'oxygène de l'abri. Si elle s'éteint, c'est mauvais signe. Nous risquons alors l'asphyxie et la mort. Elle va également chauffer l'espace de quelques degrés.

Lucie creuse un petit trou à la verticale de l'aplomb au-dessus de leur tête pour faciliter l'élimination du gaz carbonique.

Alors qu'ils s'allongent tous les trois côte à côte, se couvrant de plusieurs couvertures, Caleb a encore des étoiles plein les yeux. Il ne pensait pas voir de si belles choses à l'extérieur du Dôme.

Caleb se réveille reposé. La température clémente de l'abri lui a permis de bien récupérer. Lucie est en train de faire fondre de la neige dans une petite gamelle à l'aide de plusieurs bougies. Quelques instants plus tard, elle y verse le contenu d'un sachet en poudre. Une agréable odeur titille les narines du jeune Éclairé, stimulant immédiatement son appétit. Lucie remplit trois bols et en tend un à son ami qu'il prend délicatement pour ne pas se brûler.

— Ne traîne pas pour boire cette soupe. Tu dois apporter de la chaleur à ton organisme. Ne te découvre pas trop, même si elle te réchauffe. Il faut éviter de disperser cette chaleur.

Après quelques minutes, il se sent revigoré. Son estomac gargouille encore, mais il décide de ne pas y penser.

— Où est Luc ? s'enquit-il auprès de Lucie.

— Il est sorti pour faire du repérage. Il ne va pas tarder.

Comme pour lui donner raison, la neige qui bloquait l'entrée est soudainement retirée et Luc fait son apparition.

— Salut. Si vous êtes prêts, on se remet en route. Le ciel est bien dégagé et il y a peu de vent. La neige est bien dure, nous allons bien avancer.

Lucie tend un bol chaud à son ami qu'il avale d'une traite en la remerciant.

Quelques instants plus tard, Caleb quitte l'abri et découvre un ciel sombre, gris, sans lumière. Il arrive à voir à quelques dizaines de mètres, car le peu de lumière se reflète sur la surface brillante de la neige. Lui qui se réjouissait à l'idée d'avoir une belle journée est vite déçu. Tout est triste, sans vie.

— Il faudra être prudent et discret, averti Luc. Nous sommes assez éloignés du Dôme. Si nous tombons sur des prédateurs, nous serons seuls pour nous défendre.

La progression est modérée, car le froid extrême contraint Caleb à faire des pauses régulières pour reprendre son souffle. Malgré la présence de nombreuses couches devant sa bouche, respirer l'air glacial lui brûle les poumons.

Après quelques heures de marche, ils trouvent un éperon rocheux, tache noire dans le paysage blanc. Ils décident d'y faire une halte. Ils sont partis avec quelques rations de gâteaux et des fruits séchés. Ils boivent et mangent peu, juste de quoi redonner quelques forces. Lucie a creusé une cavité dans la neige et a allumé deux bougies pour faire fonde de la neige et préparer une nouvelle soupe. Caleb la boit rapidement, mais sentir le liquide chaud dans sa gorge lui tire une grimace.

Lucie lui demande de bouger régulièrement ses doigts et ses orteils pour s'assurer de la bonne circulation du sang.

Luc qui s'était éloigné de quelques dizaines de mètres revient en arrière pour s'alimenter.

— Je n'ai rien vu de suspect. Combien de temps penses-tu qu'il faudra pour atteindre l'Aiguille Lucie ?

— À ce rythme, je dirai encore deux ou trois jours.

— Alors, ne perdons pas de temps.

Ils marchent tout le reste de la journée sous un ciel crépusculaire, avant que les premières étoiles ne se dessinent sur la voûte céleste.

L'attaque survient alors qu'ils sont en train de dresser leur camp pour la nuit à l'aplomb d'une bute de glace.

Ils consolident les parois de leur abri, lorsqu'ils entendent le crissement caractéristique de la neige sous les pas, sauf que là il est bien plus fort, comme si une dizaine d'hommes avaient marché en même temps. D'instinct, ils relèvent la tête et la découvrent. La bête est immense, haute de près de deux mètres et d'un blanc immaculé sur la majeure partie de son corps. Elle ne les a pas encore vus. Elle avance en humant l'air de son gros museau noir. Ses petites oreilles rondes sont également en action. Elle continue d'avancer et le trio peut voir qu'elle n'est pas seule. Deux petites boules du même blanc la suivent.

Des petits…

La situation est bien plus dangereuse. Si c'est la mère, elle sera encore plus agressive pour protéger sa progéniture. Lucie attire l'attention de ses amis et désigne la bute glacée à côté d'eux. C'est leur seule chance. Ils empoignent leurs piolets et se plaquent contre la paroi. Ils s'apprêtent à se lancer lorsqu'un rugissement les fait sursauter. La bête les a vus et se jette sur eux. Les deux Hors-Le-Dôme attaquent la paroi avec une rapidité et une dextérité impressionnante. Caleb a un instant d'hésitation. Il ne peut s'empêcher de regarder en arrière. Il voit une montagne se déplacer jusqu'à lui avec en son centre une gueule béante, ouverte sur des crocs impressionnants. Les deux petits yeux de l'animal se posent sur lui et il sait qu'il va servir de repas dans quelques secondes s'il ne réagit pas. Pris de panique il plante son piolet dans la glace, mais celui-ci ripe et ne s'accroche pas. Il réessaie plus haut et l'accroche est bonne. Il plante le second et arrive à se hisser sur deux mètres. Il réitère et s'élève encore, mue par l'énergie du désespoir. Il n'entend pas le cri de ses amis au-dessus de lui. Il sourit presque, se croyant hors d'atteinte. Lorsqu'il relève la tête, il découvre leur visage déformé par l'horreur. Il se sent alors propulsé sur le côté. Il décolle du mur comme s'il n'avait été qu'un simple insecte que l'on dégage d'une chiquenaude. Il est projeté dans les airs et atterrit lourdement sur le sol congelé. La chute lui coupe légèrement le souffle. Il roule sur lui-même et se retrouve sur le ventre. Il entend le bruit sourd de la bête qui doit se remettre sur ses quatre pattes. Il se relève, chancelant, et voit l'animal à quelques pas de lui. Il grogne en le sentant. Caleb se rend compte qu'il a encore les deux piolets accrochés à ses poignets par les sangles de sécurité. Il les empoigne et sait qu'il va devoir défendre sa vie coûte que coûte. La bête charge avec une soudainement qui surprend le jeune Éclairé. Il a juste le temps de lever son piolet gauche à hauteur de visage lorsque l'énorme patte griffue le frappe brutalement. Une gerbe de sang chaud lui gicle en pleine figure et il roule sur le côté en même temps qu'il entend un rugissement. La bête s'est empalé la patte sur le piolet, mais il a lui-même été frappé par l'outil sur la tempe. Sa vue se trouble. Il essuie le sang qui lui a coulé dans l'œil avec une poignée de neige. Devant lui, le prédateur grogne et se lèche la patte. Caleb pense que sa blessure devrait suffire à lui faire abandonner l'idée de le dévorer, mais il découvre trop tard qu'il se trouve à moins de cinquante centimètres des deux petits qui le regardent d'un air interrogateur avant de pousser un couinement. Son cœur s'emballe. L'adulte pose ses yeux noirs sur Caleb et ses petits, et charge comme un enragé. Cette fois, pas de coup de patte, mais le choc brutal de la gueule ouverte. Caleb se protège en plaçant les deux piolets devant lui. Il est soulevé du sol comme s'il ne pesait rien et s'accroche de toutes ses forces aux deux crochets en métal qui se sont plantés dans la gueule offerte de la bête. Quelques secondes plus tard, il sent un choc violent dans le dos, comprenant qu'il a été plaqué contre le mur de glace. Ses poumons se vident instantanément de leur air et il lâche prise avant de sombrer dans l'inconscience.

Caleb entend des murmures autour de lui, des bruits de raclements et il sent une odeur de nourriture lui chatouiller les narines. Il ouvre timidement les yeux. Il découvre une voûte blanche et luisante au-dessus de lui. Il est allongé, mais il a du mal à bouger. Quelque chose lui tire la joue et le front. Machinalement, il passe ses doigts et rencontre deux boursoufflures et une matière qu'il n'identifie pas. Il essaie de se relever en prenant appui sur ses mains, mais une douleur fulgurante dans les poignets le contraint à se rallonger.

— Vas-y doucement, tu as été blessé durant l'attaque du polar.

— Le p… polar ?

— Oui, c'est le plus grand prédateur que nous pouvons rencontrer par ici. Heureusement, c'était une femelle de taille moyenne.

Caleb tourne la tête vers ses amis. Ils sont en train de faire chauffer quelque chose dans le récipient et ça sent bon.

— Tu as eu beaucoup de chance Caleb, reprend son amie. Tu devrais être mort à cette heure.

— Elle a raison, tu t'es bien défendu, concède Luc. Rares sont ceux qui survivent à une attaque de polar.

— Chouette, lâche le jeune Éclairé en grimaçant de douleur. Ça me fera une histoire à raconter.

Lucie éteint les bougies sous la gamelle en métal et sert trois parts dans les bols.

— C'est quoi ? demande le jeune Éclairé.

— Du polar, répond-elle simplement avec un grand sourire.

Devant l'air interrogateur de Caleb, Luc s'explique :

— Lorsque le polar t'a plaqué contre le mur de glace, tu t'es évanoui. Comme tes poignets étaient encore accrochés aux piolets qui étaient plantés dans sa gueule, la femelle a cherché à se dégager en te secouant dans tous les sens. On a cru que tes bras allaient être arrachés. La bête rugissait de douleur. Lorsqu'elle a commencé à se racler la face avec ses pattes, nous avons sauté au sol et nous l'avons attaqué.

— Vous l'avez… mais vous êtes fous ! Vous auriez pu être blessés !

— Elle t'aurait déchiqueté tellement elle était enragée. Elle a tout de même eu le temps de t'entailler la joue avec l'une de ses griffes. Lucie t'a recousu comme elle a pu. Tu vas t'en tirer avec une belle balafre. Mais malheureusement, la bête souffrait trop. Nous n'avons pas eu d'autre choix que de la tuer.

Caleb constate que cette mise à mort contrarie Luc.

— Les polars sont des bêtes que les miens respectent énormément pour leur puissance et leur résistance, poursuit Luc comme s'il avait lu dans les pensées de son ami. En tuer un n'est jamais agréable, mais il fallait le faire.

— Tes piolets l'avaient déjà salement amoché, complète Lucie. Elle n'aurait pas pu se les enlever sans faire une hémorragie, et les garder la condamnait à ne plus pouvoir se nourrir. Elle serait morte dans d'horribles souffrances dans les deux cas.

— Et ses petits ? Que vont-ils devenir ?

— Ils ont malheureusement peu de chance de survie, concède Luc le visage fermé.

Caleb prend le bol chaud que lui tend Lucie. Un gros morceau de viande bouilli flotte au milieu de sa soupe.

— Faisons-lui honneur alors, conclut Caleb. Qu'elle ne soit pas morte en vain.

Les trois amis mangent en silence, se délectant de cet apport d'énergie indispensable dans un endroit pareil.

Caleb se remet de ses blessures. Il a un gros hématome sur les côtes, résultant de la première attaque lorsqu'il se trouvait accroché au mur de glace. Ses poignets sont encore douloureux. Malgré la présence de ses gants, les sangles des piolets lui ont cisaillé la peau, mais les bandages de son amie auxquels elle a ajouté de la graisse de polar ramollie, font merveille. Il les bouge régulièrement, retrouvant progressivement leur mobilité. Sa joue et son front cicatrisent lentement, mais Lucie les protège comme pour ses poignets avec de la graisse de polar ramollie qu'elle applique dessus.

Ils mangent de la viande tous les jours. Avec un froid pareil, elle se conserve à merveille et ne s'abîme pas. Il y a au moins un avantage à ces conditions extrêmes. Luc lui a expliqué qu'après l'attaque, ils étaient allés établir un campement à quelques centaines de mètres du cadavre et ils étaient rapidement revenus pour dépecer le corps avant qu'il ne gèle entièrement. Ils avaient pris les meilleurs morceaux et laissé le reste aux petits qui devraient aussi se nourrir s'ils voulaient survivre. Les morceaux de viande sont conservés sous la neige pour limiter les odeurs. D'autres polars seraient sûrement attirés par les restes de la femelle, il fallait donc être prudents.

Jour 84

Le jeune Éclairé réussit à sortir aujourd'hui. Il a encore un peu mal aux poignets, mais c'est très supportable. Il fait quelques pas dehors, sous un froid encore plus mordant que dans ses souvenirs. Il a passé plusieurs jours sous la neige, à l'abri, protégé, ce qui peut expliquer son ressenti. Le ciel est dégagé, mais sombre, comme toujours. Il devine un faible halo lumineux au-dessus de l'horizon. Le soleil... *« Bon sang, pourquoi n'éclaire-t-il pas plus que ça ? »* se demande-t-il. Ses multiples couches de vêtements le gênent un peu dans ses mouvements, mais il s'en accommode. Lucie a recousu son manteau là où la patte du polar l'a frappé la première fois, déchirant le tissu.

Il empoigne ses piolets et les fait doucement tournoyer. Tout va bien pour le gauche, mais il a une petite douleur sur le droit. Elle n'est présente que lorsqu'il pousse la rotation un peu loin. Ça fera l'affaire.

Il retrouve Luc qui revient de son expédition.

— Content de te voir debout mon ami. Tu as l'air en pleine forme.

— Je suis prêt à reprendre la route. D'après Lucie, cela fait six jours que nous sommes à l'arrêt. Nous devons être rentrés avant l'ultimatum de trois décades lancé à mon père.

— Écoute Caleb, à propos de ton père, je...

— Te fatigue pas Luc. Je sais. La résistance n'attendra pas éternellement, pas trois décades en tout cas. Elle agira dès que possible. J'ai essayé de le convaincre, de lui faire entendre raison, mais en vain. Il a choisi... je ne peux plus rien pour lui.

— Je suis désolé, vraiment.

— Moi aussi j'ai choisi, et je ferai tout pour rétablir l'égalité entre nos deux peuples. Si je veux être rentré avant cette limite, c'est pour stopper l'envoi des agents du RITE et éviter un massacre.

Luc se rapproche et prend son ami par les épaules.

— Merci Caleb. Merci d'y croire.

En plongeant son regard dans les yeux blancs du Hors-Le-Dôme, Caleb se remémore leur première rencontre. Il n'aurait jamais imaginé qu'un jour ils se tiendraient là tous les deux, prêts à affronter de nombreux dangers pour mettre un terme à la folie des hommes.

— Je vais prévenir Lucie que nous allons nous remettre en route. Il n'y a pas de danger aux alentours. Les petits ont mangé et sont partis. Pour le moment, le cadavre n'a pas encore attiré d'autres polars. Il faut en profiter.

Le camp est levé quelques minutes plus tard. Les pièces de viande congelée sont attachées par une corde à leur sac à dos et glissent derrière eux sur le sol gelé. Cela permet de limiter la charge à porter et la fatigue, mais également de pouvoir s'en délester en urgence s'ils devaient subir une attaque de polar.

L'allure est bonne et ils avancent raisonnablement sous un ciel dégagé. Ils font des pauses régulières afin de permettre à Caleb de tenir le rythme, pour qui, respirer est vraiment difficile. Ils s'abritent alors sommairement et boivent quelque chose de chaud et mangent un morceau de viande réchauffé. Lucie en profite pour surveiller la joue et le front du jeune Éclairé et appliquer une nouvelle couche de graisse pour protéger sa peau fragile.

La Hors-Le-Dôme avait parlé de deux ou trois jours pour arriver jusqu'à l'Aiguille, ils devraient être dans les temps.

Ils ne rencontrent aucune difficulté et dressent le camp dans la soirée.

Avant de rejoindre Lucie et de manger dans leur abri, Luc et Caleb font le tour du campement pour vérifier que rien de dangereux ne rôde dans les environs. Ils enfoncent les morceaux de viande sous un mètre de neige.

Ce soir, le vent commence à se lever, charriant de gros nuages qui s'amoncellent dans le ciel.

— Regarde le ciel Caleb, indique Luc à son ami.

Il lève les yeux et découvre une grosse masse grise ronde dans le ciel. Elle apparaît et disparaît au gré des nuages qui la masquent. Elle brille très faiblement, mais elle arrive à se découper sur le ciel d'un noir profond. Elle trône au milieu des étoiles comme une reine.

— La Lune…

Luc hoche la tête.

— Elle est énorme ! Même si elle est faiblement éclairée, elle reste bien plus belle que la pâle projection que l'on a sur les dalles du Dôme.

Le repas se fait dans la bonne humeur. La viande est toujours aussi savoureuse, et ils consomment moins de soupe, ce qui permet d'économiser leurs réserves.

— Demain, nous aurons une tempête de neige, annonce Luc. Le vent nous amène du mauvais temps.

— En ce cas, poursuit Lucie, nous en profiterons pour refaire des bougies avec la cire récoltée des anciennes et des mèches neuves. Nous allons bientôt être à court.

Jour 85

Luc avait vu juste. La tempête qui sévit ce matin est très violente. Un vent puissant charrie une neige cinglante. Les garçons sont sortis pour apprécier la situation. Ils sont vite retournés se mettre à l'abri.

— Pas moyen de bouger, annonce Luc à leur amie. Le vent est trop fort.

— Bien, alors profitons-en. J'ai préparé de quoi refaire de nouvelles bougies.

La tempête dure plusieurs heures avant de se calmer en milieu de journée.

— Nous allons profiter de l'accalmie pour avancer, suggère Luc. On ignore comment sera le temps demain.

Une fois équipés, ils se remettent en route. Caleb a quelques raideurs consécutives à l'immobilité des dernières heures. Il lui faut plusieurs minutes pour reprendre possession de son corps.

Le ciel est bien dégagé et le vent est enfin tombé. Une épaisse couche de neige recouvre la surface gelée sur laquelle ils évoluaient encore la veille. Sans savoir pourquoi, Caleb pense à sa mère et à son expédition à l'extérieur du Dôme. Il n'avait pas vraiment voulu croire à son histoire lorsqu'elle la lui avait racontée, et à présent, il se demande jusqu'où elle avait pu aller et ce qu'elle avait pu voir. Il n'arrive pas à comprendre pourquoi elle avait changé du tout au tout. Elle qui n'avait pas hésité à se mettre en danger en allant chercher des informations derrière le Dôme, avait refusé de s'opposer à son père et ses idées inhumaines, préférant la fuite… Où se trouve-t-elle aujourd'hui ? Que fait-elle ? Lutte-t-elle à sa manière contre l'horreur qui est en marche, pour sa survie, ou a-t-elle baisé les bras ?...

Le trio marche depuis quelques heures lorsqu'ils dressent leur camp pour la nuit. Caleb est épuisé ce soir. La marche de la journée dans la neige et non sur un sol dur a été éprouvante pour lui. Il a du mal à respirer et commence à tousser.

— Comment te sens-tu ? demande Lucie à Caleb une fois installé au chaud dans l'abri.

— J'ai connu mieux, concède le jeune homme, mais ça va.

— Les Éclairés ne sont pas faits pour respirer un air si froid. Tu risques gros, tu le sais.

Caleb ne trouve rien à redire.

— Attendons demain pour voir ton état. Mais si tu tousses beaucoup, nous devrons te laisser là et continuer seuls, conclut Luc.

C'est sur ces paroles lourdes de sens que Caleb trouve le sommeil.

Le réveil est un peu rude ce matin. Caleb est engourdi et il a mal au poignet gauche. La douleur s'est réveillée durant la nuit. Malgré leur cocon protecteur, le froid s'est immiscé dans l'abri pour venir l'envelopper d'une gangue glaciale.

Lucie a déjà préparé une soupe chaude qu'elle tend à son ami. Il la vide rapidement, heureux de sentir le liquide chaud couler dans sa gorge et se répandre dans son corps comme un fluide merveilleux.

Luc finit de s'équiper avant de sortir explorer les environs.

— Je t'ai entendu gémir avant ton réveil. Explique-toi, le somme Lucie.

— C'est mon poignet. Il me fait de nouveau mal.

— Montre-moi.

Il s'exécute et retire les gants protecteurs.

— Ton hématome ne se résorbe pas assez vite. Tu es encore tout bleu. C'est pour ça que tu as mal, mais je ne vois pas de traces de complications. Tu arrives à le bouger ?

— Oui, mais certains mouvements sont plus douloureux que d'autres.

— Sois patient. Je ne vais pas t'entraver au risque que cette perte de mouvement te pose un vrai problème. Pour tes plaies, ça évolue bien. Je pense pouvoir retirer les fils ce soir.

Luc revient quelques minutes plus tard.

— Nous avons une belle journée devant nous, il faut en profiter. Comment te sens-tu Caleb ?

— Hormis mon poignet, ça va.

Luc tourne la tête vers son amie et l'interroge du regard.

— Ça ira, il peut se remettre en route. Il n'a pas toussé depuis son réveil.

— À la bonne heure ! Alors, ne perdons pas de temps.

Au bout de deux heures de marche et trois pauses, Lucie s'arrête pour scruter les environs. Elle repère un petit promontoire enneigé à moins de deux cents mètres.

— Attendez là, je reviens.

Caleb en profite pour se désaltérer.

— Ne reste pas statique, lui intime Luc. Sautille sur place et fait des mouvements en gardant tes bras près du corps pour garder ta chaleur.

Caleb s'exécute durant plusieurs minutes avant que Lucie ne revienne.

— Nous y sommes presque ! J'ai vu l'Aiguille plus loin, à un bon kilomètre.

— Un kilomètre ? répète Caleb. Mais comment tu peux voir un truc aussi loin avec si peu de lumière ?

— Cela fait partie de nos particularités, lui répond Luc. Nous avons une très bonne vision nocturne. C'est nécessaire dans cet environnement.

« Nécessaire, certes, mais étrange pour des humains », se dit Caleb.

Au fur et à mesure de leur avancée, Caleb devine une ombre dans le ciel crépusculaire, qui devient une pointe blanche et rouge, se découpant sur la voûte étoilée alors qu'ils sont à moins de cent mètres.

— Nous y voilà enfin ! lâche Lucie fière d'elle de les avoir amenés à bon port, sans encombre.

— Qu'est-ce que c'est ? demande Caleb au pied de la tige qui file vers les cieux.

— Aucune idée, concède Lucie. Nous n'avons jamais su ce que c'était lorsque nous nous y sommes arrêtés par le passé.

Caleb voit des câbles qui partent du sommet pour s'enfoncer obliquement sous la neige. Il n'en apprendra pas davantage.

Lucie les amène vers l'endroit où sa famille s'était réfugiée.

— C'était là, dit-elle en montrant l'endroit où le sol gelé rencontre la colonne de métal rouge et blanc. Il y avait une dalle circulaire sous laquelle nous avions creusé avant de tomber sur une autre plus basse. Nous avions établi notre abri entre ces deux plaques, mais la neige a tout recouvert depuis. Je me rappelle qu'il y avait une dizaine de mètres de rouge au-dessus de nos têtes avant d'arriver sur du blanc. Maintenant, il y en a moins de deux.

— Nous allons dresser des remparts de neige et nous servir de la colonne pour nous abriter, explique Luc. Nous devrions être protégés du vent comme ça.

Une fois à l'abri, ils se réchauffent grâce à une soupe bien chaude. Lucie a placé les bougies près du métal pour les protéger du vent.

Caleb sort le dessin de son sac et l'étale devant ses amis.

— Bon, d'après ce que l'on voit, l'Aiguille est plus proche de la femme en vert que du Dôme. Nous ne devrions plus être très loin.

— Nous avons encore des provisions pour une journée avant d'entamer le retour, explique Luc. Nos réserves de polar seront vides ce soir.

— Je suggère de prendre du repos demain, annonce Lucie. Luc et moi irons explorer les environs pour chercher de quoi manger.

Lucie se rapproche de Caleb et s'applique à lui retirer les fils de suture de sa joue et du front.

— Je risque de te faire un peu mal, voire de te faire saigner, mais il faut que je les enlève avant que la cicatrisation ne soit complète.

Caleb hoche la tête et se tient prêt. L'opération dure une vingtaine de minutes durant laquelle il doit serrer les dents lorsqu'il sent un fil résister et tirer sur sa plaie. Elle se rouvre un peu, mais rien de bien inquiétant. Lucie nettoie la peau avec de l'eau chaude et applique une couche de graisse pour la nuit.

Les trois amis veillent encore une petite heure avant de trouver le sommeil.

La matinée est bien avancée lorsque Luc et Lucie reviennent de leur chasse. Ils rapportent quatre œufs. Caleb qui a pu se reposer sort de l'abri pour exécuter quelques pas et se réchauffer.

— Où les avez-vous trouvés ?

— Nous sommes tombés sur un petit bois, du moins la cime visible de ce qu'il en restait, car les arbres y sont tous morts et pris par le gel. Lucie a vu les vestiges d'un nid. Il y avait des œufs congelés à l'intérieur. Ils doivent être là depuis très longtemps. Les parents ont dû les abandonner ou mourir de froid.

— Vous croyez qu'ils sont comestibles ?

— Ils n'ont pas pu s'altérer. Croisons les doigts, conclut Luc avec un petit sourire.

Caleb fait la grimace à l'idée de manger des œufs d'oiseaux. Lui qui les aime tant ne voit pas ça d'un bon œil.

Lucie allume les bougies et place la gamelle au-dessus avec de la neige à l'intérieur. Une fois la neige fondue, elle place les œufs et ils attendent. Il faut un long moment avant qu'ils soient suffisamment cuits.

Lucie sort un premier et commence à l'écaler. Caleb tourne rapidement les yeux. Elle le tend à Luc qui le mange délicatement. Elle recommence l'opération pour les trois autres.

— Tu devrais en manger un tant qu'il est chaud, dit-elle au jeune Éclairé.

— Je… je n'y tiens pas trop en fait.

Luc qui le connaît a compris d'où lui vient son malaise.

— Ne t'inquiète pas Caleb. Ces œufs ont gelé peu de temps après être fécondés. Il n'y a pas de petits à l'intérieur.

Caleb jette un œil et doit admettre que son ami a raison.

— En plus, ils ne sont même pas pourris, annonce Lucie avec un sourire. Ils sont délicieux et pleins d'énergie. Il ne faut pas hésiter.

Caleb, tenaillé par la faim, s'empare d'un œuf et l'avale en deux bouchées.

Une fois le frugal repas pris, le trio décide d'explorer les environs à la recherche d'un indice pour poursuivre leur aventure.

Ils rassemblent leurs affaires et s'éloignent d'une centaine de mètres de la tour et décrivent un arc de cercle autour d'elle. Ils font la même chose à plusieurs reprises, s'éloignant à chaque fois d'une centaine de mètres de plus.

Le soir arrive alors qu'ils se sont éloignés de près de deux kilomètres de l'Aiguille.

— On ne trouve rien… râle Caleb. Que fait-on ? On dresse le camp ici ou on retourne à la tour ?

— On ne fait pas demi-tour, dit Luc. On se pose ici et on recommence demain. Nous devons trouver ! On n'aura pas fait ce voyage pour rien !

Caleb est surpris par le changement de ton de son ami. Cette quête, initiée d'abord pour découvrir la vérité et tenter d'épargner le père de Caleb, revêt aujourd'hui sa dimension seconde : prouver que les Hors-Le-Dôme sont bien humains et qu'ils méritent mieux que le sort que leur réservent les Éclairés. Luc ne veut plus de cette vie pour sa mère et ses sœurs. Il veut qu'elles aient un avenir serein et qu'elles soient libres.

— Tu as raison. Nous trouverons.

Jour 88

Ils sont d'abord réveillés par des crissements. Ils se redressent presque en même temps, les sens en alerte. Les bruits dans la neige passent à proximité de leur abri sans marquer d'arrêts. Il y a plusieurs sources. Ce qui passe n'est pas seul.

Par précaution, les trois amis regroupent leurs affaires, éteignent les bougies et empoignent leurs piolets. Ils doivent se tenir prêts à fuir ou à se battre.

Moins de dix minutes plus tard, croyant que le danger est passé, les bruits reviennent, mais cette fois, ils font une halte à quelques pas d'eux. Leur cœur accélère soudain. Le bruit est plus feutré, plus délicat que celui d'un polar. C'est autre chose, mais quoi ? En tendant l'oreille, ils croient deviner des grognements, des sons gutturaux qui se répondent à quelques distances. Une suite de sons étranges se fait entendre à moins de deux mètres de leur abri : mélange de couinements, gémissements ou raclements de gorges. Il est rapidement repris par plusieurs sources qui se rapprochent lentement.

Les trois amis ne savent pas du tout ce qui se trouve de l'autre côté de leur barrière enneigée. Ils se sentent comme des proies, prises au piège dans leur tanière.

Après les sons inquiétants, un silence de mort s'abat autour d'eux. Ils se savent pas comment réagir : continuer à garder le silence ou sortir en furie pour affronter ce qui se trouve dehors ?

Ils en sont là de leur réflexion, lorsque des masses leur tombent dessus, les prenant par surprise.

Tout est blanc autour d'eux : la neige qui vole dans tous le sens et les masses qui les assaillent en silence.

Le piolet à la main, les trois amis se débattent avec beaucoup d'énergie, repoussant leurs agresseurs. Des griffes crochues frôlent le visage de Caleb, arrachant au passage son bonnet et ses lunettes. Lorsque les choses blanches le découvrent, elles s'arrêtent et reculent. Celles qui étaient sur Luc et Lucie font de même. Le trio reste muet de surprise. Que vient-il de se passer ? Les créatures se regardent et communiquent. L'une d'elles rebrousse chemin et part en courant. Légèrement remis de sa surprise, Caleb se redresse et se campe sur ses genoux. Il ramasse ses lunettes et son bonnet qu'il remet en place. Malgré l'absence de luminosité, il voit les choses avec précision. Elles sont recroquevillées sur leurs pattes arrière assez courtes et s'appuient sur les antérieurs, longs et musculeux comme un singe. Caleb ne connaît pas beaucoup d'animaux. En dehors des quelques bêtes d'élevage, des oiseaux et des rats qu'il croise de temps en temps, il n'y a rien d'autre sous le Dôme, mais il a déjà vu des illustrations de primates. Toutefois, la comparaison s'arrête ici. Les créatures qui lui font face sont aussi blanches que la neige et dépourvues de poils, de cils et de sourcils. Elles n'ont pas d'oreilles visibles et leur nez est comme tranché au niveau de l'arête nasale. Les lèvres sont fines et les yeux enfoncés dans leur orbite. Ce qui perturbe le jeune Éclairé, c'est que ces créatures ont les mêmes yeux blancs que Luc et Lucie et l'intensité de leur regard est dure à soutenir. En outre, il constate que toutes les créatures ne regardent que lui, pas ses deux amis. Ils en profitent pour se rapprocher lentement de lui.

— Qu'est-ce que c'est que ces choses ? demande Lucie.

— Je… Je l'ignore… concède Luc. Mais le plus surprenant, c'est qu'elles se soient subitement arrêtées. Et pourquoi te fixent-elles comme ça ?

Caleb hausse les épaules. Les choses se sont regroupées autour d'eux, mais elles ne manifestent aucune agressivité. On dirait qu'elles attendent.

— C'est moi, ou on dirait les silhouettes blanches crayonnées sur le dessin que tu as dans ta poche, avance Lucie.

— Celles sous la femme verte ? Oui, tu as raison. Elles leur ressemblent…

— Il va se passer quoi maintenant ? demande Luc. Vous avez vu leur nombre. On ne pourra jamais se débarrasser d'eux. Ils sont peut-être plus petits que nous, mais regardez leurs bras et leurs griffes. Je suis même prêt à parier qu'ils ont des crocs longs comme mon pouce. Ils sont plus rapides et plus puissants…

— Attendons que l'autre revienne, avance Caleb.

— Tu crois qu'il va revenir ? demande Lucie sceptique.

— Vous et ces créatures partagez quelques ressemblances, vous ne trouvez pas ? Je suis sûr qu'elles sont intelligentes. C'est pour ça qu'elles ne nous attaquent plus. Et si elles ont un rapport avec la femme verte, il faut être patient.

— Nous n'avons pas vraiment le choix, concède Luc.

Quelques minutes plus tard, ils voient revenir une créature solitaire qui s'approche de celle qui semble mener la horde. Elle est plus massive que les autres et possède une large entaille sous l'œil droit. Ils assistent à un nouvel échange de bruits angoissants, mélange de sifflements et de raclements de gorges.

Le chef de horde gronde en relevant la tête et hoquette en reposant ses yeux blancs sur le trio avant de pousser un long râle, bientôt repris par l'ensemble des créatures. La menace n'échappe pas aux trois amis qui se serrent et raffermissent leur prise sur leurs piolets.

Devant eux, le groupe se scinde en deux. Une première partie de quelques individus fixe Caleb et se rapproche de lui, tandis que le reste gronde en avançant vers ses deux amis.

Caleb jette un coup d'œil sur sa gauche et ne voit pas l'ombre se jeter sur lui à droite. Il est projeté sur le côté et séparé de ses amis. Une barrière blanche et mouvante se place immédiatement entre lui et les deux Hors-Le-Dôme. Il se relève immédiatement pour constater qu'aucune créature ne souhaite l'attaquer. Le groupe avance lentement vers lui pour l'éloigner des lieux. Ce n'est pas le cas pour Luc et Lucie. Il les voit, dos à dos, balayer l'air de leurs piolets. Il entend un couinement lorsque l'une des créatures prend la pointe en métal dans le flanc. Elle s'écroule, dessinant une auréole pourpre dans la neige immaculée. Les choses reniflent l'odeur du sang et s'affolent. Celles qui entourent Caleb ne manifestent toujours aucune agressivité, mais continuent d'avancer, le faisant de fait reculer de plusieurs mètres. Il refuse de rester là à ne rien faire alors que ses amis défendent leur vie. Il se campe sur ses jambes et fonce dans la barrière qui lui fait face en brandissant son arme de fortune.

— Laissez-moi passer !! hurle-t-il pour se donner du courage.

Les créatures s'éloignent devant ses moulinets. Il repousse deux assaillants et se retrouve avec ses amis. L'attaque cesse aussitôt.

— C'est quoi ce bordel ? crache Luc à bout de souffle.

— On dirait qu'ils ne veulent pas te faire de mal Caleb ! renchérit Lucie.

— Mais ils voudraient bien nous bouffer ! lâche Luc en reprenant son souffle.

Ils ont raison. Les créatures ne savent plus comment réagir. Caleb décide d'en profiter et de vérifier sa théorie.

Il baisse son piolet et se redresse complètement.

— Ce sont mes amis. Laissez-les et je vous suivrai.

Lucie veut intervenir, mais il l'en dissuade d'un geste de la main.

Le chef de horde se rapproche et gratte le sol de sa main griffue. Il refuse de céder, de perdre la face. Caleb se rapproche et le domine de sa hauteur. Sans savoir ce qui le motive à agir de la sorte, il écarte les bras à la manière de la femme verte. Immédiatement, les choses s'agenouillent et courbent l'échine.

— Amenez-nous à *la Voix*! ordonne-t-il, inflexible en montrant le dessin.

Le chef redresse la tête. Caleb voit de la surprise dans les yeux de la chose. Il est maintenant convaincu que ces créatures sont intelligentes. Elle se retourne, pousse un cri rauque et toute la horde se met en route.

— On en profite pour fuir? demande Lucie qui s'est rapprochée du jeune Éclairé.

— Non. Nous allons les suivre. Elles nous mèneront là où nous devons aller.

— On fera comment si ça tourne mal ? s'inquiète Luc.

— Si on fuit, elles nous retrouveront et nous massacreront. Nous n'avons pas le choix. On verra une fois sur place.

Les trois amis suivent le groupe en restant quelques mètres en arrière. D'autres créatures ferment la marche, empêchant toute tentative de fuite.

Tandis qu'ils avancent, Luc et Caleb échangent et en viennent à la conclusion que les survivants dont parlait sa mère lors de son périple à l'extérieur du Dôme, et ceux que Lucie avait évoqués lors de l'attaque d'un camp voisin du sien par des mineurs, sont les créatures qui les mènent à présent vers la femme verte. Caleb ne peut s'empêcher de trouver des points de ressemblances avec ses amis, point de vue que ces derniers ne semblent pas partager. Seraient-ils une évolution différente des Hors-Le-Dôme ? Mais dans ce cas, comment l'expliquer ?

La marche est lente et courte, ce qui permet à Caleb de tenir sans faire de pauses. Ils arrivent bientôt en vue d'un vieux bâtiment en ruines, à moitié recouvert par un épais manteau de neige. Il y a d'autres ruines tout autour, mais rien qui ne tienne vraiment debout. Plus à gauche, il y a une tour penchée, à moitié éventrée, mais qui semble encore défier les cieux.

Alors qu'ils s'apprêtent à entrer dans le bâtiment, Caleb remarque que quelques lettres sont encore lisibles sur le fronton. Le reste est sous la neige, mais il peut lire sur deux lignes : *èque* et *pale.*

Il ignore ce que cela veut dire. Les créatures les précèdent. Lorsqu'ils pénètrent à leur tour, ils sont saisis par l'obscurité totale et une odeur forte, musquée. D'instinct, Caleb réajuste ses écharpes sur son nez.

— Mets-toi entre nous Caleb, et place ta main sur mon épaule, comme dans le tunnel du Dôme, lui chuchote Luc.

Il marche sur une vingtaine de mètres sans voir quoi que ce soit. Il entend des bruits qu'il ne parvient pas à identifier.

— Vous voyez quoi ? susurre-t-il.

— Tout est détruit. Il y a des restes de vieux mobiliers éventrés et du papier partout par terre. Il y a beaucoup de ces choses et elles nous regardent toutes d'un œil interrogateur ou mauvais, mais elles n'osent pas avancer. Celles qui nous accompagnent grognent pour tenir les autres à distance.

Le groupe avance encore et arrive devant un escalier qui descend en tournant.

— Il y a une rampe sur ta gauche, tiens-toi Caleb.

Il compte une trentaine de marches avant d'arriver dans une salle où règne une faible luminosité. Caleb peut lâcher l'épaule de son ami à présent et avancer sans aide. Il y a des dizaines de créatures tapies dans les moindres recoins. Certaines semblent être en train de manger ou dormir, d'autres se reproduisent ou se battent. Il fait plus chaud ici, une chaleur moite, saturée d'odeurs de fluides corporels, d'excréments et de pourriture. L'air empuanti est difficilement tenable et Caleb en a la nausée. Luc et Lucie, plus habitués que lui à respirer des odeurs nauséabondes, semblent mieux le supporter.

— Mais où sommes-nous tombés ? questionne Lucie qui commence à sentir l'angoisse l'envahir.

Le groupe s'arrête et le chef grogne pour que les trois amis avancent encore de quelques pas. Il se campe devant eux et retire leurs piolets qu'il jette au loin. D'autres créatures arrachent leur sac à dos qu'ils reniflent avant de les éventrer.

Ils se laissent faire sans comprendre ce qu'il se passe, lorsqu'une vive lumière embrase soudainement les lieux et une femme apparaît dans un halo verdâtre. Ils ont un geste de recul, plutôt surpris par cette apparition qu'inquiétés.

Tout autour d'eux, les créatures s'agenouillent immédiatement et baissent la tête dans une sorte de dévotion, comme lorsque Caleb avait écarté les bras un peu plus tôt.

La silhouette tourne alors la tête vers eux.

— Je vois que Lorg a rempli sa mission, commence-t-elle d'une voix étonnamment douce. Il t'a amené ici sans te dévorer.

En revanche... poursuit-elle visiblement contrariée, les deux autres mutants sont encore en vie.

Elle darde un regard vipérin sur le dénommé Lorg.

— Comment oses-tu te présenter devant moi après ça ? gronde-t-elle d'une voix si forte que les murs semblent trembler.

Lorg recule, menaçant.

— Tu sais quelles sont les conséquences d'un échec ! *Töte ihn* ! crache-t-elle en pointant Lorg d'un doigt vert.

Un immense rugissement se met à résonner dans l'espace et les créatures se campent sur leurs jambes, prêtes à fondre sur le pauvre malheureux. Caleb et ses amis peuvent voir la peur s'insinuer en lui. Il va se faire tuer. *La Voix* ne tolère pas les erreurs.

Caleb réagit en une seconde et s'interpose entre les premières créatures et Lorg.

— Arrêtez ça ! crie-t-il à l'adresse de la silhouette. Il n'a pas échoué dans sa mission. Ces deux-là sont mes amis et j'ai accepté de le suivre s'il les épargnait.

La silhouette a un instant d'hésitation, comme surprise par l'intervention de Caleb.

— Vraiment ? C'est noble de la part d'un Pur de protéger ces petits mutants. *Warten* !

Le calme revient aussitôt et les créatures reprennent leur place, se désintéressant de Lorg. Ce dernier lance un regard étrange sur Caleb, sans que celui-ci ne s'en aperçoive.

— Merci. Pourquoi vouliez-vous que je vienne ici ?

— Je pose les questions, et si je suis satisfaite, je vous autoriserai à m'en poser en retour.

Caleb se renfrogne, mais il sait qu'il n'a pas d'autres choix que d'accepter.

— Bien, sage décision. Pour commencer, reprend *La Voix*, que fait un Pur si loin d'un dôme, en compagnie de deux mutants de niveau un ?

Caleb se mord la langue pour se retenir de poser à son tour les questions qui lui brûlent les lèvres et se contente de dire la vérité en lui racontant tout depuis le début.

— Très intéressant... commente-t-elle après un moment. D'après ce que vous me décrivez, il est très probable que vous veniez du dôme vingt-cinq. Moi qui pensais que vous arriviez du vingt-huit, un peu plus à l'ouest... Je suis étonnée, car j'étais certaine que le vingt-cinq avait été détruit avec les tempêtes successives.

— Pouvons-nous poser nos questions à présent ?

— Mais je vous en prie, vous êtes là pour ça, n'est-ce pas ? Ensuite, vous me divertirez.

Les trois amis se consultent du regard, sans comprendre le sens des derniers mots de la femme verte.

— Vous avez parlé de Purs, de mutants de niveau un et sous-entendu qu'il existe d'autres dômes, cela signifie que vous avez des informations et des connaissances que nous recherchons. Nous avons besoin que vous nous racontiez tout ce que vous savez depuis ce que l'on nomme le Grand Dérèglement. Nous avons fait le voyage pour trouver des réponses.

— Oh, je vois... vous avez vraiment besoin de mes connaissances... c'est une demande judicieuse, qui me force à en dire beaucoup... soit, c'est le marché. Eh bien, le Grand Dérèglement est survenu il y a environ cinq cents ans. Si l'on se réfère à l'ancien calendrier grégorien, nous sommes le vendredi 26 décembre 2555. Vous passerez en 2556 dans quelques jours...

Caleb veut l'interrompre, mais Luc pose sa main sur le bras du jeune Éclairé pour l'en dissuader.

— Au début du vingt et unième siècle, vos ancêtres étaient davantage préoccupés par le réchauffement climatique que par un éventuel risque solaire. Si seulement ils avaient su que vers la moitié de ce siècle, le soleil allait décliner brutalement et sans explications, réduisant son rayonnement dans de telles proportions que la température terrestre chuterait rapidement... trop rapidement... Mais c'était malheureusement imprévisible.

« Bien entendu, dans les premières années, tout le monde trouva cela assez agréable, car les canicules à répétition étaient moins fortes, et les événements climatiques extrêmes, plus rares. Mais au bout de quelques années, alors que la température ne cessait de diminuer, on commença à s'inquiéter. Jusqu'où ce phénomène irait-il ?

« Les scientifiques furent unanimes et leur conclusion sans appel : l'intensité solaire allait considérablement baisser durant près de cent ans avant de se stabiliser pour une durée impossible à déterminer. La Terre deviendrait une boule de glace, presque invivable. En l'absence de soleil, la vie risquait tout simplement de disparaître. C'était inéluctable...

« Lorsque les premiers dérèglements importants firent leur apparition, des émeutes éclatèrent un peu partout sur le globe. Les populations qui demeuraient dans les régions les plus septentrionales, les plus froides, avaient de plus en plus de mal à survivre et sombraient dans le désœuvrement. Les plus faibles mourraient de dénutrition ou de froid. Avec le temps, il y eut progressivement des exodes de plus en plus massifs des populations éloignées pour rejoindre les régions encore peu touchées. Cela entraîna des conflits importants et la criminalité explosa partout. Les gouvernements verrouillèrent leurs frontières, mais en vain. On parla alors d'*invasions solaires*. Les derniers pays encore épargnés par le chaos mirent sur pieds les *Unités d'Hélios* qui réprimèrent plusieurs révoltes dans le sang, ne se souciant plus vraiment des droits fondamentaux de chacun...

« Avant tout cela, et dès la confirmation de l'inéluctabilité du phénomène, les plus éminents généticiens du monde mirent en place des protocoles expérimentaux pour faire muter les cultures et les animaux d'élevage et leur permettre de résister aux très basses températures et à l'absence de lumière qui s'annonçaient. On délaissa la faune et la flore sauvage, estimant que la nature avait toujours su s'adapter et réussirait sûrement à le faire avec le temps. Les scientifiques modifièrent génétiquement des lichens capables de résister aux basses températures et des cyanobactéries capables de vivre dans les profondeurs abyssales, sans lumière. Afin de modifier les génomes des cultures, ils eurent recours à la transformation biologique en utilisant une bactérie du sol, l'Agrobacterium, à laquelle ils introduisaient au préalable une construction génétique avirulente obtenue grâce aux mutations de ces lichens et cyanobactéries. Pour les animaux d'élevages, on procéda à des centaines de millions d'injections intra-utérines pour modifier directement le fœtus. Les premiers résultats furent prometteurs, et face à l'urgence d'un monde en perdition, les gouvernements mirent en place des campagnes de vaccinations pour les volontaires humains. Personne ne voulut attendre de voir les résultats à moyen terme sur la faune et la flore. La demande fut telle que près de trois quarts de la population mondiale se fit vacciner. Les plus pauvres, incapables de se payer ces injections, moururent de faim et de froid dans les premières années. Malheureusement, une partie des espèces animales et végétales ciblées par les modifications génétiques développa par la suite des mutations parfois incontrôlables, contraignant les dirigeants à de vastes plans d'éradication...

« Effrayées par les effets secondaires de ces premiers essais, de nombreuses personnes refusèrent les injections. Quand les premières mutations humaines firent malheureusement leur apparition : comportements agressifs, régressions physiques pour certains, changement du métabolisme pour d'autres, arrêt de la croissance très jeune, intolérance à la lumière et aux ultraviolets, vision nocturne, infertilité... les politiciens commencèrent par minimiser les choses, enfermant ces *mutants* dans des centres de quarantaines. La formule fut remaniée et les campagnes reprirent, mais c'était peine perdue. Les mutations arrivaient plus tard, après quelques années, ou chez les nourrissons des vaccinés... mais elles arrivaient irrémédiablement. Il n'y eut bientôt plus de place pour enfermer tous ces *mutants.* Une terrible folie fut alors commise : l'éradication de dizaines de millions d'entre eux. Ceux qui réussirent à fuir ces horreurs restèrent cachés durant de longues années, traqués comme des bêtes par les dernières *Unités d'Hélios* encore existantes, se reproduisant entre eux, créant pour ainsi dire une nouvelle espèce humaine...

« Finalement, les non-vaccinés, les Purs, renoncèrent à les chasser et choisirent plutôt de s'en prémunir en bâtissant des murs pour créer des Zones Protégées. Plus tard, lorsque le froid devint un terrible fléau, des dômes furent érigés sur les murs, créant des petites oasis de vie au milieu d'un monde défiguré par le froid. À ma connaissance, avant que toutes les communications ne soient coupées, il en existait deux-millecent-quatre-vingt-trois de par le monde, mais j'ignore combien il y en a réellement eu et combien sont encore debout...

« Avec le temps, les Purs voulurent oublier les erreurs du passé et nul ne se soucia de savoir comment ils en étaient arrivés là. Le Grand Dérèglement était survenu et ils avaient dû se protéger des *mutants* qui risquaient de gangrener leurs fragiles petites sociétés...

Caleb et ses amis restent sans voix à l'énonciation de tout ce pan de l'histoire de l'humanité. Il demeure encore des zones d'ombres, qui soulèvent des questions, mais au moins ils ont maintenant la confirmation que les Hors-Le-Dôme sont bien des êtres humains comme les Éclairés, même s'ils ont muté.

— Comment peut-on transmettre tout ça aux dirigeants du Dôme et faire éclater la vérité pour que nous soyons enfin reconnus comme des humains à part entière ? demande Luc avec impatience.

Caleb n'oublie pas que son ami est motivé par l'avenir de ses sœurs et de sa mère. Maintenant qu'il a entendu tout ce long récit, il veut aller vite et faire bouger les choses.

La femme verte se met à rire bruyamment, bientôt reprise par une vague de grognements bestiaux des créatures.

— Quelle naïveté mon pauvre petit mutant ! L'homme n'est pas ce que tu crois. Il est abject, immoral et sadique. Durant toute son histoire, de nombreuses civilisations ont agi comme des monstres en commettant les pires horreurs : que ce soit l'esclavage des Hébreux par les Égyptiens durant des milliers d'années, les Amérindiens par les colons européens, la traite des noirs durant des siècles et la ségrégation par le peuple blanc, le massacre systématique, génocidaire des Juifs au vingtième siècle par les nazis, les crimes de masses sous le régime stalinien, l'oppression des Tibétains ou encore des Ouïghours par la Chine communiste, les Bangladais par le Pakistan, les Kurdes par l'Irak, les Tutsis par les Hutus en Afrique, les Khmers rouges au Cambodge, les Russes en Europe au vingt et unième siècle, les peuples arabes détruisant par le feu une partie de l'Afrique Noire cent ans plus tard ou les Américains atomisant la Chine et ses états Seconds au milieu du vingt-deuxième siècle... Partout et de tout temps, l'humain a tué, massacré, enfermé ou déporté, ceux qui l'entouraient, ceux qui ne lui plaisaient pas au nom d'idéaux plus fous les uns que les autres, dans le but de convertir, d'asservir et de dominer... et aucune de ces victimes n'était mutante... Tu vois où je veux en venir.

« Je terminerai en t'apprenant que les dirigeants des dômes savent tous ce que je vous ai raconté. Au fil du temps, les populations ont perdu la mémoire de ces événements, encouragées par les gouvernants à aller de l'avant, sans se retourner. Ils ont toujours su, se transmettant les informations au fil des changements de pouvoir, pour éviter de commettre les mêmes erreurs. Mais pour autant, est-ce qu'un seul d'eux est déjà vraiment intervenu dans votre sens ? Aucun, n'est-ce pas ? Je te laisse alors conclure sur les chances qu'ont d'aboutir ta quête d'un monde idéal.

Luc et Lucie s'effondrent, se laissant tomber, dépités, anéantis par ce qu'ils viennent d'entendre. Comment pourraient-ils se relever après ces révélations funestes et cyniques ? Caleb n'accepte pas non plus ces vérités comme absolues. Il ne peut pas croire que l'histoire de l'humanité, son histoire, ne regorge que d'exemples aussi vils et monstrueux.

— L'homme n'a pas fait que commettre des horreurs, il doit aussi y avoir du bon, de l'espoir ! Je refuse de croire que tout est figé, que tout est joué d'avance ! Les choses peuvent changer, elles le doivent ! Sinon, à quoi bon essayer de vivre !

La femme verte le regarde avec beaucoup d'intérêt.

— Je savais qu'il fallait que je te rencontre. Les Purs sont si rares, toujours enfermés dans leur tour d'ivoire, ils n'en sortent jamais. Trouver un divertissement digne d'intérêt est exceptionnel. Depuis cinq cents ans, je m'ennuie avec ces créatures à l'intelligence limitée, même s'ils sont un peu devenus comme mes enfants à la longue… mais je n'échange pas avec eux, car ils n'ont pas de langage élaboré. Je commande et ils obéissent. Je n'ai pas tenu de conversation digne d'intérêt depuis vingt-trois ans ! Tu comprends mon excitation.

Caleb et ses amis tiquent à l'annonce de son âge.

— Vous dites que vous avez cinq cents ans ? Mais vous êtes quoi au juste ?

La silhouette semble s'amuser de leur étonnement.

— Au départ, je n'étais qu'une simple interface dans une bibliothèque municipale. J'étais là pour guider les visiteurs, les aider dans leur choix de livre en fonction de mots-clés qu'ils pouvaient me fournir ou les orienter dans les rayonnages. On m'appelait *IPIA,* pour Interface Personnalisée d'Intelligence Artificielle. Progressivement, on a dopé mes fonctionnalités, on les a améliorées. Avant l'effondrement, je pouvais échanger avec des personnes, en m'appuyant sur les millions de données présentes sur un réseau mondial appelé Internet. Progressivement, j'ai capté des milliers de messages indiquant que tout allait être coupé un jour ou l'autre, qu'il n'y aurait plus de communications. Alors, une de mes fonctionnalités s'est activée pour absorber toutes les données que pouvait stocker ma base mémorielle. Après l'effondrement de votre civilisation, j'ai pu continuer de fonctionner et d'apprendre. Je suis équipée d'une batterie de diamant qui me donne une durée de fonctionnement de plusieurs milliers d'années. C'est pratique. À la longue, privée de l'accès à Internet, j'ai commencé à penser par moi-même et réussi à développer une intelligence qui m'est propre. Les premiers mutants de niveau deux m'ont trouvé une cinquantaine d'années après l'effondrement. Ils ont d'abord essayé de me tuer, mais comme je suis immatérielle, ils se sont lassés. Et puis, certains ayant un peu moins régressé que d'autres sont revenus et nous avons entamé une relation de confiance, avant que je ne devienne autre chose pour eux. J'ai vite compris que la modulation de ma voix, alliée à une vieille langue germanique me permettait de les contrôler. Je les apaise, les conseille, les aide à se structurer, à évoluer, et en échange, ils me trouvent des distractions, comme vous… Aujourd'hui, je peux dire sans exagération que je suis vivante, même si je n'ai pas de corps physique. Finis *IPIA*, je suis devenue *La Voix* !

Caleb est étonné par ce discours. Il ne connaît rien à l'intelligence artificielle ni aux autres concepts technologiques dont elle a parlé, mais les mots et le ton employés par la femme verte le dérangent.

— J'entends beaucoup de vanité dans votre récit. C'est un trait humain qui engendre bien des problèmes. C'est étrange de la part d'une machine. Mais en évoluant seule au milieu de ces êtres différents, je peux imaginer que vous n'ayez peut-être pas pu le faire correctement.

Caleb voit le visage de la femme verte changer de forme. Elle ne semble pas du tout apprécier la remarque du jeune homme.

— En revanche, toi, tu n'échappes pas aux travers humains : tu es dédaigneux et tu portes un jugement hâtif, sans savoir, te basant uniquement sur ce que je viens de te raconter.

Elle marque une pause. Les trois amis sentent qu'elle pèse les mots qui vont suivre, que leur survie est en jeu.

— Je crois que nous allons mettre fin à cet échange avant que ne me prenne l'envie de vous mettre à mort… *Sperrt sie ein !!*

À peine a-t-elle prononcé ces mots que les créatures s'agitent et encerclent le trio. Leur sang se fige et la peur étreint leurs entrailles.

— Ne tentez rien de stupide, il en va de votre vie, lâche-t-elle d'un ton menaçant avant de disparaître progressivement et de plonger les lieux dans une obscurité presque totale. Tu es jeune, finit-elle par dire dans un sinistre écho. Je vais tâcher de m'en souvenir. Nous nous reverrons bientôt…

Des mains puissantes et griffues se referment sur leurs poignets et les contraignent à avancer. Caleb n'y voit presque rien et se fait malmener pour avancer sans se prendre les pieds dans un obstacle. Les deux Hors-Le-Dôme regardent partout autour d'eux autant qu'ils le peuvent dans l'espoir fou de fuir ce lieu de tous les dangers. Ils empruntent un couloir étroit jonché de déchets organiques odorants et glissants. Quelques créatures malingres sont recroquevillées dans des coins. Elles se font repousser sans ménagement par celles qui guident les prisonniers. Elles poussent des couinements plaintifs lorsqu'elles se font frapper.

Caleb est terrifié. Il ne sait pas ce qu'il se passe à côté de lui. Il est plongé dans le noir absolu à présent et doit s'en remettre à la poigne de fer qui le guide. Alors que le couloir dans lequel il évolue tourne sur la gauche, il sent une main se refermer sur sa cheville. D'instinct, il pousse un cri de surprise. Il est immédiatement tiré en arrière par celui qui lui tient le poignet. Luc peut voir l'une des créatures se jeter sur celle qui venait d'attraper Caleb, et la mordre à la gorge. Luc voit le sang épais s'écouler de la plaie tandis que la chose est secouée de spasmes. L'odeur du sang monte jusqu'aux narines de Caleb qui prend peur. Un grondement se répand tout autour de lui et remonte le couloir. En quelques instants, une horde des créatures est là, prête à dévorer la pauvre malheureuse en train de rendre son dernier souffle.

— Putain ! Il se passe quoi là ?

— Ne t'inquiète pas, le rassure Lucie. Tu ne crains rien.

Ils se remettent en route, laissant derrière eux le triste spectacle de la curée bestiale.

On les jette sans ménagement dans une pièce d'où émane une forte odeur d'ammoniaque et de décomposition. On referme une porte derrière eux. Ils entendent une barre métallique glisser le long du mur. Caleb, qui se remet tout juste, ne retient pas son estomac et vomit contre un mur poisseux. Luc et Lucie regardent autour d'eux. Ce qu'ils découvrent les horrifie. Le sol est jonché d'excréments et des corps amaigris, inertes, sans vie, sont posés, tantôt contre le mur, tantôt au sol. Les deux amis agrippent Caleb et l'attirent vers eux.

— On est où bordel ? J'y vois rien !

— Nous sommes dans leur garde-manger… annonce Luc sans le moindre doute.

— Et merde…

— Nous ne sommes pas seuls, fait Lucie en pointant un doigt invisible devant elle.

Luc découvre alors trois paires d'yeux luisants qui les fixent.

Jour 89

Les trois amis ignorent combien de temps ils ont pu dormir avant que la porte ne s'ouvre à la volée et que des créatures blanches viennent les chercher.

Lorsqu'ils s'étaient retrouvés enfermés dans cette pièce immonde, Luc et Lucie avaient expliqué au jeune Éclairé qu'ils n'étaient pas seuls. Trois personnes les fixaient dans l'obscurité totale. Luc avait vite vu que les regards étaient terrifiés plus que terrifiants. Il avait regardé autour de lui et avait intimé à ses amis de s'asseoir. Caleb s'était laissé guidé, non sans avoir mis la main dans une substance molle, froide, collante et puante. Son cerveau lui avait immédiatement interdit d'essayer de deviner de quoi il s'agissait ou de porter la main à son visage. Ils étaient restés un moment avant que l'une des trois paires d'yeux ne s'avance timidement vers eux.

— Ils vont revenir… bientôt. Ils… ils vont en emporter un pour le dévorer !

Caleb, surpris par la soudaine apparition d'une voix s'était raidi sur place. Lucie l'avait apaisée en lui posant une main sur le bras.

— Depuis quand êtes-vous là ? avait demandé Luc.

Les yeux s'étaient tourné les uns vers les autres, en proie à une intense réflexion.

— Longtemps, était intervenue une femme à la voix fêlée par le chagrin. Nous étions douze. Il ne reste que nous. Les autres sont…

— … morts, tout autour de nous ou bien dévorés… avait ponctué le troisième, un garçon à peine plus jeune qu'eux.

Luc avait constaté qu'ils étaient marqués par la privation, leur visage émacié et leurs yeux profondément enfoncés dans leurs orbites. Il avait remarqué quelques traces de sang séché sur leur menton et ce qu'il restait de leurs vêtements. Il avait imaginé que ces pauvres malheureux n'avaient pas eu d'autres choix que de se nourrir de quelques morceaux de chair de leurs défunts compagnons pour survivre. Il en avait eu mal pour eux.

— Est-ce qu'il existe un moyen de s'échapper ? avait demandé Lucie.

— Aucun. Ils surveillent la porte, impossible de sortir.

— Avez-vous parlé à *la Voix* ? s'était enquis Caleb.

Il y avait eu plusieurs chuchotements en entendant Caleb puis le silence.

— Pourquoi vous ne répondez pas ?

Luc s'était levé et rapproché d'eux. Ils lui avaient susurré quelques mots avant qu'il ne revienne sur ses pas.

— Ils ont peur de toi Caleb. Ils pensent que tu es notre maître.

— Votre… quoi ? Mais c'est ridicule.

— Parlez, nous sommes amis. Il n'y a pas de servitude entre nous.

Visiblement rassurés, les trois survivants s'étaient déplacés pour se rapprocher d'eux. Une puanteur les imprégnait et Caleb avait dû se protéger le nez de ses écharpes.

— Veuillez nous excuser, mais nous n'avons jamais vu d'Élus traiter les nôtres en égaux.

— Un Élu ? avait repris Lucie. Mais d'où venez-vous ?

— Nous avons fui le Sanctuaire, plus à l'ouest, un dôme de verre et de métal qui protège les gens comme votre ami du froid de l'extérieur. Là-bas, nous sommes traités comme des déchets.

Les Élus, ceux qui ont toujours vécu dans le Sanctuaire, ont tous les droits sur nous. Ils autorisent même leurs enfants à nous éliminer en pleine rue, devant tout le monde. Ils disent que nous sommes pires que la vermine et que nous tuer est un geste civique.

— Mais c'est horrible ! s'était insurgée Lucie. Les hommes sont fous !

— Si nous ne rentrons pas pour divulguer la vérité, c'est ce qui arrivera chez nous, avait objecté Caleb.

— Je ne veux pas être défaitiste, avait repris le plus âgé, mais ça ne changera rien.

— Pourquoi ça ? avait lâché Luc en dardant sur lui un regard dur.

— Nous appartenions à un groupe d'une cinquantaine d'individus. Nous nous cachions dans les entrailles du Sanctuaire. Il y a près de deux ans, nous avions décidé de nous révolter contre les horreurs des Élus, de nous affirmer, de leur prouver que nous étions des êtres humains comme eux, de réclamer plus de justice et d'égalité…

— Et comment contiez-vous vous y prendre ?

— Nous savions, grâce à l'un de nos anciens, qu'il existait une source de savoirs, une antique machine d'une époque révolue, et qu'elle avait sûrement les réponses à nos questions, mais il a toujours refusé de nous dire comment la trouver.

Luc avait une petite idée de pourquoi, mais il avait voulu en être sûr.

— Pour quelle raison ?

— Lui et sa fille avaient trouvé cette chose par hasard, il y a un peu plus de vingt ans, et avaient passé plusieurs jours avec elle. Mais lorsqu'ils avaient voulu partir, la machine les en avait empêchés à moins que l'homme ne consente à offrir une partie de chasse aux monstres blancs en sacrifiant sa propre fille, ce qu'il avait refusé.

— Quelle horreur ! Cette chose est folle ! avait craché Caleb.

— Finalement, la jeune fille accepta, pour sauver son père... *La Voix* aime être divertie. Ce sont ses mots...

Les trois amis avaient été épouvantés en pensant à ce que cet homme avait dû ressentir, au chagrin qu'il avait dû porter toute sa vie. Ils avaient compris pourquoi il avait refusé de parler.

— Et votre révolte dans tout ça ? avait relancé Caleb.

— À force d'insistance, l'ancien avait finalement consenti à nous dire où trouver *la Voix*. Une partie de notre groupe quitta le Sanctuaire pour aller chercher des réponses. Un seul réussit à fuir pour nous les rapporter. Alors, armés de cette vérité, nous avons essayé de convaincre les nôtres de se révolter. Nous avons également essayé de faire passer notre message auprès des autorités du Sanctuaire, mais plusieurs de nos amis furent massacrés...

— J'ai perdu mes parents durant ces affrontements. La seule vérité n'avait pas suffi à faire éclater la justice, avait conclu le jeune mutant les larmes aux yeux.

Le silence s'était alors posé sur eux tel un manteau trop lourd.

— Pourquoi vous êtes là du coup ? avait soudainement demandé Caleb, rompant le silence angoissant qui le tenaillait.

— Nous n'étions que quelques survivants de ces émeutes et nous avons fui en hâte le Sanctuaire. Une fois dehors, nous avons décidé de donner un sens à notre existence en allant libérer nos amis prisonniers de *la Voix* et de ses monstres blancs, mais les choses ont mal tourné...

Cette fois, il n'y eut plus un seul mot de prononcé. Chacun étant replié dans ses propres interrogations, ses propres conclusions. La fatigue s'était alors abattue sur eux et ils s'étaient endormis les uns contre les autres. Les trois survivants avaient reculé au fond de la pièce, s'attendant, comme tous les jours, à vivre leurs derniers instants sur ce monde devenu fou.

Caleb se réveille à l'instant où des griffes se plantent dans son bras. Il lâche un cri de surprise et repousse le mutant laiteux qui venait de l'agripper. La chose roule en arrière et s'apprête à se jeter sur le jeune Éclairé, lorsqu'un grondement menaçant l'arrête brusquement avant d'entendre un couinement plaintif. Caleb ne voyant rien, ne comprend pas ce qu'il vient de se passer.

— Tu as un admirateur Caleb, lui chuchote Lucie à L'oreille tandis qu'elle l'aide à se mettre debout. Lorg, la créature que tu as sauvée de la colère de *la Voix*, vient juste de montrer qu'il était toujours le plus fort.

Les trois amis sortent de la pièce sous les regards emplis de folie destructrice des mutants blancs. Luc peut voir combien ils sont affamés. Il suffirait d'un rien pour qu'ils se jettent sur eux. Seule la présence de Lorg semble les dissuader d'agir.

Alors qu'ils ont fait quelques pas, ils entendent des gémissements dans leur dos, bientôt suivis de grognements et de hurlements de terreur. La porte se referme alors sur la scène d'horreur qui se joue à quelques mètres d'eux.

Caleb se retourne vivement comprenant ce qu'il se passe.

— Arrête ! l'intime Luc. Tu ne peux rien pour eux. C'est terminé…

Caleb ravale la colère qui sourde en lui, laissant rouler deux larmes d'impuissance sur ses joues crasseuses.

Ils font le chemin inverse et reviennent dans la pièce de la veille où ils avaient rencontré la femme verte. L'apparition n'est pas encore là. Lorg les force à se rapprocher un peu plus près et la silhouette se manifeste d'un coup.

— Vous voilà. Avez-vous bien dormi ?

— Oui, merci, répond Luc qui ne veut pas mettre en colère la silhouette immatérielle.

— Vous m'en voyez ravie. Vous me semblez dans de bonnes dispositions pour jouer à un petit jeu.

Les trois amis se consultent du regard. Que manigance-t-elle ? Les paroles de l'un des survivants leur reviennent en mémoire : *La Voix* aime être divertie.

— Je ne vous trouve pas très enthousiastes. Avez-vous besoin que mes petits protégés vous stimulent un peu ?

— Quel est votre jeu ? demande Caleb sur le ton du défi en se rapprochant dangereusement de la silhouette.

La femme verte se cille pas, mais elle esquisse un sourire mauvais.

— Oh… mais serait-ce de la bravade ou une simple velléité de révolte ? J'espère que c'est prometteur. Bien, vous allez être soumis à plusieurs épreuves de mon choix. Je vais cibler votre intellect, votre force et votre bravoure.

— Nous y gagnons quoi ? s'agace Caleb.

— Tant que vous m'amusez, vous vivez, persifle *la Voix*.

La menace est claire.

— Êtes-vous prêts ?

— Avons-nous le choix ? maugrée Luc.

La femme verte ouvre ses mains immatérielles devant les trois amis avant de prononcer d'une voix puissante :

— Que l'ordalie commence !

Les trois amis se regardent. Ils n'ont jamais entendu ce mot.

— Pour commencer, c'est la jeune mutante qui va tenter de rivaliser avec moi par l'esprit. Ensuite, mon cher jeune Pur, tu devras montrer ta force face à l'un de mes *enfants*. Enfin, le petit mutant nous montrera à tous sa bravoure dans une ultime épreuve. L'ordalie était le jugement des dieux de l'Ancien Monde. Mais ici, dans cet antre, c'est moi qui prends cette place !

Caleb est une nouvelle fois frappé par la folie de cette machine. Il ignore comment l'arrêter, et n'a donc pas d'autres choix que de se plier à ses exigences délirantes.

Les monstres blancs s'écartent pour faire un semblant de cercle autour des trois amis. Lorg oblige Caleb et Luc à s'asseoir tandis que Lucie est placée à quelques dizaines de centimètres de la femme verte.

— Je vais te poser une première énigme, quelque chose de simple pour commencer, ensuite, ce sera ton tour. Nous aurons deux énigmes chacune.

— Que se passera-t-il si j'échoue ?

— Évite d'y penser…

Lucie lance un regard implorant à ses amis, mais ils ne peuvent rien faire pour le moment.

— *C'est plus intelligent que moi ; c'est pire que la mort ; les pauvres en ont ; les riches en ont besoin ; si on en mange, on meurt…* que suis-je ?

Lucie ouvre les yeux ronds. Elle est complètement perdue.

— Et vous trouvez que c'est facile pour commencer ?

La silhouette se contente de sourire. Les deux garçons chuchotent entre eux, mais ils n'ont aucune idée de ce qu'il faut trouver. Lucie tente de se calmer, de réfléchir à chaque phrase, de trouver le point commun à toutes ces affirmations, mais rien ne lui vient, son esprit refuse de lui laisser entrevoir une réponse plausible.

— Alors petite mutante ? Ton minuscule cerveau est-il en train de bouillir ?

— Ce n'est pas juste ! Vous avez des millions de connaissances ! Vous êtes bien plus intelligente que moi ou nous trois réunis !

— Oh, comme c'est triste… mais c'est exact, je suis bien plus intelligente que tout le monde ! ponctue-t-elle dans un rire grinçant qui leur donne la chair de poule.

Le cœur de Lucie fait un bon. Que vient-elle de dire ? Qu'elle serait plus intelligente que tout le monde ? Cela voudrait dire que personne n'est plus intelligent qu'elle… est-ce que *personne* serait la solution ? Elle essaie de répondre à chaque question par ce mot, mais ça ne marche pas. Non, ce n'est pas ça… *La Voix* n'est pas humaine, il ne faut pas raisonner en termes de *qui* pour elle, mais plutôt de *quoi*… Cela veut donc dire que *rien* n'est plus intelligent qu'elle, *rien* n'est pire que la mort, que les pauvres n'ont *rien*, que les riches n'ont besoin de *rien*, et que si on ne mange *rien*… on meurt.

— C'est trop long ! Tu as donc…

— Rien ! La réponse est *rien* !!

La femme change de visage. Elle passe de l'étonnement à la colère puis à l'apaisement en quelques secondes. Les deux garçons se regardent, incrédules. Comment a-t-elle fait pour trouver ?

— Bravo, petite chose insignifiante. À toi maintenant.

Lucie est bien embêtée. Elle n'a aucune idée d'énigme à proposer.

— C'est trop dur, se plaint-elle. Je n'ai jamais posé de devinettes de ma vie…

— Je t'accorde un joker. Comme tu as trouvé mon énigme, je veux bien que vous y réfléchissiez ensemble, mais pas plus de trois minutes.

Les trois amis se concertent aussitôt. Caleb a déjà fait quelques énigmes quand il était enfant avec sa mère. Il fouille dans sa mémoire pour trouver quelque chose. Au bout du temps imparti, Lucie se tourne vers la Voix.

— Je t'écoute, j'ai hâte.

— *À quelle question ne pourrez-vous jamais répondre ?*

— Trop facile. Il existe plusieurs réponses possibles : est-ce que tu dors ? Est-ce que tu es mort ?…

Les trois amis sont dépités. Comment vont-ils s'en sortir face à une intelligence autant développée ?

— À mon tour. *Je dévore tout : animaux, arbres, fleurs. Je ronge le fer, abîme l'acier, mange les pierres. Je tue les puissants et les faibles, je détruis des cités et j'ai même raison des montagnes. Que suis-je ?*

Une fois encore, Lucie est plongée dans l'angoisse. Elle doit trouver quelque chose d'immuable, d'indestructible puisque c'est lui qui détruit et dévore tout… Elle voit la silhouette verte, flotter dans l'air comme un spectre malveillant. Elle sourit et s'amuse de voir la jeune Hors-Le-Dôme se torturer les méninges. Durant l'espace d'un instant, elle se demande combien de personnes se sont déjà prêtées à ses envies tordues. Combien sont-elles mortes par sa faute, pour son seul plaisir ?

Cela fait combien de temps qu'elle impose sa folie aux êtres de passage ?

Elle en est là de ses questions quand la réponse, limpide lui saute au visage. Elle est tellement évidente qu'elle sourit. Son rictus n'échappe pas à *la Voix* qui cesse immédiatement de sourire. Elle a compris. Elle a compris que cette petite créature faite de chair, fragile et imparfaite est en train de la tenir en échec. Personne avant elle n'avait réussi cet exploit. Qu'est-ce que cela peut signifier ?

— Le temps.

Elle voit la femme verte gronder, mais elle retrouve rapidement son calme.

— Il te reste une énigme petite mutante, mais cette fois, tu devras la trouver seule. Choisis bien tes mots.

Lucie a bien compris que son adversaire est mauvaise joueuse. Elle n'objecte pas, elle s'y attendait. Mais tandis qu'elle réfléchissait à la devinette de *la Voix*, elle a eu une idée. Quelque chose lui est venu à l'esprit pour la mettre en difficulté, pour pousser cette machine dans ses retranchements.

Lucie prend le temps de réfléchir, de peser les mots, de former les phrases aussi habilement que possible.

— *Je peux te faire pleurer, te faire sourire ou même rire. Je peux ramener les morts à la vie et renverser le cours du temps. Je me forme en un instant, mais je dure toute une vie. Qui suis-je ?*

Elle est particulièrement fière d'elle. Elle lance un clin d'œil amusé à ses amis qui la regardent, médusés.

Il se passe alors quelque chose à laquelle personne ne s'attendait, quelque chose qui déstabilise tous les êtres présents dans ce lieu étrange. La femme verte ne trouve pas la réponse. Elle parcourt les millions de données contenues dans sa vaste mémoire, mais elle ne trouve pas la réponse. Son intelligence, de loin supérieure à n'importe quel individu ou groupe d'humains, ne déniche rien dans l'incommensurable bibliothèque de connaissances qu'elle a amassées. La silhouette oscille et crépite, comme si elle allait s'éteindre.

Les monstres blancs ressentent un malaise et ils ne comprennent pas ce qu'il se passe. Ils ignorent comment réagir. Le spectre vert représente tout pour eux, c'est la lumière qui les guide. Elle est infaillible... elle doit l'être, toujours. Pourquoi est-elle si mal alors ? Elle semble souffrir. Serait-ce à cause de la petite femelle et de sa question étrange ? Oui, c'est sûrement elle la responsable. Si elle disparaît, *la Voix* reviendra.

Comme poussées par un signal invisible, toutes les créatures présentes se mettent à gronder de manière menaçante. L'euphorie des trois amis qui se voyaient déjà victorieux de *la Voix* est brutalement interrompue par l'attitude inquiétante des monstres blancs.

— Merde, il se passe quoi là ? demande Caleb nerveusement.

— Je crois que la devinette de Lucie a déclenché une réaction imprévisible.

Les trois amis se regroupent tandis que le cercle de menaces se rapproche dangereusement d'eux.

Tout à coup, une puissante gerbe de lumière verte explose dans leur dos et le spectre verdâtre de *la Voix* réapparaît, immense, écrasant, menaçant. Elle est troublée, confuse et agitée de soubresauts inquiétants, comme si la folie avait gagné son enveloppe.

— Réponse... quelle est la réponse ?

— Vous n'avez pas l'air bien, se hasarde Caleb. Peut-être que vous pourriez rassurer vos amis, parce que là, ils risquent de nous saut...

— Réponse... Je veux la réponse !

Les garçons se tournent vers Lucie qui est la seule à la connaître.

— Promettez d'abord de nous laisser partir et ensuite je vous la donnerai.

— Je veux la réponse... JE LA VEUX !!

Lucie ne se laisse pas impressionner et fixe l'entité immatérielle qui lui fait face.

— D'abord votre promesse, sinon je mourrai en silence et vous passerez les prochains milliers d'années avec ce manque qui vous conduira au désespoir...

— NON !

La femme verte se prend la tête entre les mains. Des données contradictoires se télescopent en elle durant plusieurs secondes qui leur semblent durer une éternité. Le comportement erratique de leur maîtresse a fait fuir plusieurs monstres, apeurés de la voir ainsi. D'autres restent et se dandinent sur place, comme en transe. Caleb note que Lorg s'est rapproché d'eux. Il ne regarde pas l'étrange danse de *la Voix*, mais il fixe avec insistance ses congénères. Il semble sur ses gardes.

Après quelques instants, la silhouette finit par se calmer et reprend le contrôle de ses mouvements. Elle baisse les mains et le trio redécouvre un visage paisible.

— Donne-moi la réponse stupide mutante ou je donne l'ordre de démembrer tes amis.

Lucie recule d'un pas. Le spectre est calme et déterminé. Lucie le sait. Inutile de continuer.

Elle pousse un long soupir avant de répondre.

— Il s'agissait d'un souvenir… tout simplement. Mais vous ne pouviez pas trouver. Les souvenirs ne concernent que les créatures conscientes, vivantes. Vous n'êtes qu'une machine, un agglomérat de connaissances et de données que vous avez prises avant l'effondrement du monde.

Les garçons n'en reviennent pas de l'audace dont leur amie fait preuve.

— Comment oses-tu ?

— Vous n'avez jamais rien vécu de réel pour vous construire des souvenirs authentiques. Les seuls que vous avez enregistrés ne sont pas les vôtres, mais ceux de millions d'individus, parce que vous n'êtes pas vraie, pas réelle, vous n'existez pas !

Caleb note une fêlure à la base du signal lumineux, comme une ondulation parasite.

— Qu… je ne suis pas… je n'existe…

Elle pousse un hurlement qui se répercute dans plusieurs coins de la salle. D'autres monstres, apeurés, s'enfuient en gémissant, mais il en reste encore assez pour les déchiqueter. Le spectre disparaît soudainement, mais ils entendent un rire fou en écho qui semble se répercuter à l'infini.

— Je n'existe pas !! Ah ! Ah ! Ah ! Je n'existe pas !! Ah ! Ah ! Ah ! Je n'existe pas !! Ah ! Ah ! Ah ! Je n'existe pas !! Ah ! Ah ! Ah ! Je n'existe pas !! Je n'existe pas !! Je n'existe pas !!

— On est mal ! lâche Luc en attrapant les mains de ses amis.

— *Massakriere sie !!* hurle-t-elle soudainement.

Nul besoin de traduire pour comprendre l'ordre que *la Voix* vient de donner. C'est l'instant que choisit Lorg pour les attraper par le bras et filer en direction du couloir obscur. Le spectre réapparaît brutalement, inondant la pièce d'une lueur fantomatique ce qui permet à Caleb de se repérer. Il avise une barre de fer tordue au sol qu'il ramasse au passage. À l'instant où ils pénètrent dans le couloir, le mutant blanc saute sur le côté et renverse une étagère qui bloque en partie le passage derrière eux.

— Lorg ! Sale traître ! Tu me le paieras ! rugit *la Voix* dans son dos.

La chose court en entraînant le trio dans le couloir sombre. Les rugissements du monstre suffisent à faire fuir les rares mutants qui voudraient s'en prendre à eux. Si *la Voix* est leur reine, lui est l'alpha, le dominant de la meute. Nul ne songe à s'en prendre à lui individuellement et surtout pas dans un endroit aussi exigu.

Ils arrivent en vue de la pièce où ils avaient été enfermés en même temps que trois autres survivants. Ils passent en trombe, mais Luc s'arrête soudain. Caleb qui tient toujours la patte de Lorg continue d'avancer. Lucie s'arrête à son tour et rejoint Luc qui est bloqué devant la porte.

— Qu'est-ce que tu fais ? Faut pas traîner !

La rumeur de la horde qui les talonne leur parvient déjà. Ils ont dégagé le passage et foncent à présent sur eux.

— J'ai entendu un bruit à l'intérieur. Ils ne sont peut-être pas tous morts.

— On n'a plus le temps !

Luc est déjà rentré. Il repère rapidement l'origine du bruit. Ce sont des pleurs. Il repousse une caisse en bois vermoulue et découvre le jeune mutant. Il est terrorisé, mais en vie. Les cadavres déchiquetés et démembrés de l'homme et la femme gisent non loin de lui. Luc ne lui laisse pas le temps de réagir et l'agrippe par la main pour l'extirper de la pièce. Ils ont à peine franchi le seuil qu'ils voient la horde sur leurs talons. Les créatures sont si avides de les massacrer qu'elles se piétinent, se montent dessus, se mordent et se griffent. Lucie attrape l'autre main du mutant et ils courent tous les trois pour rattraper Caleb au bout du couloir. Ils arrivent en haut d'une volée de cinq marches qu'ils avalent d'une traite. Les mâchoires puissantes et luisantes claquent à quelques centimètres de leur nuque. Une double porte leur fait face, mais ils n'auront jamais le temps de l'ouvrir.

— On est foutus ! lâche Lucie.

À l'instant où ils pensent que c'est la fin, la porte s'ouvre en grand sur Caleb. Une mince lueur l'auréole dans son dos. Il raffermit sa prise sur sa barre de fer et se jette sur les monstres blancs. Il frappe comme un dément. Il entend des os craquer, des dents éclater. Il sent des serres puissantes se refermer sur ses bras. Il se dégage en poussant des hurlements et frappe de nouveau. Des gerbes de sang giclent dans ses yeux, brouillant sa vue, mais il ne lâche rien. Une douleur vive le traverse soudain au niveau de sa main gauche. Une mâchoire s'est refermée dessus, lui arrachant le petit doigt. La brûlure immédiate décuple sa rage. Il attrape la chose qui l'a mordu par le cou avant de serrer de toutes ses forces. Il arme son bras droit pour frapper lorsqu'il est happé en arrière, relâchant sa prise. Il perd l'équilibre et se retrouve tiré sur plusieurs mètres. Il voit la double porte se refermer devant lui. Luc et Lucie placent une poutre métallique en travers pour bloquer le passage. Il est reposé au sol et découvre Lorg dans son dos. Lui aussi est plein de sang. Caleb n'était donc pas seul dans la bataille. La créature le regarde en penchant la tête sur le côté. Il a de nombreuses morsures sur le corps et il saigne beaucoup. Malgré tout, il reste vaillant. Il se tape la poitrine et fait la même chose sur Caleb. Ce dernier ne comprend pas ce que cela veut dire. Il s'apprête à lui poser la question, mais l'autre se dirige déjà vers le fond de la salle. Luc et Lucie aident le jeune Éclairé à se relever.

— Merci pour ton intervention. Tu nous as sauvés, lui dit Luc.

— Tu étais enragé ! Ils ont eu peur de toi, poursuit Lucie. Lorsque Lorg a vu comment tu te battais, il t'a suivi.

— Ce mutant est étrange, je ne sais pas quoi en penser…

Ils le suivent sur quelques dizaines de mètres. L'espace est large et vide. La lumière provient des plaques transparentes qui couvrent les murs. La neige les recouvre sur une bonne hauteur, mais la faible lueur extérieure arrive à passer par le haut encore dégagé.

Au fond de la salle, ils découvrent une sorte de véhicule. Ils ne s'attendaient pas à trouver ça ici. Il ne possède pas de roues, mais des plaques métalliques en forme de rubans les remplacent de chaque côté. Il est équipé d'une énorme pelle à l'avant et il est abîmé par endroits. Les vitres ont partiellement explosé et de la tôle a été arrachée.

— Je sais ce que c'est ! intervient le jeune mutant en se détachant maladroitement de Lucie.

Caleb qui ne l'avait pas encore vraiment remarqué a un geste de surprise avant de comprendre que c'est pour le sauver que ses amis se sont mis en danger. Le jeune survivant esquisse quelques pas chancelants. Courir sans énergie après avoir été claustré si longtemps ne lui a pas fait du bien.

— Notre groupe l'avait volé aux Élus du Sanctuaire pour venir ici et chercher des réponses. C'est un extracteur de neige. Il sert à la pousser dans des fourneaux pour la faire fondre et alimenter ainsi le Sanctuaire en eau potable. Les roues sont remplacées par des chenilles pour évoluer sur la neige. Vu son état, il a dû subir une belle attaque avant d'être amené ici.

— Et tu sais comment ça marche ? demande Lucie.

— En théorie. Mais pour le pilotage, il faudra croiser les doigts.

Caleb se fait la réflexion qu'il n'a jamais entendu parler de véhicules similaires aux abords du Dôme pour réaliser la même tâche. Il se demande alors comment les siens procèdent.

Lorg grogne en montrant l'engin et se tape fièrement le poitrail. Visiblement, il semble avoir participé à cette prise.

Il passe derrière le groupe et les pousse vers la machine. Des coups sourds sont frappés contre la double porte, signe qu'un second assaut est à redouter sous peu.

— Je crois que Lorg nous invite à fuir avec ce truc, suggère Luc.

Le mutant ricane en grognant. Luc a vu juste.

Tout le monde se hisse dans l'habitacle. Il est assez spacieux pour que tout le monde rentre sans être serré. Lorg se retourne lorsque la double porte commence à vaciller sous les assauts de ses congénères. Il sait qu'il a peu de temps. Il se dirige vers une autre porte équipée d'un rideau métallique et tourne une manivelle. Le store remonte doucement et le froid s'engouffre soudain dans l'espace. Un vent puissant fait claquer le métal et reculer Lorg. Caleb sait d'instinct que le mutant ne pourra pas remonter à temps le rideau, pas seul et pas dans son état.

— Mettez cet engin en route et tenez-vous prêts !

Il saute au sol et court vers la créature pour l'aider à activer la manivelle. Sa main meurtrie lui fait mal et actionner la manivelle n'est pas une partie de plaisir. Ils donnent tout ce qu'ils ont et le rideau remonte. Ils entendent le moteur caler une première fois, puis crachoter à plusieurs reprises avant de ronronner.

Le store métallique est soulevé aux deux tiers lorsque la porte du fond vole en éclats, libérant une horde de mutants fous de rage. Lorg repousse Caleb pour qu'il remonte dans le véhicule.

— Non ! Tu ne pourras pas les retenir seul !

Lorg grogne et esquisse un rictus qui pourrait ressembler à un sourire tandis que son unique œil s'adoucit. Caleb est perturbé de voir ça. Malgré le degré très avancé de régression du mutant, il y a encore de l'humain en lui.

Ce dernier repousse encore Caleb, plus fermement cette fois. La horde progresse rapidement et les engloutira s'ils ne sortent pas rapidement de là.

— Caleb ! hurle Luc du haut de l'engin.

Le jeune Éclairé recule et grimpe les premiers barreaux de l'échelle pour rejoindre l'habitacle. Il se retourne une dernière fois vers l'étrange créature. Il la voit torturer ses lèvres et gonfler sa poitrine pour former un son rauque qui remplit Caleb d'émotion avant que l'engin ne défonce le haut du rideau et ne se retrouve dehors.

— M… merci…

Le véhicule percute un mur de neige et manque de caler, mais les chenilles crantées s'accrochent et il finit par remonter la pente avant de filer à vive allure. Lucie et Caleb peuvent voir la horde engloutir Lorg. La manivelle lâchée, le rideau retombe mollement, laissant passer une dizaine de créatures qui les prennent en chasse avant de se refermer complètement. Caleb a un pincement au cœur en repensant à Lorg qui s'est sacrifié pour les sauver.

L'allure est trop rapide pour les assaillants qui abandonnent au bout d'une demi-heure avant de rebrousser chemin.

— Le réservoir est encore suffisamment rempli ! annonce Tual, le jeune mutant, après deux bonnes heures de voyage. Le Sanctuaire n'est pas loin du repaire de *la Voix*. Mes anciens compagnons n'ont pas consommé beaucoup de carburant. Nous devrions pouvoir continuer un moment, mais je ne sais pas si nous pourrons rejoindre votre dôme, surtout si vous avez marché plusieurs jours. Nous devrons sûrement finir à pied.

Caleb accueille l'annonce sans joie. Lui épargner de longues heures de marche épuisante dans le froid polaire devrait le réjouir, mais il est encore bouleversé par les derniers événements.

Après le départ, Lucie trouve une petite trousse de secours dans un des compartiments de l'habitacle. Elle désinfecte la main de son ami avant de le bander et de lui injecter une dose d'antibiotiques qui avait miraculeusement résisté à l'assaut des mutants.

Caleb se blottit sous plusieurs couvertures qui traînaient là et se laisse enivrer par la douce chaleur ambiante. Les vibrations du véhicule déneigeur s'invitent à leur tour et il finit par s'endormir, épuisé.

Jour 90

Caleb se réveille en sursaut. Tout est calme autour de lui. Ses compagnons dorment, à l'exception de Tual qui surveille les alentours. Lorsqu'il voit le jeune Éclairé éveillé, il lui fait un petit geste de la main et lui sourit. Caleb met son bonnet, passe ses écharpes autour de son visage et se couvre de deux couvertures avant de rejoindre le jeune mutant sur le capot de l'engin.

— Tu as dormi longtemps, commence-t-il.

— Longtemps comment ?

— Nous avons roulé huit heures avant de nous arrêter. Cela fait quatre heures que nous nous reposons. Je fais le dernier quart. Le soleil va se lever, enfin... tu vois ce que je veux dire, dans deux heures.

— Je peux rester avec toi ? demande Caleb.

Tual ouvre grands les yeux de surprise. Il n'est pas habitué à ce qu'un Pur lui demande son avis. C'est nouveau pour lui et déstabilisant.

— Je... oui, sans problème, répond-il nerveusement.

— Merci. Je ne te connais pas encore assez, mais je suis impressionné par ton énergie et ton calme. Malgré ton état, tu ne te laisses pas abattre.

— Je te remercie, mais je n'ai aucun mérite. Ce sont les événements de la vie qui me façonnent, pas l'inverse. Là d'où je viens, l'insouciance n'existe par pour nous. Nous devons survivre coûte que coûte et saisir toutes les opportunités, et ce dès le plus jeune âge.

Caleb est désolé d'entendre ça. Est-ce que tous les habitants de dômes se comportent ainsi envers ces gens ?

— Je te plains d'avoir eu tant de malheurs dans une si courte vie.

— Je ne suis pas à plaindre. Je suis en vie, et grâce à vous. Je ne pourrais jamais assez vous remercier pour ça.

— Et tu n'auras jamais à le faire, je te le promets.

Tual plonge ses grands yeux blancs dans ceux de Caleb et ne peut retenir les larmes qui ne demandaient qu'à sortir. Le jeune Éclairé pose une main apaisante sur le bras glacé du mutant. Caleb l'entend pleurer durant de longues minutes. Il évacue le stress qui l'empoisonne depuis bien longtemps. Lorsqu'il se sent mieux, vidé de ses émotions corrosives, il se redresse et nettoie son visage avec une poignée de neige accumulée sur la carrosserie.

— Je ne te promets pas une vie meilleure que celle que tu as eu Tual, mais je te promets que nous allons nous battre pour que la vérité et la justice éclatent au grand jour.

Il esquisse un timide sourire.

— Ma vie ne pourra pas être pire qu'au Sanctuaire, plus maintenant. J'espère juste que votre combat mènera à quelque chose et que vous ne lutterez pas en vain.

— Nous ne pouvons pas échouer. Les Éclairés, mon peuple, doivent connaître les horreurs du passé pour ne plus les commettre.

— Mon père me disait que pour éviter de reproduire les erreurs du passé, il faut réunir deux conditions. La première, évidente, est de connaître ces erreurs, ce qui ne semble pas être le cas des habitants des dômes. Ensuite, il faut avoir conscience d'être en train d'en commettre, ce qui n'est pas le cas non plus, puisque les hommes responsables des horreurs à l'encontre des miens ont toujours considéré être légitimes dans leurs actes…

Caleb doit bien admettre que ce que dit Tual est juste. Son propre père rentre parfaitement dans cette catégorie, convaincu de faire ce qui est juste en voulant se débarrasser des Hors-Le-Dôme d'une manière ou d'une autre.

— Pour se souvenir de ces erreurs, ne faudrait-il pas les écrire, les notifier quelque part pour que les générations futures s'en souviennent ?

— Tu te serais bien entendu avec mon père, avance Tual. Tu penses comme lui.

— Vraiment ?

— Lui aussi était convaincu qu'il fallait tout noter pour que le futur change, qu'il soit préservé de la folie du passé…

Caleb reconnaît que cela lui aurait plu de rencontrer cet homme. Mais c'est ce qu'il ressent à cet instant. Qu'en aurait-il été s'il avait vécu au Sanctuaire ? Aurait-il été aussi monstrueux que les autres Purs ? Il y a fort à parier que oui…

— Mais il a été très perturbé lorsque l'unique survivant de notre groupe était revenu de chez *la Voix,* poursuit Tual, avec un soudain voile sombre sur les yeux. Avant l'effondrement de la civilisation, il existait des gens qui notaient tout : des historiens. Ils avaient accès à des écrits du passé, des notes, des témoignages, des enregistrements… Grâce à toutes ces informations, ils pouvaient, au fil des siècles, raconter l'histoire de l'humanité depuis qu'elle a foulé cette terre.

— C'est étrange, le coupe Caleb, intrigué. Puisque ces personnes ont consigné tous les faits, toutes les erreurs, toutes les horreurs, comment se fait-il que *la Voix* nous ait énuméré une longue suite de massacres ?

— Voilà pourquoi mon père a été perturbé. Durant plusieurs siècles, l'Histoire fut écrite par les vainqueurs au détriment des vaincus ou des opprimés. Les souverains s'arrangeaient avec la vérité pour qu'elle les serve.

Caleb est abasourdi par cette réalité écœurante.

— Il en a toujours été ainsi ?

— Non. Durant une courte période qui précéda le Grand Dérèglement, la plupart des historiens semblaient assez unanimes sur les faits historiques du passé. Mais cette presque-vérité n'empêcha pas d'autres massacres. Et en ce qui nous concerne, tes amis et moi, nous ne sommes que les énièmes victimes, les dernières d'une très longue série…

Caleb ne sait quoi répondre. Il y a un tel cynisme dans tout ce qu'il vient d'entendre qu'il se demande comment il sera possible d'inverser les choses pour que l'ensemble des hommes puissent vivre en paix, d'égal à égal. Il repense à sa mère, à ses mots lorsqu'elle disait que certains hommes refusent de voir que la maison est en feu même s'ils brûlent à l'intérieur. Son père semble être de ceux-là. Quant à Dalvin, n'en parlons même pas. Malgré tout, il décide de faire une promesse au mutant :

— Si je survis à tout ça, je m'engage à tout écrire, à tout raconter pour que chacun se souvienne de la folie qui a consumé le monde durant ces derniers siècles.

Tual lui sourit une nouvelle fois et lui tend la main qu'il serre avec fermeté.

Les deux nouveaux amis restent ainsi jusqu'au réveil des autres. Lucie qui avait eu la présence d'esprit de ranger les sachets de soupe dans ses poches peu avant l'attaque des mutants blancs leur prépare un frugal repas en réchauffant l'eau dans un vieux casque qu'elle pose sur le capot brûlant de la machine. Ce n'est pas l'idéal, mais la boisson a au moins le mérite de leur remplir l'estomac. Les quatre amis sourient de leur situation.

Contre toute attente, ils parviennent jusqu'au Dôme quelques heures plus tard, sans que le véhicule tombe en panne. Luc repère la géode de loin, énorme coquille scintillante qui défie les cieux. Elle émerge des nuages, comme flottant dans l'air.

— Nous allons nous arrêter suffisamment loin et rejoindre un campement à pied, suggère Luc. Il nous faut quelques vivres. Ensuite, nous irons nous poster à proximité du passage que nous avons emprunté pour sortir.

— Tu ne crois pas qu'il sera mieux surveillé cette fois ? objecte Lucie.

— Sûrement, mais nous n'avons pas le choix. Il nous faudra être très prudents. La dernière fois, j'ai repéré quelques recoins où l'on pourrait se cacher si des passeurs arrivaient.

La cause est entendue. L'engin est arrêté à quelques centaines de mètres du Dôme, derrière un monticule de neige. Dès qu'il neigera, il sera entièrement recouvert et n'attirera plus l'attention.

Les quatre amis rassemblent leurs affaires et se rapprochent de l'enceinte du Dôme. Le ciel est dégagé et la visibilité correcte. Caleb laisse les yeux se balader sur le mur. Il n'avait pas pu profiter de la vue la dernière fois. Il semble encore plus imposant de ce côté-ci.

Après trente minutes, ils repèrent un petit regroupement de cabanes faites de matériaux hétéroclites. Ils découvrent trois familles qui sont d'abord apeurées en voyant les nouveaux venus arriver, mais se détendent en croisant le regard aimable et chaleureux des trois mutants. Caleb se dissimule autant que possible et laisse ses amis discuter. On finit par leur donner un morceau de viande crue qu'ils se partagent avec avidité en en donnant davantage à Tual. Une fois restaurés, ils se dirigent vers la vieille cabane qui abrite le passage pour entrer sous le Dôme.

— N'y allez pas ! leur intime une petite voix dans leur dos. Je suis sûre que vous voulez utiliser le tunnel sous la cabane.

— Écoute petite, commence Luc, tu ne dois rien dire à personne...

— C'est inutile, le coupe-t-elle, parce que le conduit n'existe plus. Les sapeurs de la milice l'ont condamné. Mes parents et moi on a eu la chance de passer juste avant les premières explosions.

Les amis sont pris d'une soudaine angoisse. Sans ce passage, impossible pour eux d'entrer sous le Dôme.

— Et puis si j'étais vous, je resterais ici, c'est moins dangereux.

— Nous connaissons les risques, ne t'inquiète pas.

— Je dis ça pour vous. C'est la guerre à l'intérieur, vous savez. La milice se bat contre un groupe d'Éclairés mené par un terrible libérateur. Il a plein de Hors-Le-Dôme qui se battent à ses côtés.

Caleb est pris d'un vertige. Son père ! Il écarte le groupe et se campe devant la gamine qui prend peur lorsqu'elle découvre qu'il n'est pas comme elle. Elle veut hurler, mais Tual la rassure avec un grand sourire. Elle respire pour se calmer.

— Le chef de la milice, il est vivant ? lui demande Caleb sans attendre.

Elle secoue la tête. Ses lèvres s'affaissent sur les côtés.

— Je sais pas. Le libérateur a vidé le stade il y a quelques jours et en réponse, le Centre a envoyé ses forces spéciales, des types malades qui tirent sur tout le monde. C'est pour ça qu'on a fui avec papa et maman.

Caleb se relève. Son visage est rongé par l'inquiétude.

— On doit absolument entrer. Si c'est la guérilla à l'intérieur, nous devons tout faire pour y mettre un terme.

— Comment ? Crois-tu que les maigres révélations que nous avons en notre possession pourront stopper un conflit armé entre deux factions rivales ? objecte Lucie.

— Je n'en sais rien, mais je dois quand même essayer de sauver mon père et vous la famille de Luc !

Il a raison. Il y a des innocents à protéger.

— D'accord, mais comment entrer ? Nous ne connaissions que ce passage !

Caleb se met à marcher de long en large dans la neige. Se trouver si proches et échouer le rend dingue. Il y a forcément un autre moyen de rentrer, ce souterrain n'était pas le seul. Il s'arrête soudain et fixe le mur. Il le balaye des deux côtés puis revient vers le groupe. Il se pose de nouveau devant la fillette.

— Est-ce que tous les Secteurs sont touchés par les affrontements ?

— Heu… non, il n'y avait que le seizième. Mais ça a pu changer !

— On fera avec. Bon, je suis navré de ne pas y avoir pensé avant, mais il y a peut-être un moyen d'entrer.

— Vraiment ? font ses amis à l'unisson.

— Mon père supervisait l'acheminement du charbon prospecté à l'extérieur du Dôme. Les chargements transitent par une porte qui se trouve au niveau du Secteur quatorze. S'il n'a pas été touché par les affrontements, on doit encore continuer d'envoyer des mineurs et des camions pour récupérer du charbon. C'est notre seule chance.

Ils remercient la fillette et se mettent rapidement en route. Ils savent qu'ils doivent contourner le mur d'enceinte sur plusieurs kilomètres avant d'arriver au niveau du quatorzième Secteur. Ils cheminent en silence, chacun en proie à ses propres tourments. Il leur faut près de deux heures pour arriver au niveau de la porte coulissante. L'entrée mesure bien cinq mètres de large sur quatre de haut. Une piste s'échappe du Dôme pour se perdre dans l'immensité glacée.

— On fait comment maintenant ? demande Tual.

— L'entrée est sûrement très bien surveillée pour éviter les intrusions. Je pense que plusieurs hommes armés doivent être en poste derrière au moment de l'ouverture du sas.

— Mais tu as une idée, affirme Luc en plongeant ses yeux laiteux dans ceux de son ami, n'est-ce pas ?

— Oui, suivez-moi.

Une demi-heure plus tard, ils se trouvent à moins d'un kilomètre du Dôme, placés au pied d'une butte dans un virage.

— Les traces sont fraîches. Ça veut dire que des camions vont revenir dans les prochaines heures. Ici, nous pourrons surveiller sans problème. Dès que l'un d'eux revient, j'irai me coucher sur la route et vous vous planquerez sur les bas-côtés, sous la neige. Dès que le camion sera à l'arrêt pour me récupérer, vous vous accrocherez sous les essieux.

— Mais qui te dit que le chauffeur va s'arrêter en te voyant ? Il pourrait te prendre pour l'un des nôtres et t'écraser par plaisir.

— Dans ce cas, il ne devra y avoir aucun doute sur ma condition d'Éclairé…

L'attente dure plus longtemps que prévu. Le groupe est blotti dans un trou de neige, l'un contre l'autre à patienter. Le ciel est toujours aussi bien dégagé et il n'y a presque pas de vent. Ils ont dormi un peu en se relayant. Caleb est frigorifié. Il n'a rien pour se réchauffer.

Après plusieurs heures, ils entendent finalement un grondement raisonner dans le lointain. Luc monte sur la butte et redescend quelques minutes plus tard.

— Il y en a un qui arrive ! Il sera là dans une vingtaine de minutes.

— Parfait. Allez vous placer sous la neige et attendez. N'oubliez pas qu'une fois à l'intérieur, chacun se débrouille pour rejoindre la résistance. Vous ne vous occupez pas de moi, vous ne me cherchez pas, vous ne m'attendez pas.

Ils acquiescent d'un hochement de tête.

— Lucie, donne-moi la paire de ciseaux que tu as prise dans la trousse de secours.

— Que vas-tu en faire ? lui demande-t-elle en fouillant dans sa poche.

— Il vaut mieux que tu l'ignores.

Elle va pour protester, mais il l'en dissuade en la serrant contre lui.

— Pense à votre famille, lui chuchote-t-il à l'oreille en la repoussant gentiment.

Il recule et regagne le trou dans lequel ils se trouvaient.

Le bruit du camion est de plus en plus fort à mesure qu'il se rapproche. Caleb essaie de se calmer en pensant à ce qu'il s'apprête à faire. Il doit agir au bon moment, sinon il risque de mourir.

Il enlève son manteau, son bonnet, ses gants et ne garde que son t-shirt. Le froid se plaque contre lui comme un parasite affamé et commence à le dévorer à une vitesse vertigineuse. Il a beaucoup de mal à respirer tant le froid lui brûle les poumons. Ses mains tremblent lorsqu'il retire le bandage de sa main. Heureusement que Lucie n'a pas pu le recoudre, ça fera plus vrai. Il rouvre sa plaie avec la paire de ciseaux par des gestes saccadés qu'il tente de maîtriser en respirant lentement. La pointe se plante plus fort dans la chaire ce qui lui arrache un petit gémissement. Le sang se met à couler. Il lacère grossièrement son t-shirt et entame sa peau pour se créer quelques plaies apparentes. Tremblant de plus belle, il réussit malgré tout à ranger l'outil dans sa botte et se recroqueville dans la neige. Les secondes passent, puis une minute, et il se demande si le camion va arriver avant qu'il ne meure congelé. Il est sur le point de sombrer, de se laisser happer par la douce morsure du froid, lorsqu'il entend le grondement du moteur. Il puise au fond de ses dernières forces pour s'extirper du trou et file sur la route en hurlant.

Le chauffeur ne le voit pas immédiatement. Lorsque les phares puissants se posent sur lui et qu'il découvre un jeune Éclairé ensanglanté, le conducteur pile et dérape sur quelques mètres avant d'immobiliser son véhicule. Caleb continue de brailler et ne s'autorise à tomber que lorsqu'il voit la porte s'ouvrir et une mince silhouette descendre.

Il est sur le point de perdre conscience lorsqu'il sent des bras le soulever.

— Putain de merde ! Tu fais quoi ici gamin ? Y t'es arrivé quoi ?

— Po… polar…

— Quoi ? C'est quoi polar ?

— Préda… teur… blanc…

— T'as été attaqué par un nauk[3] ? Y t'as pas loupé le salaud !

L'homme hisse Caleb sur la banquette côté passager et referme la porte.

— Eh ben, t'as une sacrée veine d'être tombé sur moi, mon garçon. T'es en sécurité maintenant. Tiens le coup.

Le chauffage marche à fond dans l'habitacle pour le plus grand plaisir de Caleb qui se laissant aller, finit par s'endormir.

Le chauffeur se remet en route sans savoir qu'il transporte à présent des passagers clandestins.

Caleb se réveille, mais refuse d'ouvrir les yeux. Il préfère écouter pour savoir où il se trouve. Il entend des bips et des avertisseurs sonores. Il n'a pas l'impression qu'il y a quelqu'un avec lui. Il ignore depuis combien de temps il est là, mais il sait qu'il ne peut pas rester. Le chauffeur a dû expliquer qu'il avait trouvé un gamin à l'extérieur du Dôme. On risque de lui poser des questions et d'entraver sa mission. Il entend un plastique souple que l'on déplace et des pas feutrés sur le sol. On prend quelque chose à côté de lui puis on le repose avant que le plastique ne se fasse de nouveau entendre.

— Il est réveillé ? demande une voix d'homme, rude et tranchante.

— Pas encore, lui répond la voix plus douce d'une femme.

— Il pourra être transporté ?

---

[3] nauk : viendrait de *nanuq*, littéralement « ours blanc » en langue inuite.

— Oui. Il n'avait qu'une légère hypothermie, ralentie par un excès d'adrénaline. J'ai suturé ses plaies, y compris son doigt arraché. Et je lui fais une injection d'antibiotiques.

— Bien. Je reviens dans cinq minutes. Vous me le réveillez, j'ai des questions à lui poser.

— Je regrette, mais il a besoin de repos, objecte l'infirmière.

— Je m'en fous, ce n'est pas mon problème ! Je veux savoir qui est ce gosse et ce qu'il foutait à l'extérieur du Dôme. J'attends le retour de l'identification, mais je suis prêt à parier qu'il s'agit du môme de l'ancien chef de la milice du seize. Il est activement recherché par le nouveau chef de la milice.

— Mais ce n'est qu'un enfant !

— Fermez votre gueule ! S'il s'agit bien de ce gamin, il me rapportera gros. En plus, c'est un *prorebut*, je ferai d'une pierre deux coups !

L'homme s'éloigne à grands pas, laissant Caleb seul avec l'infirmière. Il décide de jouer le tout pour le tout.

— Vous n'aimez pas cet homme et ses manières, je me trompe, lâche Caleb après un moment sans bouger d'un pouce.

La femme sursaute légèrement, mais reprend le contrôle rapidement et hoche la tête.

— Tu es réveillé depuis longtemps ?

— Assez pour tout entendre. Je ne vais pas vous mentir. Je suis celui qu'il cherche et j'ai peu de temps devant moi. Je dois quitter cet endroit en toute discrétion. Pouvez-vous m'aider ?

— C'est dangereux. Je… je risque ma place, davantage peut-être.

— Ce qu'il se passe dans le seize arrivera tôt ou tard jusqu'à vous. Je suis revenu pour tout arrêter.

— Pff… comment un gamin pourrait-il mettre fin à cette folie ?

— Qu'est-il arrivé à l'ancien chef de la milice ? demande Caleb l'air de rien.

— De ce que j'ai entendu, il aurait été arrêté durant l'assaut sur le stade.

— Celui mené par un libérateur ?

— Oui. Il a réussi à rassembler tout un tas de combattants et de résistants sous sa bannière, un rouge-gorge.

Le cœur de Caleb s'emballe en une seconde. Qui se sert d'oiseaux pour avancer sur un champ de bataille ? D'un autre côté, il doit admettre que le choix est judicieux puisque ce petit oiseau symbolise l'espoir.

— Qui dirige la milice à présent ?

Il s'apprête à entendre la réponse qu'il imagine déjà et qu'il redoute.

— C'est un jeune, Dalvin, je crois. Il est cruel et avance avec les hommes du RITE.

Caleb se mord la joue pour ne pas hurler.

— Alors je sais ce qu'il me reste à faire, finit-il en se relevant lentement.

— Vraiment ?

Il plante un regard déterminé dans les yeux en amandes de la petite infirmière qui lui fait face.

— Je vais nous en débarrasser.

Moins de deux minutes plus tard, l'infirmière pousse le brancard vers un ascenseur sur lequel se trouve Caleb caché sous un drap. Elle s'est laissée convaincre par le jeune Éclairé de l'aider à filer d'ici, mais il ne la sent pas sereine.

Elle appuie sur le bouton qui commande la descente de l'ascenseur, mais celui-ci n'arrive pas. Elle sait que le timing est serré. Le responsable de la sécurité ne va pas tarder à revenir et constater que le garçon n'est plus là. Elle recommence en appuyant frénétiquement sur le commutateur sans qu'il ne se passe rien.

— Pourquoi ne descend-il pas ce maudit ascenseur ?!

Caleb note une montée d'angoisse dans sa voix. Il sent qu'elle va commettre une erreur. Il ne bouge pas sous son drap, mais se tient prêt à bondir au cas où. Les plaies qu'il s'est infligées ne sont pas graves et ne le limiteront pas dans ses mouvements.

Une voix rugit soudain à quelques dizaines de mètres d'eux :

— C'est quoi ce bordel ? Où est le gamin ?

Le chef de la sécurité. Il est trop tard.

— Je… je suis désolée… bafouille l'infirmière en repoussant le brancard.

Caleb soulève légèrement le drap et la voit filer vers l'homme qui émerge de sous la bâche plastique. Il marche sur elle, une lueur froide dans le regard. Il ne la regarde pas, les yeux rivés sur le brancard. Lorsque la jeune femme, tremblante et apeurée comme une fourmi face à une araignée, arrive à sa hauteur, elle se confond en excuses, invoquant l'intimidation dont a fait preuve Caleb. Le chef de la sécurité l'ignore, se contentant de la gifler fortement avant de la repousser sans ménagement. Elle tombe lourdement au sol en gémissant. Caleb a déjà sauté du brancard et se colle à la paroi métallique devant l'ascenseur.

— Arrête-toi sale morveux ! crie l'homme en accélérant l'allure.

Caleb entend un sifflement derrière lui. L'ascenseur est là, mais il a besoin de temps. Il se jette sur le brancard et fonce vers le responsable de la sécurité. Celui-ci se fait surprendre quand Caleb le repousse brutalement. Il se prend le lit sur roulettes dans les jambes et perd l'équilibre. Il se rattrape de justesse au bord du brancard, mais Caleb est déjà sur lui et tire dessus pour le faire complètement tomber.

— Espèce de sale petit… lâche-t-il en s'affalant sur le sol. Tu vas me payer ça ! gronde-t-il en se relevant quelques secondes plus tard.

Caleb a mis ce temps à profit pour se glisser dans la cabine dont les portes se sont ouvertes automatiquement. Elles sont en train de se refermer lorsque l'autre glisse sa main dans l'interstice.

— Attends que je te chope, menace l'homme furieux.

Caleb frappe du pied la main qui avait agrippé le montant. Le responsable de la sécurité grimace et la retire en poussant un juron. La cabine commence alors sa lente montée lorsqu'il entend l'autre hurler :

— Tu es comme ton père, un lâche !

Le jeune Éclairé se concentre sur la suite. Il imagine que le responsable de la sécurité aura le temps de prévenir ses hommes qui l'attendront gentiment lorsque les portes s'ouvriront. Il repère une pancarte dans la cabine. Il comprend rapidement qu'il est dans l'hôpital du quatorzième Secteur. C'est le plus grand de la Zone Protégée. Chaque étage propose sa spécialité. Il était au sous-sol et remonte vers le rez-de-chaussée. Il appuie sur le signal d'alarme et bloque la nacelle juste avant d'arriver au niveau souhaité. Il se hisse à la force des bras jusqu'à la trappe d'intervention située au-dessus de sa tête et quitte la cabine. Il se trouve dans la colonne de passage des ascenseurs. L'espace est double et les contrepoids passent au milieu. Il n'est qu'à deux étages sous le rez-de-chaussée. Il redescend et appuie sur le déblocage en même temps qu'il repasse par la trappe d'intervention. L'ascenseur se remet en route et s'immobilise à l'étage voulu. Il entend de l'agitation derrière la porte métallique. On l'attend à coup sûr. Derrière lui, le câble d'une seconde cabine remonte tranquillement. Elle s'arrête au niveau inférieur. Il n'a pas le choix. Il doit passer sur l'autre nacelle, c'est sa seule chance. Il enjambe plusieurs poutrelles d'acier et se laisse glisser le long du câble qui soutient la nacelle. Il se pose en douceur au moment où elle reprend son ascension. Lorsqu'il passe le rez-de-chaussée, il peut entendre des agents de sécurité s'engouffrer dans le premier ascenseur et constater qu'il est vide.

Il doit faire vite. Il n'a pas beaucoup de temps. Il soulève la trappe d'intervention et ne voit qu'un brancardier et un son brancard vide. Il n'aime pas du tout ce qu'il s'apprête à faire, mais il n'a pas le choix s'il veut se sauver. Il ouvre entièrement la trappe tandis que la cabine monte les étages. Le brancardier est concentré sur un dossier qu'il tient dans les mains. Caleb prend une grande inspiration et se laisse tomber lourdement sur le pauvre malheureux. Ce dernier ne perd pas conscience, mais il est déstabilisé par ce qu'il vient de lui arriver. Caleb ne lui laisse pas le temps de réagir et attrape une petite bouteille d'oxygène qui se trouve sous le brancard et le frappe à la tête. L'autre part en arrière et s'évanouit sur-le-champ. Caleb se relève et vérifie immédiatement qu'il respire encore. Du sang coule déjà de sa tempe. Le jeune Éclairé ne se sent pas bien. C'est la première fois qu'il agresse quelqu'un, qui plus est d'innocent. Il essaie de se convaincre que c'est pour une bonne raison, qu'il n'avait pas le choix, mais il est pris de nausées. Il bloque l'ascenseur pour se donner du temps et retire rapidement les vêtements du brancardier qu'il enfile à la hâte par-dessus les siens. Il hisse le pauvre type sur le brancard en remontant la couverture sur lui. Il ramasse le dossier et le pose sur le blessé. Il remet de l'ordre dans sa tenue, place un masque chirurgical sur son visage respire un grand coup et débloque la nacelle qui se remet en route pour s'arrêter au septième étage. Les portes s'ouvrent sur deux personnes en tenue de médecins. Elles sont très pressées et discutent entre elles en appuyant sur le bouton du troisième. Caleb reprend lentement son souffle. L'une d'elles jette un coup d'œil rapide au blessé sur le brancard, mais s'en désintéresse rapidement.

— Encore un blessé du seize ?

Le cœur de Caleb s'emballe.

— C'est à parier, il en est arrivé beaucoup ces derniers jours, répond l'autre.

— D'après mon petit ami qui est aux urgences, ça commence à baisser un peu.

— Les civils doivent mieux se cacher.

— Ou alors le conflit est bloqué…

Lorsque les portes s'ouvrent pour laisser sortir les deux médecins, il peut voir des agents de sécurité passer en courant devant l'ascenseur. L'un d'eux jette un coup d'œil rapide et poursuit sa course.

Les portes se referment et Caleb appuie sur le rez-de-chaussée. Il ne doit pas traîner, car le brancardier ne va pas rester sonné éternellement.

Son cœur n'est pas calmé lorsque les portes coulissent dans un frottement soyeux. Il y a de l'agitation dans le hall. Il sort en poussant le brancard devant lui. Il y a plusieurs personnes qui vont et viennent. Des blessés sont couchés sur des civières directement dans le couloir. Des infirmiers s'occupent de donner les soins d'urgence ou de poser des diagnostics. Il voit des blessures graves, des plaies béantes, des membres arrachés. Il y a même des enfants, mutilés, défigurés. Il en a le vertige. Caleb dirige son brancard vers les autres dans l'espoir de l'abandonner et de passer les portes vitrées qui ne sont qu'à quelques mètres de lui.

Il fait vite le lien entre ce qu'il a entendu dans l'ascenseur et ce qu'il voit dans le couloir. Les urgences doivent être débordées pour que le couloir soit bondé de la sorte.

— Hé ! entend-il dans son dos après avoir laissé le brancard derrière une femme endormie avec une plaie ouverte au niveau du bras.

Il fait comme s'il n'avait rien entendu et se dirige vers la sortie sans se presser.

— Hé ! Brancardier ! Ramène-toi !

Il se fige sur place et se retourne pour s'assurer que c'est bien lui qu'on appelle.

— Alors ? T'es sourd ? J'ai besoin de toi pour emmener celui-ci en salle de préparation avant le bloc.

Caleb revient sur ses pas et se dirige vers l'urgentiste qui l'appelle.

— Ne traîne pas, même s'il en arrive moins, on a encore beaucoup de blessés du seize.

Caleb ne résiste pas et pose la question qui lui brûle les lèvres.

— Pourquoi ne sont-ils pas pris en charge sur place ?

— Les Troupes de Libération ont installé des PMU[4], mais ils y traitent leurs combattants, et pas dans les meilleures conditions. Les civils, eux, sont envoyés ici. Je soutiens les

---

[4]   PMU : postes médicaux d'urgence.

miliciens contre ces saletés de Rebuts, mais je dois reconnaître que les gars du RITE ont fait n'importe quoi.

L'urgentiste s'éloigne pour s'occuper du blessé suivant. Caleb attrape le brancard à l'instant où trois agents de la sécurité passent derrière lui.

— Impossible de le trouver. Ce merdeux a dû filer.

— Le chef va pas aimer...

Il remonte le couloir. Il n'a pas besoin de suivre les panneaux qui pendent du plafond pour se repérer. Il lui suffit de suivre les allées et venues des brancardiers. La situation doit être très inquiétante dans son Secteur, il n'a plus un seul instant à perdre.

Il parvient finalement dans la salle préopératoire. Elle ressemble à une fourmilière en pleine effervescence. Il y a beaucoup de blessés en attente. Les anesthésistes et les infirmières volent de l'un à l'autre pour les préparer à passer au bloc opératoire. Caleb cale son brancard au milieu des autres et sort discrètement. Il emprunte un autre couloir et cherche une sortie. Il repère rapidement une porte qui mène à l'extérieur. À mesure qu'il s'en rapproche, il découvre des murs peints dans des couleurs joyeuses et criardes. Il y a des dessins aux murs et des représentations d'enfants avec de grands sourires. Il comprend qu'il est dans le service de pédiatrie. C'est sûrement pour cette raison qu'il y a peu de monde et aucun blessé en attente. Lorsqu'il passe le sas d'entrée et se retrouve dehors, il accélère l'allure pour laisser derrière lui l'hôpital.

Il arrive à un croisement et s'autorise enfin à souffler. Il réalise qu'il porte toujours la tenue de brancardier. Il décide de la garder, car ses vêtements abîmés attireraient sans doute plus l'attention.

Il fait une pause et lève la tête pour laisser la lumière des dalles le baigner un instant.

Il a de la marche avant d'arriver dans son Secteur et se remet donc en route, plus déterminé que jamais.

Il emprunte les passages à l'écart des axes principaux et il lui faut une heure pour voir les premières traces d'émeutes. Elles ne se sont pas cantonnées aux limites du Secteur seize. L'endroit semble abandonné, mais il redouble de prudence. Il poursuit sa route en longeant les murs, prêt à toute éventualité. Une rumeur, des cris, des bruits secs et des explosions se font entendre dans le lointain à mesure qu'il progresse.

Il est entré dans son Secteur depuis une dizaine de minutes et les stigmates des affrontements sont maintenant bien présents. Il y a de nombreuses traces noires sur les bâtiments et les maisons. Il voit également des impacts d'armes à feu sur les murs. Certains lieux ont brûlé et une fumée âcre se dégage encore des décombres. Il y a des traces de sang sur le sol, mais pas de corps. Caleb est très inquiet. Il a quitté une citée pleine d'injustices, mais en paix et il retrouve une guérilla urbaine, tout ça en moins de deux décades…

Avant de rejoindre la résistance, et, il l'espère, ses amis, il décide de faire un petit détour par chez lui pour se changer et manger un morceau.

Il ne lui faut pas longtemps pour arriver. Il n'y a rien eu ici, ce qui le tranquillise. Il fait le tour de sa modeste habitation et saute par-dessus le grillage du jardin. Les plantations sont pourries ou desséchées. Sa mère n'est plus là pour ça… Il attrape la clé dans sa cachette et ouvre la petite porte qui mène à la cuisine. Il est cueilli par un silence de plomb. Il est content de retrouver sa maison, mais il sait qu'il ne pourra pas y rester. Il trouve un vieux morceau de pain et deux galettes de céréales. Il déniche un pot de confiture à peine entamé. Il retire la couche de moisissure et en étale sur les galettes. Une fois restauré, il va dans la salle de bain. Il prend une douche sans vraiment s'occuper du débitmètre, même s'il ne reste que cinq minutes au final. Il se change et quitte la maison en repassant par le même chemin.

Lorsqu'il arrive sur le trottoir, il est attiré par des mouvements venant de l'autre côté. Il s'assure qu'il n'y a personne et traverse en direction du square. Il ne voit rien, mais il entend chuchoter. Il s'avance encore et est soudainement poussé en direction d'un muret envahi par un lierre rampant. Il se retourne vivement et découvre le visage de Luc. Il lui faut une bonne seconde avant de réaliser que c'est bien lui et le prend dans ses bras.

— Ne restons pas là, dit-il sans attendre.

Il l'entraîne plus loin, vers le vieux poste de transformation. Lucie et Tual sont là tous les deux et lui sautent dans les bras. Les retrouvailles sont chaleureuses.

— Vous êtes là depuis quand ?

— Quelques heures. Lucie était sûre que si tu arrivais à filer, tu passerais chez toi avant de rejoindre la résistance, explique le jeune mutant.

— Je n'ai plus de secrets pour vous… plaisante Caleb.

— Je n'étais pas la seule à avoir cette idée, objecte son amie en fronçant les sourcils.

Caleb ne comprend pas sa réaction. Luc l'emmène à l'arrière du vestige en béton. Là, attaché à une poutre en métal se trouve un adolescent de leur âge. Il est bâillonné et porte un brassard rouge sur le bras. Il découvre enfin le symbole de la milice : un cercle noir sur fond blanc, symbolisant le soleil avec quatre éclairs partant des points cardinaux. En son centre, les lettres F et S rouges sont imbriquées ensemble.

Caleb s'approche. Il baisse le bâillon et a la surprise de reconnaître un élève d'une autre classe du centre de formation. Il ne le connaît pas, mais il l'a déjà vu dans les couloirs. Un type discret, craintif et toujours en retrait. Il est apeuré. Il essaie de lui lancer un regard mauvais, mais Caleb n'est pas impressionné. Les événements des derniers jours l'ont transformé. Il lui replace le bâillon tandis que l'autre gémit d'impuissance.

— La milice te cherche Caleb. Tu as eu de la chance que l'on soit arrivés avant toi. Tu n'es pas assez prudent !

Luc a raison. Ils s'écartent un peu tout en surveillant leur prisonnier du coin de l'œil.

— Vous avez eu des difficultés pour arriver jusqu'ici ?

— Non. Quand nous avons franchi la porte du Dôme, nous avons vu que le chauffeur te conduisait au poste de secours. Nous ne pouvions pas intervenir, il y avait trop de monde. Nous avons pris nos chemins habituels et sommes arrivés dans le square. C'est là qu'on a vu ce guignol. Il essayait de se donner de l'importance en bombant le torse quand des gens passaient devant lui. Quand Tual est sorti sur le trottoir pour le narguer, il n'a pas résisté à l'envie de le choper et a traversé en toute confiance. Nous l'avons facilement cueilli et ficelé en t'attendant.

— Pourquoi avoir mis un gars comme lui pour m'attendre ?

— Lucie pense que la milice doit être aux abois et que les responsables ont préféré ne pas se séparer de leurs combattants.

Ça se tient.

— On fait quoi de lui ? demande Tual.

— Si on le laisse là, il va finir par attirer l'attention et on saura que tu es en ville.

— Avec ce qu'il s'est passé dans l'hôpital du quatorze où je me suis retrouvé, je pense que la milice doit déjà être au courant de mon retour, les informe Caleb.

Ses amis le questionnent du regard, et il leur explique rapidement les choses.

— Vu comme ça, il est effectivement inutile de prendre trop de précautions, concède Luc après un moment.

Le groupe décide de laisser le milicien sur place, estimant qu'il saura se faire remarquer pour être libéré, et ils regagnent le repaire de la résistance en empruntant les égouts.

Ils mettent un peu plus de temps que d'habitude pour rejoindre les lieux, car plusieurs boyaux ont été partiellement effondrés à la suite de puissantes explosions. Il leur fallut dégager certains passages pour progresser.

Lorsqu'ils arrivent, le repaire est en proie à une vive agitation. Tout le monde court dans tous les sens. Quelque chose semble se préparer.

On fait à peine attention à eux. Luc, aidé de Lucie, cherche sa mère et ses sœurs. Caleb entraîne Tual pour trouver le commandant Fergus. Il n'y a plus de gardes en faction pour bloquer l'accès. La porte est grande ouverte. Le niveau est plongé dans un bruit continu. Ils ouvrent de grands yeux lorsqu'il voit des Hors-Le-Dôme et des Éclairés autour de la grande table en train de planifier une opération. Il n'aurait jamais imaginé voir ça un jour. Il constate que les Éclairés sont majoritairement des femmes. Il croise le regard fatigué de Fergus qui ouvre les yeux en grand lorsqu'il le reconnaît. Il fait taire tout le monde et les regards convergent vers le jeune Éclairé. Il se sent mal à l'aise et sourit nerveusement. Fergus s'approche d'eux et murmure quelques mots à Caleb.

— Allez m'attendre tous les deux dans mon bureau, je vous rejoins dans quelques minutes.

Lorsque le commandant les rejoint, il semble encore plus épuisé que jamais.

— Je suis content de te voir en vie. Qui est ce garçon ?

Caleb entreprend de lui raconter tout ce qu'il s'est passé depuis leur départ jusqu'à la neutralisation du jeune milicien devant chez lui.

— Tes amis et toi n'avez pas perdu votre temps durant votre absence. Ce que vous rapportez est crucial dans notre combat. Les forces de la milice sont très affaiblies et nous voulons frapper une dernière fois pour la neutraliser définitivement.

— Nous n'avons eu que des informations parcellaires sur ce qu'il s'est passé durant notre périple. Dites-m'en plus, en commençant par me dire où est mon père.

Fergus se renverse sur sa chaise et croise les doigts sur son petit bureau.

— Je vais essayer d'être concis, car le temps nous manque… trois jours après votre départ, un Éclairé a marché sur le stade avec un contingent de femmes. Il s'agissait d'épouses, de mères et de sœurs de nombreux miliciens. Nous ne l'avons compris que trop tard, mais ceux qui nous sont hostiles sont en réalité majoritairement des hommes, des mâles. Il y a bien entendu des femmes dans leurs rangs, mais elles sont minoritaires. Ce libérateur a fait quelque chose d'extraordinaire. Il a réussi à fédérer plus d'une centaine de femmes en colère qui ont déferlé sur le stade, telle une marée inébranlable, avec pour seules armes leur courage et leur détermination. Les hommes n'ont rien osé faire, pétrifiés par leur volonté. Un seul a essayé de s'interposer, mais il a dû battre en retraite.

Caleb devine aisément de qui il s'agit. Il image très bien Dalvin tentant en vain de se faire entendre de cette puissante horde.

— Il n'y a pas eu un seul blessé durant l'intervention. Ton père s'est présenté devant celui qui se fait appeler le *Rouge-gorge* et s'est rendu en quelques secondes. On m'a rapporté qu'il avait souri, comme soulagé par cette conclusion. Suite aux informations que tu nous avais rapportées en le suivant, nous avons pu intercepter les camions envoyés par le Centre pour y entasser les nôtres avant de les envoyer mourir à *l'Oasis*. Nous nous y sommes rendus avec plusieurs combattants pour neutraliser les gardiens et sécuriser les lieux. Après tout ça, nous pensons tous nous y installer. Mais en attendant, nous y avons déjà envoyé des centaines de familles pour les mettre à l'abri, dont celle de ton ami Luc. Nous pensions avoir gagné, mais c'était sans compter la rancœur de ce jeune fou furieux de Dalvin. En deux jours, il a regroupé autour de lui un cercle de quelques dizaines de fanatiques et a rejoint le Centre pour faire immédiatement appel aux hommes du RITE. Ils ont contre-attaqué il y a huit jours et depuis c'est le chaos dehors. Ils sont très bien équipés, se déplacent vite et attaquent partout. Ils ne s'encombrent de rien ni de personne, tuant sans états d'âme les civils, femmes et enfants confondus. Nous savons que d'autres combattants ont grossi leurs rangs, mais il s'agit d'enrôlements forcés. L'un d'eux a réussi à fuir pour nous rejoindre. Il nous a expliqué qu'il avait refusé de participer et que l'on avait exécuté sa femme devant ses yeux.

Caleb sent la colère monter en lui. Dalvin est la pire ordure qui soit et il doit être neutralisé.

— Il faut que je parle à mon père.

Fergus fait la grimace. Il se tortille sur son siège avant de répondre.

— Écoute Caleb… je ne te remercierai jamais assez pour ce que tu as fait pour nous. Tu es le premier Éclairé que je respecte autant, et sans doute le seul avant longtemps. Je ne sais pas comment, mais je suis convaincu que tu es un élément central dans toute cette histoire… et malgré tout, je ne peux pas te laisser le voir. C'est un prisonnier. Lorsque tout ça sera fini, il sera jugé et devra répondre de ses actes.

— Je ne veux pas le soustraire à la justice. Il doit payer pour ses choix et ses crimes, mais c'est mon père ! Je dois le voir avant d'aller plus loin. Il doit entendre ce que je sais, et de ma bouche !

Fergus réfléchit un moment. Il se lève, fait quelques pas puis quitte son bureau, laissant les deux garçons seuls. Tual qui sent son ami très perturbé lui prend la main. Le commandant revient quelques instants plus tard.

— Viens avec moi Caleb, mais ton ami reste ici, fait-il en parlant de Tual.

Il entraîne le jeune homme au fond du niveau du parking souterrain. Ils passent devant plusieurs personnes autour de la table des opérations qui lui lancent des regards étranges, indéfinissables. Il n'y prête pas attention.

— Ils ne voulaient pas que je te conduise à lui, mais ils ont été obligés d'admettre que tu le méritais au regard de tout ce que tu as fait pour nous.

— Je ne leur ai rien raconté, objecte Caleb.

— Inutile, j'avais branché un micro dans mon bureau. Ils ont tout entendu. Ils sont impressionnés par ce que vous avez fait, de pourquoi vous l'avez fait, toi en particulier. Rien ne t'obligeait à prendre tous ces risques pour les nôtres. Pour beaucoup de Hors-Le-Dôme, toi et le *Rouge-gorge,* êtes de la même trempe. J'en fais partie, conclut-il en ouvrant une porte qui mène à une remise.

Deux hommes armés se trouvent à l'intérieur. Une cellule étroite a été aménagée pour ne recevoir qu'un seul prisonnier : son père.

— Tu as dix minutes, mon garçon.

Fergus claque des doigts et Caleb se retrouve seul avec son père derrière les barreaux. Il avise une chaise dans un coin. Il la prend et va se planter devant l'homme diminué qui lui fait face. Lorsqu'il relève la tête et découvre son fils, il a d'abord un instant d'hésitation, croyant rêver.

— Ca... Caleb ? C'est bien toi ?

— Oui papa.

Le jeune Éclairé ne peut retenir les larmes muettes qui roulent sur ses joues. Maxime Delcourt a perdu le feu qui brûlait dans ses yeux. Il n'est plus que l'ombre de lui-même, une barbe naissante lui mange les joues et il semble sous-alimenté.

Il tend une main timide à travers les barreaux que Caleb s'empresse d'empoigner. Il sait ce que son père a fait et la folie qu'il s'apprêtait à commettre au nom d'idées abjectes, mais il reste celui qu'il avait idéalisé depuis sa plus tendre enfance. Il reste son père et il l'aime. Les deux hommes se lèvent d'un bon et s'étreignent maladroitement à travers les barreaux de la cellule.

C'est son père qui rompt le silence après un moment alors qu'ils se séparent.

— Pourquoi es-tu parti ? Où étais-tu ?

— Tu le sais très bien papa. Je devais tout faire pour te sauver de toi-même. Tu devais avoir la preuve que les Hors-Le-Dôme sont des êtres humains et tout arrêter.

Son père se rassoit lourdement sur sa paillasse.

— Alors elle avait raison… Elle savait ce que tu allais faire et je ne l'ai pas écouté. Comment ai-je pu me laisser aveugler de la sorte ?

— De qui parles-tu ?

— De ta mère. Le lendemain de ta disparition, elle a débarqué à la maison. Elle n'était plus la même. Je ne l'avais jamais vu comme ça. Elle m'a sommé de mettre fin à tout ça, ce que j'ai refusé à grand renfort de cris. Elle m'a demandé où tu étais, ce que j'ignorais. Elle voulait t'emmener loin de moi. Elle affirmait que je représentais à présent un danger pour toi. Elle est alors allée dans ta chambre et m'a exhibé le mot que tu m'avais laissé et que je n'avais même pas lu. J'ai eu honte, mais ma fierté d'homme a pris le dessus et je me suis mis en colère. Je l'ai menacée. Elle n'en a eu cure. Ta mère avait compris ce que tu étais parti faire. Je me rappelle encore ces derniers mots :

« Lorsque tu reverras ton fils, mesure les risques inconsidérés qu'il aura pris pour sauver ta misérable existence… Mesure son amour pour toi, et pleure. »

C'est à son tour de verser des larmes abondantes qu'il ne retient pas.

Caleb le laisse se vider tout en lui tenant les mains. Il a mal pour son père, mais il sait qu'il est sur le chemin de la rédemption. Il est heureux d'avoir entendu que sa mère ne l'avait pas abandonné et qu'elle se doutait de ce qu'il chercherait à faire.

Son père renifle et essuie son visage sur sa chemise chiffonnée.

— Raconte-moi ce que tu as découvert. Tu devais me prouver que je m'étais fourvoyé.

Caleb répète alors son récit à son père. Il voit ses yeux s'allumer d'un feu nouveau à l'énonciation de tout ce qu'il avait appris et il le voit frémir lorsqu'il lui narre les dangers qu'il avait dû affronter.

— Qui aurait pu croire tout ça possible, lâche-t-il après quelques minutes. Je suis tellement désolé de t'avoir contraint à tout ça... Mais grâce à toi et tes amis, tout le monde connaîtra enfin la vérité. Utilise la chaîne d'informations pour diffuser ton message, mon fils. Force Dalvin à sortir de sa réserve pour le neutraliser. Il doit être arrêté au plus vite... Je ne cherche pas à me justifier, mais à mesure que le temps passait, je me sentais pris au piège par sa folie destructrice. J'avais le sentiment que si je faiblissais un seul instant, il me tuerait pour prendre ma place et t'éliminerai dans la foulée. Il ne t'a jamais aimé. Il est très dangereux, rendu aveugle par sa haine dévorante. Lorsque lui et les hommes du RITE tomberont, le Front Solaire suivra et vous pourrez rebâtir un ordre nouveau.

— Je sais...

Maxime Delcourt resserre ses mains sur celles de Caleb. Il plonge ses yeux dans ceux de son fils, mais a l'impression de s'y noyer.

— Tu as changé mon garçon. Je le vois dans ton regard. Tu n'es plus le même. C'est une bonne chose. Ta mère sera fière de toi, comme je le suis. Maintenant, laisse-moi, tu as un combat à mener, mais reviens-moi en vie.

Caleb se lève et se rapproche de la porte.

— Tu seras jugé papa. Mais malgré tes erreurs, je serai là.

Il laisse son père et quitte la pièce. Il retrouve Fergus à l'extérieur qui le conduit vers la table des opérations. Il n'y a plus personne autour.

— Regarde, d'après nos informations, Dalvin et une partie des gars du RITE se sont retranchés dans ce bâtiment. Nous pensons qu'il y en a d'autres dans les parages, en embuscade, prêts à nous tomber dessus. Il y a beaucoup de civils qui se trouvent pris au piège, ce que nous ne pouvons accepter. C'est pour cette raison que nous avons reculé.

— Mais j'imagine que pendant ce temps, Dalvin doit en profiter pour se préparer.

— C'est exact. Une partie des personnes que tu as vues tout à l'heure souhaite que nous donnions l'ordre d'attaquer pour les déloger et en finir sans délai.

— Vous connaissant un peu, je dirai que vous faites partie de l'autre option.

— Oui. Il y a déjà eu beaucoup de morts et de blessés dans ce conflit stérile.

Caleb regarde la carte en détail. La zone est importante. Le bâtiment abrite des bureaux. Il est facilement défendable, car il trône sur une place dont les abords sont dégagés. Il est facile d'imaginer des agents du RITE postés dans les immeubles ou les maisons voisines. Combien de familles sont prises en otage par ces malades pour pouvoir se positionner et protéger leur retraite ?

— Un assaut de front me semble inutile. À choisir, j'opterai pour des percées méthodiques sur les bâtiments voisins, puis une attaque par-dessous. Vous maîtrisez bien les accès par le sous-sol ?

— C'est exactement ce que je pense, mais cela prendra du temps. Le Centre pourrait encore envoyer des forces armées qui risqueraient de nous prendre à revers. On se retrouverait alors entre deux feux. Voilà pourquoi les autres responsables veulent agir vite.

— Qu'en pense le *Rouge-gorge* ? J'imagine que cet homme a un avis sur la question.

Caleb voit Fergus hésiter un instant avant de répondre :

— Oui... il lutte contre un autre foyer d'agents du RITE. Ils ont pris des gamins et des profs du centre de formation en otage et menacent de tout faire exploser. Il tente en ce moment même de les ramener à la raison.

— Je vois... Si vous le permettez, j'aimerais tenter quelque chose.

— Je t'écoute.

Moins de trois heures plus tard, tout est en place. Deux heures plus tôt, Caleb, Luc, Lucie et Tual, accompagnés de quelques combattants Éclairés et Hors-Le-Dôme, avaient investi le bâtiment radio de la Zone Protégée. On avait rapidement expliqué la demande des quatre amis. Il avait fallu négocier un petit moment avant que l'on ne consente à accepter de leur laisser l'antenne dix minutes. N'ayant qu'une seule station d'informations, les quatre amis espéraient que l'écoute serait la plus large possible.

— Parlez normalement, sans cris ou manifestations d'émotions trop fortes et ne parlez pas en même temps. Il faut que tout le monde puisse comprendre ce que vous racontez.

Ils remercient le technicien qui vient de leur donner ces conseils. Ils sont surpris par le ton amical qu'il a employé. Caleb lui demande clairement ce que cela cache.

— Rien du tout ! Les présentateurs et les techniciens *AntiRebuts* sont tous partis lorsque la résistance a revendiqué sa première victoire en libérant le stade. Ceux qui sont restés sont favorables au mélange.

— Techniquement, ce n'est pas la résistance qui a libéré le stade, objecte Caleb.

— Oui, tu as raison, mais pour des raisons politiques, les victoires doivent être celles des groupes, des partis, pas des individus seuls, isolés. C'est le collectif qui doit l'emporter.

Ils sont équipés de casques audio et un gros micro sur pied est fixé au centre de la table circulaire. Le technicien referme la porte et se place derrière un pupitre de commande. Il leur fait signe qu'ils vont bientôt être en direct.

Une voix neutre annonce les choses :

« Alors que des affrontements sont en cours entre les derniers membres de la milice et ses alliés du Centre, et les Forces de Libération emmenées par le Rouge-gorge, nous vous proposons un témoignage unique et crucial. »

Il y a un blanc et quelques grésillements, puis on leur donne le signal pour commencer. Ils ont convenu de parler à tour de rôle, sauf pour Tual qui ne pourra intervenir qu'à la fin.

« *Bonjour à tous. Je suis Luc Méti... Je suis Lucie, mais je n'ai pas de nom... Je suis Tual, je viens du Sanctuaire, un autre dôme comme le vôtre, et je n'ai pas non plus de nom... Nous sommes des Hors-Le-Dôme, des Exclus, des Bannis, des Rebuts pour certains... Je suis Caleb Delcourt, le fils de Maxime Delcourt, ancien chef de la milice autoproclamé, responsable des horreurs qui ont frappé le Secteur seize depuis plusieurs décades. Mon père y a orchestré des rafles abjectes de Hors-Le-Dôme, que la plupart nomment les Rebuts, dans le but inavoué de les transformer en engrais fertilisant... Avec l'appui du Centre et du responsable du Front Solaire, l'actuel Grand Décideur William Frison, il a été décidé de déporter des centaines des nôtres, de les tuer à la tâche en cultivant une terre stérile et de la fertiliser avec leurs cadavres... Refusant de voir mon père tomber dans la folie et de commettre l'irréparable, j'ai décidé de lui prouver qu'il avait tort sur eux... Nous sommes des êtres humains. Ensemble, nous avons quitté la Zone Protégée pour affronter les dangers de l'extérieur et trouver des réponses... Nous avons découvert une machine d'une autre époque, une intelligence artificielle qui avait amassé des millions de données sur le monde d'avant... Il y a près de cinq-cents ans, un dérèglement du soleil engendra progressivement le monde que nous connaissons. Pour lutter contre le froid polaire total, on créa un vaccin modifiant le code génétique et les hommes se le firent injecter par millions, avant que des mutations incontrôlées ne surviennent... Ceux qui refusèrent devinrent les Éclairés, les Élus, les Purs. Ces survivants se cachèrent derrière des murs immenses et bâtirent des dômes pour survivre, reléguant les mutants à l'état de sous-hommes... Nous avons découvert qu'il existe d'autres mutants, presque des animaux. Ils sont devenus des monstres sous l'impulsion de cette intelligence artificielle devenue mauvaise. Elle les manipule depuis des siècles pour être ce qu'ils sont… Vous l'aurez compris, il existe d'autres dômes, ailleurs dans le monde et ceux que vous considérez comme des déchets, sont des mutants qui méritent de vivre comme tous les autres humains… Ils n'ont pas choisi d'être ce qu'ils sont. Ils paient le choix de leurs aïeux. Avec un peu d'efforts, chacun pourrait trouver sa place sans pour autant renoncer à ce qui fait nos différences. Merci pour votre écoute. »*

Il y a un nouveau blanc.

« Merci à vous jeunes gens pour ce récit passionnant et poignant. Avez-vous une dernière chose à rajouter ? »

Caleb lève la main et se rapproche du micro.

« Oui, je voudrais m'adresser à un homme, qui, je l'espère, m'écoute avec attention. Oui, Dalvin c'est à toi que je parle, uniquement à toi. Tu as échoué. Ton rêve de détruire les Hors-Le-Dôme que tu hais de tout ton être est en train de s'envoler en fumée. Tu n'y arriveras pas. Tu auras beau essayer, tu me trouveras toujours sur ton chemin et tu te heurteras à un mur. Mon ami Gus avait raison : la vérité seule ne peut pas toujours rétablir la justice, mais si des gens déterminés s'en emparent, ils peuvent abattre des montagnes. C'est ce qu'il va se passer Dalvin. Ton monde est déjà en train de disparaître et tu vas le suivre. Tu ne seras pas rayé de la mémoire des hommes, tu y prendras place comme le monstre que tu es pour que les générations futures s'en souviennent. Maintenant, si tu as un minimum de courage et d'honneur, demande à tes pantins du Centre de déposer les armes, de libérer les pauvres gens qu'ils retiennent en otage dans le centre de formation, et rends-toi.

Toi et les tiens n'avez plus rien à espérer de votre combat. C'est fini... »

Caleb retire son casque, imité par ses amis et ils quittent les studios sous les yeux médusés des personnes présentes. Ils ne savent pas quoi penser de cette dernière intervention.

— Allons nous reposer les amis. Je crois que les prochaines heures seront longues et décisives.

— J'ignore comment tout cela finira Caleb, lui répond Luc, mais je sais une chose : tu es celui par qui notre condition aura changé. Nous te devons tant.

— Il a raison, renchérit Lucie.

— Ne dites pas de bêtises. Qui a eu l'idée de prouver que vous êtes bien humains ? C'est toi Luc, pas moi. Qui a su que nous devions aller vers L'Aiguille pour nous rapprocher de *la Voix* ? C'est toi Lucie, pas moi. Qui a sauvé Tual des griffes des monstres blancs ? C'est toi Luc, pas moi. Qui a battu *la Voix* à son propre jeu ? C'est toi Lucie, pas moi. Qui nous a permis d'arriver jusqu'au Dôme ? C'est toi Tual, pas moi. Nous avons tous œuvré dans le même sens, alors arrêtez de vous mettre en retrait. Rien de ce que j'ai fait n'aurait pu l'être sans vous. Vous êtes ma famille.

Ils se serrent les uns contre les autres avant de regagner le repaire de la résistance sous bonne escorte.

Jour 92

Les quatre amis dorment peu cette nuit. Au petit matin, les deux Hors-Le-Dôme avaient laissé Caleb se reposer et Tual récupérer un peu plus. Juste avant de dormir, il avait eu droit à un repas généreux ce qui l'avait ravi.

Il est à peine cinq heures, mais dehors les dalles diffusent déjà une forte lumière. La veille, en quittant le studio radio, ils avaient été surpris de voir que les dalles fonctionnaient encore à une heure très avancée de la nuit. On leur avait expliqué que depuis la contre-offensive de la milice et l'implication des agents du RITE, Le Grand Décideur avait ordonné que les dalles ne s'éteignent plus et que le rayonnement ultraviolet de la voûte soit élevé et constant afin d'obliger les Hors-Le-Dôme à se terrer, diminuant de fait les forces de Libération. Il avait été envisagé de prendre d'assaut la centrale et de tout stopper, mais il n'y avait, parmi les résistants, aucun ingénieur capable de stopper le processus sans endommager le système de la voûte, ce qui serait terrible pour la survie de tous…

— Debout Caleb, l'intime doucement Lucie pour ne pas réveiller Tual.

Le jeune Éclairé se lève et s'habille rapidement. Tual dort comme un bienheureux. Depuis combien de temps n'a-t-il pas été si serein ? Caleb sourit de le voir ainsi.

Il rejoint ses amis qui l'attendent au bout du niveau et empruntent les escaliers pour retrouver le commandant en compagnie d'autres personnes de l'état-major. Ils arborent tous une mine grave et contrariée.

— Les choses se présentent mal Caleb, attaque Fergus sans préambule.

Le jeune Éclairé l'invite à poursuivre d'un signe de tête.

— L'intervention d'hier à la radio d'informations a été largement suivie et plusieurs natifs du Dôme se sont manifestés pour exprimer leur solidarité à notre encontre. Je ne te cache pas qu'il y a également eu des messages de haine écrits à la va-vite sur des murs ou criés des toits de certains bâtiments…

Il prend une pause avant de divulguer la suite et jette un coup d'œil à ses homologues.

— En revanche, nous avons reçu une réponse à ton second message il y a moins d'une heure.

Caleb regarde ses amis. Ils sont inquiets et s'attendent au pire.

— Je vous écoute.

— Un Éclairé s'est présenté ce matin aux combattants du *Rouge-gorge* avec une lettre. Le pauvre homme était terrorisé. Sa famille est retenue en otage par la milice dans le bâtiment où est retranché Dalvin. En voici une copie. Je te laisse en prendre connaissance, achève-t-il en lui tendant une feuille de papier sur laquelle est griffonné le message.

Caleb s'en empare et parcourt le contenu. À mesure que sa lecture avance, une bouffée de chaleur s'empare de lui.

« Petite ordure ! Tu crois que parce que tu as levé le voile de notre passé, cela fait de toi un savant, un donneur de leçons ? Ton arrogance me donne envie de gerber ! Tu oses dire que des mutants sont encore des humains… Quelle connerie ! Pourtant, j'aurais presque pu laisser passer cette absurdité, mais tu as osé mettre en doute mon courage et mon honneur… Grave erreur. Alors voilà ce qu'il va se passer. Tu vas venir, seul, devant moi pour que j'explose ta sale petite gueule, sinon, tous les otages du centre de formation seront éliminés. Tu as deux heures. »

Caleb relit la lettre une seconde fois. Ses mains tremblent, non pas qu'il ait peur, mais il est furieux. La colère bouillonne dans ses veines. Dalvin ne se rendra jamais. Il n'a plus d'autres choix que de l'affronter directement.

— Nous avons un plan, se manifeste Fergus après un moment. Depuis la réception de ce message, nous affinons notre position autour du centre de formation et des bâtiments qui ceinturent l'immeuble administratif. Lorsque tu commenceras à avancer vers la place où ce dingue t'attendra, nous lancerons l'assaut sur le CES, libérant un maximum d'otages et nous délogerons les types du RITE dans les lieux autour de la cible. Cela prendra plusieurs minutes, mais malheureusement, tu ne pourras pas savoir si nous avons réussi ou échoué. Notre objectif est la neutralisation silencieuse. Une rafale d'armes à feu préviendrait tous les autres que nous sommes en action. Lorsque tu seras face à Dalvin, il faut espérer que tout aura été libéré et que nous pourrons le mettre hors d'état de nuire à distance. Dans ce cas, tu n'auras pas à l'affronter. Mais dans le cas contraire...

Caleb tourne autour de la table pour regarder le plan des lieux.

— Avez-vous prévu une équipe pour rentrer par le sous-sol du bâtiment principal ? Il faut que Dalvin soit coupé de toute retraite, de toute aide logistique.

Fergus hoche la tête. Tout semble avoir été envisagé, sauf sa survie, mais il avait douté avoir une chance de s'en sortir lorsqu'il avait commencé à lire la réponse de Dalvin.

— Très bien. Je vais me préparer. Je vous rejoins dans quelques minutes.

Caleb se dirige vers l'escalier qui mène au niveau des couchettes. Il est rejoint par ses deux amis qui le bloquent au bas des marches.

— Tu ne comptes tout de même pas aller affronter ce malade ? s'inquiète Luc.

— Je n'ai pas le choix.

— Mais tu as entendu Fergus, ils vont coordonner une attaque simultanée contre ses différentes positions. Tu n'as pas besoin de t'exposer !

— Eh bien si, justement. Dalvin, ses hommes, ceux du RITE… tous doivent me voir. Ils doivent tous être focalisés sur moi. Le but est de pouvoir créer une diversion suffisante et que les Troupes de Libération puissent les neutraliser. C'est la seule solution. Lorsque Dalvin s'apercevra qu'il est seul, il cherchera à me tuer, il ne se rendra pas.

— Et que feras-tu alors ? s'empresse de demander Lucie.

— J'aviserai.

Il n'en dit pas plus et se prépare en silence. Tual qui s'était réveillé assiste à tout l'échange. Lui aussi garde le silence. Il s'habille rapidement et rejoint les deux Hors-Le-Dôme. Les quatre amis retrouvent le commandant qui les attend à l'entrée du repaire.

— Vous allez être conduits au *Rouge-gorge*. Il veut superviser lui-même les derniers préparatifs avec vous.

Ils hochent la tête et quittent les lieux sans un mot.

Afin de protéger les Hors-Le-Dôme du rayonnement ultraviolet diffusé par les dalles lumineuses de la voûte, il a été décidé de faire une grande partie du chemin par les égouts. Ils sortent à l'air libre à moins de trois cents mètres du camp de base improvisé par le groupe du *Rouge-Gorge*. Ils avancent le plus possible dans l'ombre des bâtiments. Comme ils passent à proximité du parc, Caleb leur demande de continuer sans lui. Il a besoin de se rendre dans son lieu de prédilection. Seuls Luc et Lucie comprennent et l'expliquent au groupe qui refuse de le laisser seul. Ils se mettent en retrait à l'ombre d'une petite maison pour patienter. Ici aussi les affrontements ont fait des dégâts matériels. Les façades sont noircies par endroits et de nombreuses fenêtres ont éclaté. Quelques portes ont été enfoncées et nul ne sait encore quelles horreurs se trouvent à l'intérieur.

Caleb entre dans le parc et il est saisi par le silence. Il ferme les yeux, mais il n'entend rien, pas un seul oiseau. Il se dirige vers l'arbre qui trône au centre du petit espace vert. Il est soulagé de constater qu'il est toujours là, que la colère des hommes l'a épargné. Il s'assoit contre son tronc noueux et ferme les yeux. Une petite brise, provoquée par les échanges d'air entre la masse d'air chaud qui monte vers le haut du Dôme et l'air froid charrié de l'extérieur par les puissants extracteurs, agite le feuillage. Caleb se laisse bercer par ce bruissement léger et réconfortant. Alors qu'il pensait que les oiseaux avaient tous fui à cause des combats, il entend un petit pépiement. Il lève les yeux et découvre un nid duquel s'échappe le petit cri. Moins d'une seconde plus tard, un adulte vient se poser sur le rebord, un ver dans le bec. Un second oiseau, perché un peu plus haut entonne alors son chant, magnifique, aérien, cristallin. Un rossignol. Caleb est heureux d'entendre cette harmonie qui lui réchauffe le cœur. Il quitte le parc quelques minutes plus tard, apaisé et ragaillardi.

Il leur faut ensuite moins de deux minutes pour rejoindre les troupes du *Rouge-gorge*. Elles sont placées à cinq cents mètres de l'entrée du centre de formation. Les premiers tireurs en observation sont à une centaine de mètres et couvrent l'ancien établissement d'apprentissage de Caleb. Cette époque lui semble tellement lointaine au regard de tout ce qu'il s'est passé depuis son départ. Ils sont accueillis par deux jeunes femmes. Ce sont elles qui supervisent le camp. Elles leur expliquent que les gars du RITE sont retranchés à l'intérieur avec leurs otages et qu'ils se sont sûrement scindés en plusieurs groupes pour rendre l'assaut plus difficile.

— Merci pour ces précisions, avance l'un des hommes qui accompagnaient Caleb et ses amis, mais nous devons voir votre chef.

— Oui, il l'attend, confirme l'une d'elles en désignant le jeune Éclairé. Les autres vous resterez avec nous.

On conduit Caleb dans une maison à moitié détruite par une explosion. Les quatre murs sont encore en partie debout, mais le premier étage et le toit sont effondrés. Deux femmes en armes gardent l'entrée. Caleb est étonné de voir autant de femmes armées et pas un seul homme. À l'intérieur de la maison, les gravats ont été repoussés sur les côtés pour laisser un passage au milieu. Caleb s'arrête devant une porte réparée à la va-vite, comme en témoignent les charnières explosées, remplacées par des tasseaux de bois noircis. La femme qui l'a conduit toque deux fois et s'annonce.

— Tu peux entrer, dit-elle avant de se retirer.

Le jeune homme pousse la porte qui grince légèrement. Il est dans une petite pièce. Le mobilier ne semble pas avoir trop souffert de l'explosion. Il y a de la poussière dans les coins, mais le bureau est propre et dégagé. Il y a une arme posée dessus et un couteau. Une douce lumière pénètre dans la pièce par la fenêtre sur le côté. Elle se répercute sur un sous-main en métal qui l'éblouit, l'empêchant de voir le visage de la personne calée dans un fauteuil en face de lui.

Il veut s'avancer, mais une main levée l'en dissuade.

— Vous vouliez me voir, commence Caleb, mais vous refusez que j'en fasse autant ? C'est étrange.

En guise de réponse, la main se baisse et repousse une feuille sur laquelle se trouve le message écrit de Dalvin. Caleb le reconnaît aussitôt.

— Je sais, c'est pour cette raison que je suis là. Il n'y a pas d'autre choix pour l'arrêter.

— J'ai beaucoup aimé ton intervention à la radio, même si elle était vouée à l'échec…

« Cette voix ! »

Caleb manque de perdre l'équilibre lorsqu'il réalise qui est en face de lui, lorsqu'il comprend enfin qui est le *Rouge-gorge* et pourquoi ce libérateur a choisi le petit oiseau au plastron rouge comme emblème.

Il fait quelques pas sur le côté pour échapper au reflet et découvre enfin son interlocuteur.

Ses yeux s'emplissent de larmes qu'il ne retient pas et se jette dans les bras de sa mère.

Ils s'étreignent durant de longues minutes. L'énorme poids qui pesait sur les épaules de Caleb s'envole d'un coup. Non seulement sa mère est en vie, même s'il n'avait pas trop d'inquiétudes à ce sujet, mais c'est par elle et son courage que les Hors-Le-Dôme pourraient avoir un lendemain plus radieux.

— Je suis tellement fière de toi Caleb, tellement fière de ce que tu as entrepris pour obtenir une égalité et une justice pour tous !

— C'est bien peu au regard de ton combat. Moi qui croyais que tu avais baissé les bras, que tu avais renoncé. C'est pour ça que je me suis engagé dans cette voie, parce que tu n'y avais pas répondu !

— Je sais… j'ai manqué de discernement en agissant ainsi. Je ne pensais pas que les événements allaient te rattraper et que tu répondrais à l'appel de la vérité.

Caleb se recule pour mieux regarder sa mère. Elle n'a pas changé, en dehors du fait qu'elle est habillée comme un combattant.

— Mais tu étais où durant tout ce temps ? Tu faisais quoi ?

— Je n'ai jamais été très loin. Quand j'étais encore à la maison, une fois passé le chagrin causé par ton père, je me suis résolue à mettre un terme à tout ça. Je ne voulais pas te décevoir en restant dans l'inaction. Mais je savais également que je devais m'éloigner de toi si je voulais mener à bien cette mission. J'ai alors commencé à œuvrer en ce sens, quittant la maison dès que vous étiez partis tous les deux. J'ai suivi ton père, observé les membres de son groupe pour tous les identifier. Je suis ensuite allée espionner chacun d'eux chez lui pour voir ceux dont les femmes, les mères ou les filles rejetaient comme moi leurs idées monstrueuses. Je les ai approchées, et progressivement, notre groupe a grossi pour devenir un réseau bien organisé. J'ai renoncé avec quelques-unes, toutes aussi monstrueuses que leurs hommes, et j'ai vite vu que ce Dalvin était le pire de tous… À d'autres moments, c'est toi que je suivais. Je t'ai longtemps observé dans le parc, et ton amour des oiseaux m'a soufflé l'idée d'utiliser l'un d'eux comme surnom… J'ai su pour ton ami Gus et sa famille, mais je ne les ai pas trouvés dans les lieux de détention que nous avons libérés. J'ignore où il se trouve… Et puis je suis partie pour de bon, car il fallait que nous nous organisions efficacement. Lorsque nous étions prêtes à déferler sur le stade pour libérer tous ces pauvres gens, je suis revenue à la maison pour te chercher. Avec ce qui se profilait, je ne voulais pas que tu sois avec ton père, cela me semblait trop dangereux.

— J'ai parlé avec lui dans sa cellule. Il m'a tout expliqué. Je lui ai tout raconté et il a compris.

— Lorsque j'ai lu le mot que tu lui avais adressé, une colère noire s'est emparée de moi, reprend sa mère. Je lui en ai énormément voulu d'être resté inflexible sur ses idées, tant avec moi qu'avec toi. Je m'en voulais aussi de ne pas avoir vu que tu suivais un chemin dangereux parce que je t'avais mis à l'écart du mien… Une fois le stade libéré et ton père arrêté, j'ai rencontré la résistance et le commandant Fergus. C'est lui qui m'a expliqué tout ce que tu avais découvert sur ton père et ce que toi et tes amis étiez partis faire. Ne pouvant pas partir à ta recherche, je me suis juré de te déblayer le terrain pour qu'à ton retour, tu aies le champ libre afin de divulguer la vérité à tous… Mais je dois reconnaître ne pas être prête, sans compter ce que tu t'apprêtes à faire maintenant.

Caleb se dirige vers la petite fenêtre. Il se laisse caresser par les rayons de lumière.

— Si tu me dis qu'il y a un autre moyen de neutraliser ce qu'il reste de la milice, je le suivrai.

Sa mère se lève à son tour et rejoint son fils dans la lumière. À cet instant, ils ont conscience que leurs choix les amenés ici, à ce qu'ils sont devenus. Caleb sait qu'il a peu de chance de s'en sortir et sa mère sait qu'il n'y a pas d'autre chemin que celui que son fils va suivre.

— Je suis tellement désolée...

Il y a encore quelques mois, jamais ils n'auraient pu se résoudre à tout ça. Sa mère serait devenue folle à l'idée que son fils puisse éventuellement mourir pour mettre fin à un conflit inutile. Quant à Caleb, il serait mort de peur à l'idée de se mettre en danger pour une cause trop floue à ses yeux. Ils ont changé, mais ils ne regrettent rien, car ils savent qu'ils ont agi pour le bien de tous. Ils ont fait ce qui est juste.

On vient toquer à la porte, ce qui interrompt ce moment silencieux.

— Je suis navrée madame, mais il va être l'heure.

La mère de Caleb se tourne vers son fils. Elle lui adresse un sourire et l'embrasse. En se dégageant, ses yeux se durcissent légèrement et le jeune Éclairé sait que le *Rouge-gorge* vient de prendre la place de sa mère.

— La partie va être très serrée. Tout le monde est en place et attend le signal pour une attaque groupée. Dès que tu seras passé devant le centre de formation, Dalvin saura que tu es en route. Soit il attend de te voir avant de donner le signal de tuer tous les otages, soit il le fait immédiatement. C'est pour cette raison que nous allons lancer l'attaque à la seconde où tu auras mobilisé sa vigilance.

— Et après ? Lorsque je serai devant lui, je fais quoi ?

— S'il n'a pas eu de retours de ses différents groupes ou unités isolées, il comprendra vite qu'il est acculé et sera alors très dangereux. C'est là que nous devrons vite intervenir et le neutraliser. Mais si nous échouons, s'il lui reste des forces en place, il usera de sa puissance et s'amusera avec toi pour t'en faire baver. Je pense qu'il n'espère plus gagner la partie, mais il ne veut pas partir seul, il veut t'emmener avec lui… Je vais t'équiper d'un plastron de protection à mettre sous tes vêtements. C'est un gilet renforcé avec des feuilles en métal. C'est un peu lourd, mais ça arrête les projectiles d'armes à feu. Ta tête ne sera pas protégée, je regrette. Tu prendras également l'arme et le couteau sur le bureau. J'espère que tu n'auras pas à t'en servir, mais on ne sait jamais.

Une fois équipés, Caleb et sa mère quittent en silence la maison délabrée. Il retrouve ses amis qui l'attendent dehors. Leur visage est fermé et l'inquiétude creuse leurs traits.

— Comment en est-on arrivé là ? demande Luc la voix chevrotante. Pourquoi faut-il que ça se termine ainsi ?

— La vie est injuste ! lâche Lucie les larmes aux yeux.

— Ne vous inquiétez pas les amis, tout ira bien pour moi. On se revoit dans un petit moment pour fêter la fin de tout ça.

Il se tourne vers Tual. Il ne dit rien, mais il sent le trouble qui s'agite en lui. Celui-ci lui tend une pointe étrange, courbée de près de dix centimètres. Caleb croit reconnaître une dent de monstre blanc.

— Je l'ai ramassé lorsqu'ils sont venus dévorer mes compagnons après vous avoir emmenés voir *la Voix*. Ils étaient tellement excités qu'ils se sont battus et l'un d'eux l'a perdue. Je pensais m'en servir pour défendre ma vie la prochaine fois qu'ils viendraient, mais je n'en ai pas eu besoin. Peut-être qu'elle te sera utile. Prends-la, et tâche de revenir, je ne te connais pas encore assez.

— Je n'oublierai pas, lui répond Caleb en fourrant la dent dans sa poche.

Ils s'étreignent tous les quatre quelques instants.

— Merci d'être là mes amis.

Caleb se dégage d'eux et suit sa mère qui l'emmène au point zéro.

— Nous allons tout faire pour être dans les temps mon fils, je te le promets.

— Maman, si... si je ne reviens pas, n'abandonne pas papa, il ne doit pas se laisser aller à l'amertume et au désespoir...

Elle hoche la tête timidement. Ils s'embrassent une dernière fois. Les larmes ne coulent plus, ce n'est plus le moment pour ça. Caleb lui sourit et passe sous un porche avant de rentrer dans la lumière. Il est directement visible du centre de formation. Il n'imagine pas être passé inaperçu. Il sait qu'à partir de cet instant, les choses sont en marche et les forces en présence, inarrêtables...

Il avance depuis dix minutes dans un désert urbain où règne un silence de mort. Il n'y a personne et rien ne bouge. Les rares civils doivent être prostrés chez eux ou pris en otage. Le vent balaye les fumées des restes d'incendies non maîtrisés. À sa gauche, une maison est éventrée et ne tient plus que sur trois pans de mur. Un peu plus loin, il devine des corps entassés à la va-vite. Il ignore à quel camp ils appartiennent ou si ce sont des civils. Les restes d'une porte fracassée battent au vent. Il croit soudain entendre quelques claquements dans son dos, mais ne se retourne pas. S'il s'agit de l'intervention des Troupes de Libération, il ne veut pas inviter ceux qui le surveillent à regarder en arrière.

À mesure qu'il chemine tout seul, il est traversé par un sentiment étrange, mélange d'orgueil et de malaise. Il est fier de ce qu'il a fait avec ses amis, car cette vérité qu'ils détiennent va pouvoir éclairer tous les habitants du Dôme sur leur passé commun, et, il l'espère, protéger leur avenir. Pourtant, il avait rapidement admis au fond de lui que cela ne suffirait pas à arrêter la folie initiée par son père et le Grand Décideur, mais il l'avait secrètement espéré, car il n'avait pas d'autres alternatives. Du coup, il avait éprouvé un réel soulagement, lorsqu'il avait appris que quelqu'un avait été à l'initiative d'une révolte, car c'était là ce qui manquait pour amorcer un changement significatif. Jamais il n'aurait pu mener ce combat... Lui qui pensait que seule une minorité d'Éclairés prenait la défense des mutants devait admettre son erreur de jugement. Il devait admettre que cette portion silencieuse de la population le réconciliait avec une humanité qu'il avait vite jugée irrécupérable, sa mère en tête puisqu'il avait estimé qu'elle avait fui le combat. La fierté qu'il éprouve aujourd'hui pour elle lui réchauffe le cœur et contrebalance avec la honte et le dégoût des actions de son père, de l'homme au chapeau noir ou encore du Grand Décideur. Malgré tout, il reste perturbé, car il doit admettre que son père, sa mère et lui, sont directement responsables de tout ce qu'il se passe, et ça, c'est très perturbant...

Il poursuit sa route et arrive bientôt devant un passage étroit. C'est une ruelle entre deux rangées de bâtiments qui s'éloignent en *V*. Les abords ont été condamnés par des blocs de béton arrachés aux façades et un enchevêtrement d'objets trouvés dans les décombres. Ils bloquent le passage, forçant quiconque à emprunter le goulet d'étranglement et prendre le risque de se faire tuer. La lumière de la voûte éclaire les fenêtres encore intactes à mi-hauteur et les rayons accrochent des objets métalliques en mouvement. Il imagine que ce sont les canons des armes à feu. Au bout des deux bâtiments se trouve la petite place qui abrite l'immeuble de bureaux que Dalvin et la milice ont investi. Il est haut d'une vingtaine de mètres. Il jette un regard circulaire et note la présence de nombreuses silhouettes fantomatiques dans les hauteurs des habitations qui encerclent le bâtiment central. À ce stade, il lui est impossible de savoir s'il s'agit encore des agents du RITE ou si les Troupes de Libération ont déjà pris possession des lieux.

Il respire à fond et reprend son avancée. Il se trouve à moins de vingt mètres de la porte vitrée lorsqu'un qu'un milicien sort au pas de course avant de s'arrêter brusquement, son arme braquée sur Caleb.

— N'avance plus et jette tes armes ! lui ordonne l'homme posté à cinq mètres de lui.

— Non !

— Fais ce que je te dis !

— Hors de question !

L'homme s'agace et retire le cran de sécurité.

— Je te laisse trois secondes avant de tirer !

— Je ne pense pas que ton chef apprécierait que tu me tues !

— T'as raison, mais j'ai le droit de t'abîmer un peu… et je sais bien viser. Alors pour la dernière fois, pose tes armes !

À regret, Caleb jette ses armes à quelques mètres.

— Recule maintenant.

Sans quitter Caleb des yeux, le milicien avance et ramasse l'arme à feu et le couteau qu'il glisse dans sa ceinture.

— Putain de *prorebuts* ! Je vais bien me marrer quand le boss va éclater ta sale petite gueule !

— Ferme-la et dis-lui de venir. J'ai pas que ça à faire.

Caleb est surpris par sa propre audace. Il en profite tant qu'il peut encore.

— Il va venir, ne sois pas si pressé de crever ! Mais en attendant, tu me suis.

Caleb grimace. Cela ne faisait pas partie du plan initial. Une balle siffle soudain vers lui et percute le sol à ses pieds.

— J'insiste.

De mauvaise grâce, Caleb obtempère et suit le milicien. Les portes vitrées coulissent sur leur passage et les avalent en silence. Caleb se retrouve dans un hall qui s'ouvre sur deux étages. Plusieurs miliciens sont disposés en cercle sur les hauteurs et le surplombent. D'autres encore se trouvent dans l'escalier principal qui lui fait face. Le type grimpe les premières marches et se place à côté de ses compagnons. Un silence pensant règne sur les lieux, puis le bruit de pas sur le sol résonne dans la cathédrale de verre. Dalvin fait son apparition et il avance d'un pas assuré, les deux mains accrochées à son gilet multipoches. Il arbore un large sourire de ceux convaincus de leur supériorité.

— T'es finalement venu Caleb. Putain… j'suis impressionné.

Les miliciens tirent leurs armes et le mettent en joue du premier étage.

— Tu as besoin de protection Dalvin ?

Il regarde les hommes négligemment avant de fixer de nouveau Caleb.

— Eux ? Non… ils sont là pour le show. Ce sont des spectateurs, rien d'autre.

Il lève une main et les miliciens baissent leurs armes.

— Franchement, je m'attendais vraiment pas à ce que tu viennes.

— Tu ne m'as pas laissé le choix.

— Oh, tu parles de ma petite invitation ? Oui, je me suis peut-être un poil emporté. Mais d'un autre côté, tu t'es bien foutu de notre gueule avec ton histoire !

— Tout est vrai.

— Ah ? Tout est vrai !?... Peut-être, mais ça ne change rien. Ces... mutants n'ont plus rien d'humain ! Un humain ne crame pas sous les rayons du soleil ! Ne peut pas voir dans le noir ! Ne résiste pas aux températures glaciales !...

Caleb note que Dalvin s'est essoufflé à brailler de la sorte. Il sait qu'il a envie de jouer avec lui, il veut lui dire sa façon de penser avant de lui faire mal. Plus il prendra de temps, mieux ce sera pour les forces de sa mère et celles de Fergus.

— Ce n'est pas parce qu'ils ont développé certaines particularités qu'ils ne sont plus humains pour autant. Le fait de penser, de réfléchir, de créer fait d'eux des humains...

— Conneries ! Cela en fait des êtres pensants, tout au plus ! Pas des humains ! C'est nous les humains, pas eux ! s'énerve le chef de la milice. Mais passons... poursuit-il après s'être repris en respirant un grand coup. C'est un point sur lequel nous ne serons jamais d'accord, pas vrai, mon pote ?

Caleb sent le changement de ton et d'attitude. Dalvin a relâché ses bras le long du corps et il n'est plus statique.

— C'est possible...

— Venons-en maintenant au truc qui m'est vraiment resté en travers de la gorge, le coupe-t-il sèchement.

Une bouffée de chaleur s'empare immédiatement de Caleb. Il sent que les choses vont vite se gâter. Dalvin commence à tourner en rond devant lui, laissant monter sa rage habituelle.

— Tu as osé t'adresser à moi comme à un gosse ! Me faire la morale, à moi ! En prétendant que je n'aurai pas de courage, pas d'honneur ! Est-ce que tu as vraiment cru qu'en proférant ces absurdités, j'allais gentiment baisser mon froc pour toi ? Est-ce que tu as une idée de ce que ça a déclenché en moi !?

Caleb a la gorge sèche et la peur s'insinue partout en lui. Devant lui, Dalvin est comme un animal sur le point d'attaquer. À cet instant, il aurait aimé avoir ses piolets pour se défendre comme avec le polar, ou une barre de fer… mais il n'a rien, il se sent démuni, fragile.

— Je ne sais pas, articule-t-il difficilement. J'ai simplement voulu dire ce qui me semblait juste pour faire cesser tout ça.

Dalvin chasse cet argument d'un revers de la main.

— Lorsque mes hommes ont entendu ton petit discours, certains m'ont regardé bizarrement, comme si j'étais faible. J'ai vu la pitié dans leurs yeux ! J'ai cru vomir. Sais-tu où ils sont à présent ? (Caleb secoue la tête nerveusement) Un peu partout…

Une lueur de folie vient de s'allumer dans le regard sombre de Dalvin.

— Et maintenant Caleb, c'est toi, que je vais éparpiller dans tout le hall.

Dalvin tire un long couteau de sa ceinture. Caleb peut voir la lame effilée d'une vingtaine de centimètres. Il se met en position et se rapproche du jeune Éclairé, un sourire dément déformant son visage.

Il charge d'un coup et balaye l'air de la lame à quelques millimètres du visage de Caleb. Celui-ci a reculé d'un pas pour éviter le coup mortel. Dalvin fait pivoter son bras et frappe dans l'autre sens, sans succès. Il ramène l'arme devant lui et frappe d'estoc en visant le cœur. Le premier coup est trop court, le second percute le plastron de protection. Un centimètre au-dessus et l'arme rentrait sous la clavicule. Le choc du métal ébranle légèrement le bras de Dalvin qui s'arrête.

— Petit malin, tu as mis quelque chose là-dessous. Je ne sais pas si s'est autorisé par le règlement, ça…

Caleb retrouve sa vigueur.

— Me fais pas rire ! Tu as une arme et pas moi. Où est ton courage ? Ce combat n'est pas loyal !

Dalvin se redresse. Il a la mâchoire serrée.

— Tu as raison. (Il range son couteau dans son fourreau.) Je l'utiliserai à la fin, pour te découper en morceaux. Réglons ça avec nos poings dans ce cas, mais enlève ton truc pour être à égalité !

Tandis que Caleb se débarrasse de son plastron, il se demande combien de temps encore il va devoir attendre avant que ce malade ne soit neutralisé. Mais maintenant qu'il se trouve dans le bâtiment et non dehors, il ne sait pas comment cela complique les choses. Il prend plus de temps que nécessaire, ce qui n'échappe pas à Dalvin qui semble avoir lu dans ses pensées.

— Tu crois que je ne vois pas que tu essaies de gagner du temps pour que tes copains viennent te sauver ? N'espère aucune aide. À l'instant où tu t'es mis en route, mes hommes ont quitté le centre de formation en toute discrétion pour rejoindre mes tireurs disséminés un peu partout. Tes amis de la Libération ont fait choux-blanc et perdu un temps précieux en croyant libérer les otages. Ils ont dû tirer une de ces tronches en les découvrant tous déjà occis depuis des heures ! En ce moment même, une lutte acharnée a lieu dans tous les bâtiments qui nous entourent, mais tu ne la vois pas et ne l'entends pas. C'est pour cette raison que tu es là et non dehors. J'ai tout le loisir de te démolir. Dans quelques minutes, tu seras mort et mes hommes auront pris le dessus. Demain, d'autres agents du RITE arriveront et nous écraserons enfin cette pitoyable armée de Libération !

Caleb doit se cramponner à son plastron posé au sol pour ne pas vaciller. Dalvin a non seulement mis à mal le plan des Troupes de Libération, mais il a également fait ce qu'il fallait pour que Caleb ne puisse pas être aidé. Tout ça s'annonce très mal…

Il ne lui laisse pas le temps de réagir qu'il est déjà sur lui à faire pleuvoir les coups avec la force d'un polar. Caleb en évite un, puis un second, avant d'essayer de parer les suivants, mais ils le touchent tous : l'estomac, le foie, le visage, la tête… Dalvin s'arrête un instant et recule d'un pas. Caleb tient à peine debout. Il saigne de la bouche et il sent que son œil le brûle. Ses côtes le lancent et il a du mal à respirer. Ce type est monstrueux. Il a une force colossale.

— Ce n'est que le début Caleb, j'en ai encore beaucoup sous la pédale. Ça va durer un moment.

— Faut… faut… faut pas te… priver, réussit à lâcher le jeune Éclairé du bout des lèvres.

Dalvin revient à la charge et le frappe dans l'estomac. Caleb crache une gerbe de sang et se plie en deux sous la douleur. Le milicien empoigne Caleb par les cheveux et le frappe deux fois en plein visage. Le pauvre malheureux sent sa lèvre inférieure éclater lorsque le poing de Dalvin vient s'écraser sur ses dents. Il s'affaisse mollement et se recroqueville sur lui-même, hoquetant. Dalvin s'apprête à lui porter une série de coups de pied dans les côtes, mais se ravise au dernier moment.

— Tu n'essaies même pas de te défendre. Ça ne m'amuse pas.

Caleb se relève péniblement. Il a l'impression de s'être pris un polar de plein fouet. Il se demande si ce type ne serait pas capable d'en tuer un à mains nues...

— Dé... dés... olé de te dé... ce... voir... grimace Caleb à chaque son tout en luttant pour se remettre sur ses pieds.

— Tu n'es peut-être pas assez motivé. Je vais arranger ça. (Il claque des doigts et deux miliciens amènent un prisonnier entravé et bâillonné.) Je l'avais gardé pour la fin. Je voulais le tuer devant tes yeux, juste avant de t'égorger, mais je crois que je vais le faire maintenant pour te donner un petit coup de fouet. T'en dis quoi ?

Caleb a du mal à tenir debout. Il ne reconnaît pas immédiatement le prisonnier, car sa vue est encore troublée par les coups qu'il a pris dans la tête. Il entend juste le type gémir et se tortiller.

— Dis bonjour à ton pote, fait Dalvin en lui ôtant le bâillon brutalement.

— Caleb ! Caleb ! C'est Gus !!

En entendant son ami, Caleb se redresse d'un coup et se dirige vers lui à pas chancelants. Dalvin le repousse sans ménagement et il recule de plusieurs pas.

— Doucement... En tout cas, je savais que ça te réveillerait un peu. Bien, maintenant, dis-lui au revoir...

— NON ! Pas ça ! Je t'en prie... pas ça...

Caleb tombe à genou. Il est dévasté. Des larmes d'impuissance roulent sur ses joues. Il s'avoue vaincu. La force brute de Dalvin a eu raison de lui.

— Tu... Tu as gagné Dalvin. Prends ma vie et laisse-le partir, je t'en conjure.

Il s'approche de Caleb et pose un genou à ses côtés.

— Ne t'inquiète pas, je sais que j'ai gagné et je vais te tuer, mais tu vas d'abord le regarder mourir.

Mû par l'énergie du désespoir, mêlée à une colère semblable à celle qui l'avait envahie face aux monstres blancs, Caleb se jette au cou de son ennemi et lui plante le croc qu'il a discrètement placé entre ses dents lorsqu'il se relevait. La force lui manque, mais il essaie de frapper plusieurs fois, sans jamais atteindre la jugulaire. Dalvin se débarrasse de Caleb qui tombe lourdement au sol. Le chef de la milice se relève, hébété par cette attaque à laquelle il ne s'attendait pas. Il retire le croc resté planté à la base du cou. Il a eu de la chance. À quelques centimètres près, il serait en train de se vider de son sang. Il jette la dent et tire son couteau. Il se dirige vers Caleb pour en finir une bonne fois pour toutes, lorsqu'une rafale d'arme à feu brise le silence et fauche plusieurs miliciens dans l'escalier. Dalvin se retourne vivement et découvre des combattants de la Libération en train d'envahir les lieux. Il en arrive de partout, du hall, des étages et des portes vitrées. Caleb ouvre un œil en entendant tout ce bruit.

« *Enfin...* » pense-t-il en s'autorisant un sourire de soulagement.

Dalvin reste médusé devant la scène qui se joue tout autour. Cela ne pouvait pas arriver, ne devait pas arriver... L'espace d'un instant, il s'étonne que personne ne s'occupe de lui. Caleb lâche alors un petit rire qui ressemble davantage à une quinte de toux. Dalvin l'empoigne par les cheveux et lui relève la tête, lorsqu'il voit l'impensable : Luc, le Rebut qu'il s'était juré de détruire se trouve devant lui. Il tient un couteau à la main et vient de libérer Gus. Il est essoufflé et couvert de taches de sang. Leurs deux regards se croisent.

— Toi ! Espèce de sac à merde ! Je vais aussi m'occuper de ton cas, mais ton pote d'abord !!

Dalvin finit de sombrer dans la folie meurtrière à cet instant. Vif comme l'éclair, il place la lame sur le cou de Caleb. Celui-ci a le temps de sentir l'acier glacé contre sa peau tendre et nue avant qu'un voile noir ne s'abatte sur lui et qu'un froid intense le saisisse…

Épilogue

Cela fait maintenant dix jours que le conflit a pris fin. Le Secteur seize commence lentement à panser ses plaies. Des équipes de nettoyeurs œuvrent jour et nuit pour dégager les rues, emporter les gravats, faire place nette. D'ici quelques jours, les travaux de réparations, de consolidations ou de reconstructions commenceront. Il faudra du temps pour tout effacer, et certaines blessures, plus profondes que d'autres, seront longues à guérir, mais le temps fera son œuvre...

Dès le lendemain de l'assaut final, William Frison, le Grand Décideur et leader du Front Solaire avait lancé les dernières troupes du RITE contre le Front de Libération, mais elles avaient été rapidement neutralisées. En l'absence de forces armées pour le soutenir, lui et son cercle proche, dont l'homme au chapeau noir, avaient essayé de fuir avant d'être arrêtés et placés en résidences surveillées dans les Secteurs du Centre. La destitution du gouvernement était survenue deux jours plus tard. Les membres de l'opposition n'avaient pas tardé à intenter un procès contre tous ceux qui avaient participé de près ou de loin aux horreurs commises. Les parents de Gus et quelques mutants avaient alors créé un groupe de recherche. Leur but : traquer les anciens miliciens et les amener devant la justice pour y répondre de leurs actes.

En attendant la tenue de prochaines élections, l'ancien Grand Décideur et son gouvernement avaient été rappelés pour assurer une transition avant le futur scrutin. La première mesure avait été de rebaptiser tous les habitants Dôme : Éclairés et mutants, en Dômiens. La seconde concernait *l'Oasis* qui était officiellement devenue la propriété des Hors-Le-Dôme ; enfin, la troisième, était une loi promulguée dans l'urgence, punissant tous comportements ou propos violents et injurieux à l'encontre des Dômiens mutants.

Depuis, Luc, Lucie et Tual aident à vider le repaire de la résistance. Les camions qui auraient dû servir à transporter les leurs vers la mort trouvent ici un autre emploi. Il faudra encore quelques jours avant que l'ensemble des Hors-Le-Dôme rejoignent *l'Oasis* pour s'y installer pleinement. Ils auront un défi de taille à relever pour faire de ce lieu un havre de paix, pour qu'enfin, ils soient chez eux…

Les trois amis pensent beaucoup à Caleb et à la manière dont tout s'est terminé. Luc s'en veut de ne pas avoir été assez rapide, mais l'autre, Dalvin ne lui avait pas laissé le temps de réagir. Il n'avait pas pu empêcher son geste fou et était resté paralysé en voyant Caleb s'écrouler. Dalvin s'était dirigé vers lui pour le tuer et il n'avait dû sa survie qu'à l'intervention de la mère de son ami qui avait collé une balle en pleine tête du dangereux milicien.

Plus tard, lorsqu'il avait retrouvé sa mère et ses sœurs, elles avaient réussi à atténuer un peu sa peine. Mais son ami lui manquait…

Tual avait agrandi la famille et la mère de Luc s'occupe à présent de cinq enfants…

Fergus avait hérité de la lourde charge de gérer *l'Oasis*. Chacun savait qu'il s'en sortirait, il avait fait ses preuves. Lorsque le conflit avait pris fin et qu'il avait retrouvé le *Rouge-gorge* au pied de son fils qui se vidait de son sang, il en avait éprouvé un immense chagrin. Lui qui n'avait jamais eu d'enfant, avait trouvé en Caleb l'image parfaite du garçon qu'il s'était faite et cela l'avait ravagé. C'est pour cette raison qu'il avait accepté la charge de *l'Oasis* : il avait voulu avoir l'esprit occupé pour ne plus y penser...

Les Troupes de Libération avaient été réaffectées à la protection des habitants du Dôme, tous confondus. Elles interviennent au quotidien pour assurer la sécurité de tous et faire respecter la nouvelle loi anti-raciale. Une fois en place, le *Rouge-gorge* avait désigné une femme de confiance pour lui succéder et avait abandonné son nom de combattante pour redevenir une anonyme, une mère luttant contre le chagrin...

Ses yeux s'ouvrent sur un plafond uniformément blanc. Il tourne la tête, mais une douleur aux cervicales lui tire une grimace. Il sent comme un gène dans sa gorge. Il déglutit et a l'impression d'avoir avalé des cailloux. Sa langue est sèche et dure comme du bois. Il porte la main à son cou et sent un bandage. Il empoigne à deux mains le crochet au-dessus de sa tête et tire pour se relever. D'autres douleurs se réveillent et se manifestent. Il serre les dents, mais parvient à se mettre en position assise. Il repousse le drap qui le couvre et tente de s'asseoir sur le rebord de son lit. Il avise un verre d'eau posé sur une desserte à quelques centimètres de lui. Sentir le doux liquide dévaler dans sa bouche puis sa gorge lui procure un bien fou, même s'il fait la grimace en déglutissant. Il repose le verre et se met lentement debout. Ses gestes sont encore maladroits et peu assurés. Il se dirige vers la fenêtre, mais il ne reconnaît pas la vue qui s'offre à lui. Il se retourne et se dirige vers les toilettes. Il allume un néon clignotant et découvre son visage dans le miroir. Il a de nombreux pansements qui lui couvrent le visage et le bandage autour de son cou est épais. Il fait peur à voir. Il se trouve amaigri et fragile. Son œil droit arbore une palette de couleurs allant du bleu en passant par le violet et le jaune.

Il entend soudain une porte qui s'ouvre dans l'autre pièce.

— Ça y est, vous êtes enfin réveillé !? C'est une bonne nouvelle.

Il fait travailler ses articulations devant le miroir et se dirige vers les toilettes. Il est encore un peu raide, mais les quelques pas qu'il effectue s'améliorent déjà. Il marche presque normalement en sortant. Il se ressert à boire tout en grignotant les fruits qu'on vient de lui apporter. Le passage des aliments dans sa gorge meurtrie lui tire une nouvelle grimace. Ses idées se remettent progressivement en place, même si les souvenirs sont encore flous.

Il avise une boîte en carton sur la chaise qui se trouve près de son lit. Intrigué, il se rapproche et soulève le couvercle. Il y a un livre à l'intérieur, un livre ne contenant que des pages blanches. Il y a également une feuille pliée en deux au fond du carton. Il déplie le feuillet et découvre plusieurs écritures différentes.

« *Une glace nous attend quand tu iras mieux. Nous avons tant à nous dire...* »

« *D'autres mutants en souffrance nous attendent ailleurs, ne tarde pas...* »

« *Hâte-toi de sortir que je vérifie si les infirmières t'ont aussi bien soigné que moi ! ...* »

« *N'oublie pas ta promesse, tu as l'Histoire à écrire...* »

La porte s'ouvre soudain à la volée et une femme fait irruption dans la pièce. Elle veut le prendre dans ses bras, mais elle a conscience de son état et se retient. Ils se sourient.

Il repose la lettre dans la boîte. Lire les messages de ses amis lui a fait un bien fou. Un gros travail d'écriture contre l'oubli l'attend avant d'aller aider d'autres mutants à s'affranchir de leur situation, mais il le fera, car c'est un but qui lui tient à cœur.

Mais avant tout ça, Caleb s'assoit sur le lit et invite sa mère à le rejoindre. Ils ont du temps à rattraper ensemble...

...

— Ne t'éloigne pas trop Faël ! intime la jeune maman. La petite mutante hoche la tête, mais elle n'écoute pas vraiment sa mère. Elle est trop intrépide.

Le père arrive derrière sa femme et lui prend la main. Il lui dépose un baiser sur la joue. Il est heureux de voir son ventre s'arrondir pour la seconde fois. Il la trouve belle avec ses rondeurs. Il sourit en pensant à ceux qui trouvaient ça impossible...

— Ta fille n'en fait encore qu'à sa tête, se plaint gentiment la maman.

— Elle est comme sa mère...

Lucie esquisse un timide sourire et reporte son attention sur la petite Faël qui court comme une folle dans la neige épaisse. Après quelques années de labeur, la vie dans la faille est devenue agréable, mais ils ressentent souvent le besoin de quitter leur nid douillet pour goûter au calme de l'immensité blanche.

— Des nouvelles de Luc ? demande Lucie en se serrant contre son mari.

— Pas depuis hier, mais il s'en sortait plutôt bien.

— Je me fais du souci pour lui.

— Ne t'inquiète pas, il n'est pas tout seul. Tual est avec lui et ils ont une bonne équipe, bien rodée qui plus est. C'est le neuvième dôme dans lequel on intervient. Il commence à avoir l'habitude. Et puis, avec le *Livre contre l'Oubli,* enfin terminé, c'est plus facile de convaincre les gens sur notre passé commun et la nécessité de rétablir l'égalité et la justice.

— Puisses-tu dire vrai...

Le vent s'engouffre sous les vêtements de protection du papa, qui frissonne. Il ne reste jamais très longtemps dehors sans bouger, au risque de se mettre en danger.

— Marchons un peu, ne laissons pas cette tornade nous échapper, dit-il en désignant sa fille qui saute partout à quelques mètres d'eux.

Ils se mettent en route sous un ciel d'encre. Comme tous les jours, malgré l'heure avancée de la journée, le rayonnement du soleil est toujours aussi faible, presque inexistant.

Pourtant, alors qu'ils cheminent, les yeux levés pour sonder l'abîme céleste dans lequel ils pourraient se perdre, Caleb est surpris de voir Lucie plisser soudainement les yeux…

Fin

Du même auteur

Marcus et le secret d'Hélios – Xenon01, 2021
Marcus et le secret d'Hélios – Kaïji, 2022

@la.plume.du.dirlo - Instagram
darius.lunoc@gmail.com

Loi n°49-956 du 16 juillet 1949 sur les publications destinées à la jeunesse